白银时代的星空

刘文飞 著

北京出版集团
北京出版社

图书在版编目（CIP）数据

白银时代的星空 / 刘文飞著. — 北京 : 北京出版社，2021. 3
ISBN 978-7-200-15852-6

Ⅰ. ①白… Ⅱ. ①刘… Ⅲ. ①随笔—作品集—中国—当代 Ⅳ. ① I267.1

中国版本图书馆 CIP 数据核字（2020）第 164553 号

总 策 划：安　东　高立志
项目统筹：高立志
责任编辑：王忠波　吴剑文
责任印制：陈冬梅
装帧设计：吉　辰

白银时代的星空
BAIYIN SHIDAI DE XINGKONG
刘文飞　著

出　　版：北京出版集团
　　　　　北京出版社
地　　址：北京北三环中路 6 号
邮　　编：100120
网　　址：www.bph.com.cn
发　　行：北京出版集团
印　　刷：北京华联印刷有限公司
经　　销：新华书店
开　　本：880 毫米 ×1230 毫米　1/32
印　　张：11
字　　数：215 千字
版　　次：2021 年 3 月第 1 版
印　　次：2021 年 3 月第 1 次印刷
书　　号：ISBN 978-7-200-15852-6
定　　价：68.00 元

如有印装质量问题，由本社负责调换
质量监督电话：010-58572393

目　录

也谈俄国文化的“白银时代”（代序）

语言中总有一些用不俗的名词，“黄金时代”“白银时代”等都是这样的词汇，每个民族的文学史中似乎都有被这样命名的时期，而此类名称所指的繁荣或珍贵又绝不仅限于文学范畴。

如今，被冠以“白银时代”之称谓的一段俄国文学和文化，又突然成了我们一个热门的话题和热门的出版选题，报刊上以此为题的文章不断亮相，光是以“白银时代”为题的丛书就接踵出了四套（作家版《白银时代丛书》六种，学林版《白银时代俄国文丛》五种，云南人民版《俄罗斯白银时代文化丛书》七种，文联版《俄罗斯白银时代精品文库》四种），真可谓热闹非凡。

这样一种热闹的场面，是由多种因素共同促成的。从阅读客体的角度看，20世纪之初的俄罗斯文化的确是五彩缤纷、硕果累累的。在“白银时代”，帕斯捷尔纳克所言的“天才成群地诞生”的罕见现象又一次在俄国出现。使人难以想象的是，在那短短的20余年时间里，在革命和战争此起彼伏的社会背景中，俄罗斯这一无论就文化传统还是就经济实力而言在欧洲都并不十分强大的民族，却向20世纪、向全世界贡献出了一大批的大师与杰作，并为诸多文化门类在20

世纪的走向开了先河，如哲学中的宗教存在主义，文学理论中的形式主义，诗歌中的阿克梅主义，美术中的康定斯基，音乐中的斯特拉文斯基，等等。那的确是一座文化的富矿，我们在近期同时推出几套丛书，其中却很少有相同作家或作品的“撞车”，这也能使我们强烈地意识到那一时期文化积淀的深厚。然而，由于意识形态方面的原因，这一时期的文化不仅未能在十月革命之后得到持续发展，反而受到了有意的冷淡，甚至是有意的遗忘，一直未能得到充分的阅读和研究。可以说，在当今的俄国，“白银时代”也同样是一个新的阅读热点。另一方面，从我们主观的角度来看，中国读者对俄罗斯的文学和文化一直有着一种较强的“阅读期待”，而在苏联解体之后，传统的“苏联文学”似乎突然“贬值”了，与此同时，新的俄罗斯联邦却始终未能提供出足够多的、具有征服力量的新阅读文本。于是，我们将期待、选择的目光投向绚丽却又陌生的“白银时代”，乃是十分自然的。当然，促使我们关注“白银时代”文化的，也许还有在20世纪之末梳理20世纪文化遗产的某种潜在愿望，还有对“世纪末情结”有可能在“白银时代”文化中得到抚慰、赢得共鸣的某种希冀，还有学术圈中欲描绘出一幅20世纪俄语文学完整画面的刻意努力，等等。客观的、主观的原因，必然的、偶然的因素，共同制造出了目前这个“白银时代文化热”。

我国学者关于“白银时代”的讨论也很热烈，单就“白银时代”这一称谓的来历，就有了诸多意见。起先有人说，是俄国学者马科夫斯基在20世纪60年代出版于慕尼黑的一本俄语诗歌专著中首次用“白银时代”界定了19世纪末、20世纪初的俄国现代主义诗歌思潮；后来，有人在俄国学者的论述中发现，马科夫斯基本人称，是俄国哲学家别尔嘉耶夫最早提出了这一名称；最近，又有人从俄国的相关资料中发掘出，最早使用这一概念的是俄国诗人奥楚普，他于1933年在巴黎的俄国侨民杂志《数目》上刊出了一篇题为《白银时代》的文章。其实，“白银时代”这个名称是谁最早提出的并不重要，因为这个名词毕竟不像什克洛夫斯基的“陌生化”或昆德拉的“媚俗”等词那样是由作者独创出来的概念，被赋予了特定的含义，而是一个人人都可以用，并且也一直被沿用的词，就像“文学”等词一样，其内涵和指向已十分确定。我们不知道“文学”一词是谁最早提出来的，但这并不妨碍我们对作为整体的文学持有一个大致相同的理解。

在是否使用“白银时代”这一概念的问题上，也存在着不同的意见。至今仍有一些学者（主要是一些老辈或老派学者）很反感“白银时代”的提法，认为它并不构成一个“时代”，他们很留恋苏联时期学者那个明确却累赘的概念：“19世纪末至20世纪初的俄罗斯文学”。似乎一用“白银时代”的概念，就是抬举了这一时期的文学，就是让它与其前辉煌的俄国批判现实主义文学和其后繁荣的苏联社会主义现实主义文学平起平坐了。其实，将苏联这一领域的主要研究者（如索科洛夫等）的研究成果与当今有关“白银时代”的著作做一个比较，发现它们在研究的范围和对象上并无太大的差异；再者，“白银时代”文化的总体倾向与其前、其后文化的差异是十分明显的，不能因为其持续的时间短而忽视其独具的内涵和外延。因此，“白银时代”不构成一个时代的说法显然是站不住脚的。再看一看实际情况：在欧美斯拉夫学术界，早在20世纪60年代就启用了“白银时代”的概念，大学里一直开设有以此为题的课程。以其为内容的研究成果层出不穷；在俄国，这一概念也已经被广泛地接受和使用了，就是以前那些用惯了“19世纪末至20世纪初的俄罗斯文学”之概念的学者也转而采用更简洁、更顺口的“白银时代”了；而在我们这里，“白银时代”的说法即便不能说深入人心，至少也已让圈内人士耳熟能详了。所以，现在来谈论是否该使用“白银时代”的提法，似乎也已经没有意义了。

但是，在目前关于“白银时代”这一概念的认识和理解上，有两种倾向是值得关注的：一种倾向是将“白银时代”的内涵宽泛化，另一种倾向是将“白银时代”的性质意识形态化。

俄国文化的“白银时代”，通常是指俄国批判现实主义文学之后和苏维埃文化之前这一时间段中的文化，它横亘在两个世纪的交接处，时间跨度为20余年。关于“白银时代”的分期，目前还存在着不同的看法，但它大致的起止点还是得到了比较一致的界定，即托尔斯泰之后和十月革命之前。当然，你可以说与托尔斯泰的后期创作同时，陀思妥耶夫斯基、契诃夫、安德列耶夫等人的创作就已经显现出了与传统的批判现实主义文学有所不同的一些特征；当然，你还可以说，十月革命并未能截然阻断“白银时代”的文化惯性。任何一个时代都与其前后时代有着千丝万缕的联系，任何一个时期的划分因而也都是相对的。相比较而言，“白银时代”的划分倒还有着更为牢靠的依据，因为，作为其开端的俄国象征主义诗歌运动，有着与传统俄国文学迥然不同的美学风格和艺术趣味，而注重个人价值和艺术创新的“白银时代”文化必然会在倡导集体和集权的十月政治革命后不久迅速地中止。面对这样一个相对清晰的文学史分期，我们的一些学者却仍想做某种“扩大化”的工作，在尽量拉长、抻宽“白银时代”。有人欲加大“白银时代”的规模，认为其上限为陀思妥耶夫斯基，下限为斯大林时期的开始；有人则欲增加“白银时代”的内容，认为它不仅应该包括当时已近尾声的批判现实主义文学和新起的无产阶级文学，而且还应该包括普列汉诺夫等的社会主义学说和列宁的国家与革命学说。在已经出版的一套关于“白银时代”的“丛书”中，绝大部分作品都写于20世纪20年代末或30年代，无疑已是“苏维埃时期”的作品，“丛书”中的另一部小说属于批判现实主义晚期，真正意义上的“白银时代”作品也许只有一部。我们认为，应该赋予“白银时代文化”以一个相对稳定、相对明确的界定，否则，失去了其内在规定性的“白银时代”概念，便会面临外延泛化的危险，乃至失去其存在的必要性和合理性。

再一种倾向，便是在对“白银时代”的理解上添加了很多的意识形态意味。上述一些人士对“白银时代”概念的反感，其中就包含这方面的原因。他们认为，“白银时代”的一些作家后来大多不接受十月革命，在革命后流亡国外，与后来的苏联文学一直处于对立状态，因而是不应大加宣传的。令人奇怪的是，有些鼓吹“白银时代”文化的学者却也持有与此相同的思维模式，他们认为“白银时代”文化的意义，就在于革命时与现实的距离和革命后与专制的对峙。这里，在低估或高估“白银时代”的人士身上都出现了一个“时代倒错”现象，即忽略了“白银时代”是出现在十月革命之前，完全依赖其与之后时代的联系或其在之后时代中的命运去看待它，是难以对它做出恰如其分的评价的。于是，我们听到了关于“白银时代”文化为“颓废”文化的指责，我们听到了关于那一时期的作家“世界观落后”“脱离人民”的说法。于是，我们更常在关于“白银时代”的文字中读到某些作家的“悲剧”命运以及关于这些命运的感慨。有意无意之间，人们在将“白银时代”的文学等同于苏维埃时期的“境外流亡文学”“非官方文学”乃至“持不同政见者文学”。例如，人们最近在谈论“白银时代”文学时，就时常提及包括肖斯塔科维奇和叶夫图申科作品在内的花城版的《流亡者文丛》，有人还将索尔仁尼琴、布罗茨基等也归入了“白银时代”作家的行列。这一切都在强化“白银时代”文化与苏维埃文化的对立，并欲在这种对立中分出一个高低来。文化与专制，知识分子在集权统治下的命运，这只是

“白银时代”文化的一个内容，不是其全部，而且还只是一个后来附加上去的内容。再者，对于文化与专制，也可以有多种理解。比如在谈到曼德尔施塔姆的遭遇时，似乎是阿赫马托娃曾说过这样一句话：换一种社会制度，曼德尔施塔姆的命运也不一定就会好到哪里去。最近出版的一本索尔仁尼琴传记[①]写道，流亡到美国之后的索尔仁尼琴，与“金钱专制”下的美国社会同样是格格不入的，该传记的作者因而称索尔仁尼琴为“永恒的持不同政见者”。可见，纠缠在文化与专制之冲突这一点上，并将这一点视为“白银时代”文化之“重点”，是不恰当的，至少是不全面的。总之，给“白银时代”的文化添加过重的意识形态色彩，既妨碍我们客观、冷静地评判其价值和意义，也不利于我们养成历史地接受文化遗产的良好习惯。

那么，俄国“白银时代”文化的主要意义究竟体现在哪些方面呢？我们认为，首先，是那一时代的艺术家所体现出的空前的艺术创新精神。俄国宗教存在主义者在20世纪之初开始了对现代意义上的存在问题的思考，自他们开始，“生存意义”“终极关怀”等命题成了20世纪现代主义哲学的主要内容；俄国形式主义者在20世纪之初开始了对文学“内部规律”的探讨，文学研究开始了其“科学化”的历程，文本、语境、词，乃至声音和色彩，从此成了精心研究的对象；象征主义、阿克梅主义、未来主义是20世纪之初俄国现

① 《索尔仁尼琴传》，汤姆斯著，马丁出版社。

代主义诗歌的三个主要潮流，它们风格不同，主张各异，但在进行以诗歌语言创新、以在诗歌中综合多门类艺术元素为主要内容的诗歌实验上，它们却表现出了共同的追求；从康定斯基起，绘画的“三要素”被否定了，原来可以用点来构成线，用点来构成面；从斯特拉文斯基起，音乐的单阶被彻底重建了，“十二音体系”极大地丰富了音乐的表现力。如今，人们意识到，20世纪是一个文化艺术上的现代主义世纪，而在世界范围内几乎每个艺术门类的“现代化”都起源于20世纪之初的俄国，这不能不让人感叹“白银时代”俄国文化人巨大的创新精神。“白银时代”将作为一个“创造的时代”而载入人类文化的历史。

其次，在进行空前的艺术创新的同时，这一时代的人却也保留了对文化传统的深厚情感，只有以俄国未来主义诗歌为代表的“左派艺术”对文化遗产持否定态度，而那一时代大多数的文化人无疑是珍重文化的。诗人曼德尔施塔姆一次在回答“什么是阿克梅主义”的问题时说：“就是对世界文化的眷念。”这个回答是具有代表性和象征意义的。在那个时代，远至古希腊罗马的神话，近至德国的哲学、法国的象征主义理论，都为俄国的知识分子所关注。俄国东正教中有一个“第三罗马”的概念，认为基督教的精髓在罗马衰落之后转至拜占庭，在拜占庭被伊斯兰教势力统治之后又转至莫斯科，因而，17、18世纪的莫斯科就是西方基督教世界的中心。虽然这一理论并未为东正教赢得世界范围内真正的统治地位，但是，这一理论所折射出的面对整个西方文明的责任感，在俄国知识分子，尤其是“白银时代”俄国知识分子的身上却一直有着比较充分的体现。因此，他们敢于以世界文化的捍卫者自居，他们才可能在相对偏僻的北疆对人类的生存状态和历史命运做温暖的思考。

最后，与对文化的眷念相关，“白银时代”的文化人普遍显现出了一种心灵的真诚。20世纪之初是一个动荡的时代，革命与战争此起彼伏；那也是一个混乱的时代，今天充斥着世界的各种欲望在当时也曾膨胀。然而，就在那样的时空中，俄国的知识分子却体现出了布罗茨基所言的“文明的孩子”的赤子情怀。在兵荒马乱的岁月，他们居然能专注地端坐在书房里，潜心写作；在欲望膨胀、价值重估的年代，他们始终保持着对艺术价值和自身价值的坚定信念；在充满彷徨和疑虑的世纪之交，他们在匆忙而又认真地整理着过去世纪的文化遗产，并同时为新世纪文化的走向确定了一个基本的框架。他们的生活方式也许无法扭转当时的社会风气，但他们却保持了文化的繁荣和延续；他们的思索和发现也许不是纵贯世纪而皆准的真理，但他们精神劳动的成果显然没有在百年或更短的时间里“随风而去”。如今，在功利原则深深侵入文人生活的时候，20世纪之初俄国文化人的那种心境和信念是尤其让人感动和羡慕的。

在热烈地谈论“白银时代”文化的时候，我们也要保持一份冷静。在阅读中，往往有最新的东西就最时髦就最佳的定式选择；在研究中，填补了的空白往往更受推崇，一些研究者又总会在有意无意之间将自己喜爱、熟悉的对象“唯我独尊化”。目前，除了少数出于意识形态立场而对“白银时代”文化持否定看法的人士外，大部分研究者似都在毫不吝啬地鼓吹“白银时代”。相对而言，关于“白银时代”的冷静看法则较少。比如说，与极具公民责任感、人道主义精神和道德感的俄国文化传统相比，“白银时代”的文化显得过于关注自我和内心、过于贵族味了；比如说，在关注世界文化遗产的同时，“白银时代”文化对俄罗斯本民族文化传统的继承和整理则相对较少，等等。只有在注意到并思考了这些问题之后，我们才可能对俄罗斯“白银时代”的文化有一个更全面、更深刻的认识。

（20世纪90年代末在北京一次研讨会上的发言）

俄国象征派诗歌

一

象征主义诗歌掀开了20世纪俄语诗歌史的第一页。

俄国象征派诗歌出现于19世纪末，它无疑是西欧——主要是法国的象征主义文学运动影响的产物，然而它并非是对法国象征主义诗歌的临摹，它后来的发展和成就向人们表明：在世界象征主义文学的格局中，俄国象征派诗歌也占有重要的一席。

俄国象征诗派的出现，是当时俄国内部的与外部的、社会的与文学的等各种因素交叉作用的结果。两个世纪之交的俄国，在经历了始自彼得大帝改革的漫长的发展过程之后，基本上已成为一个地道的欧洲国家。俄国的知识阶层、文化阶层大都受过欧式、主要是法式的教育，在文化和精神生活领域，俄国与整个欧洲是相通的。惯于向欧洲出口精神产品的法国文化，在两个世纪之交时分把象征主义输出至欧洲各国，俄国自然也要受其影响，后来成为俄国象征派主将的许多诗人，当初都曾在法国受到过艺术熏陶。这样，当象征主义文学兴起之后，俄国诗人们便有意于，且有能力把这朵奇葩嫁接到俄国诗歌的躯干上来。另一方面，俄国诗歌在经历了以普希金、莱蒙托夫为代表的“黄金时代”之后，水平逐渐下降，尤其在涅克拉索夫于1877年逝世后，俄国的诗歌创作一直实绩平平，与当时以托尔斯泰、契诃夫等为代表的俄国小说相比差距甚大。俄国诗人正在寻求让俄国诗歌步出低谷的出路，象征主义文学的出现，让他们远远望见了西方地平线上一抹朦胧的希望之光。

两个世纪之交的俄国社会风云变幻，重大的历史事件相继爆发，使人震惊，也叫人迷茫。与此相关，在当时的思想界、知识界中弥漫着一种浓烈的世纪末情绪，从哲学到文学，从宗教到艺术，都在为寻找命运的药方而努力。探索的道路不同，最后的答案也不相同，但那种迷惘的心态和情境却构成了象征主义文学最佳的生长土壤。这是俄国象征主义诗歌产生的时代氛围，也是其赖以发展的社会条件。

在法国，象征主义诗歌主要是作为对浪漫派诗歌、对帕尔纳斯派诗歌的反拨而出现的；而在俄国，象征派诗歌的出现则有着更为复杂的原因。一方面，它呈现出受影响而起的“被动性”，另一方面，它似乎又具有应运而生的“自觉性”。

俄国象征诗派形成于19世纪80—90年代，在此后20余年间，它经历了一条五彩缤纷的发展过程。一般认为，其发展历史大致可划分为三个阶段。

19世纪80—90年代是俄国象征诗派的形成时期。在这一时期，象征诗派的理论家们纷纷介绍西欧的象征主义文学理论，同时也大量阐发自己的见解，建构俄国象征主义的理论体系；与此同时，巴里蒙特、勃留索夫等也已在诗歌创作中开始了象征主义的实践，并赢得了声誉。在象征主义理论最初的传播上，起重要作用的是《北方导报》。但第一份俄国象征主义的文学刊物，则是勃留索夫创办并为其主要撰稿人的辑刊《俄国象征派》（1894—1895）。这份共出过三辑的杂志，标志着俄国象征诗派的正式出场。俄国最早的象征派诗人当时都集中在两个小组里：一为“莫斯科小组”，参加者有勃留索夫、巴里蒙特、巴尔特鲁沙伊蒂斯、波里亚科夫等；一为“彼得堡小组”，参加者有梅列日科夫斯基、吉比乌斯、明斯基、罗扎诺夫等。在对象征主义的理解上，两个小组有所共识，但也有分歧。莫斯科小组认为象征主义是一种独立自主的新艺术，彼得堡小组倾向于将象征主义视为一种启蒙社会的新宗教。这个分歧，后来一直贯穿于俄国象征诗派发展的全过程。

20世纪最初的几年，是俄国象征诗派的全盛时期。《新路》（1903—1904）、《天秤座》（1904—1909）、《金羊毛》（1906—1909）等象征主义杂志相继创刊，影响广泛。象征派诗人的诗集纷纷问世，各领风骚。尤为醒目的是，以勃洛克、别雷、谢·索洛维约夫等为代表的“青年象征派”步入诗坛，形成了声势浩大的俄国象征主义文学的“第二浪潮”。该派的根据地在莫斯科，他们自称“阿戈耳英雄”，即古希腊神话中随伊阿宋出征寻找金羊毛的英雄们，他们取代旧的莫斯科小组，与彼得堡的“新路派”并存。勃洛克虽为彼得堡人，却也加入了该派。当时留学欧洲的维·伊万诺夫，与该派也很接近。因此派受哲学家弗·索洛维约夫的影响较大，它又被称为“索洛维约夫派”。说他们是“青年象征派”，既是就他们的实际年龄而言的（他们当时均20岁左右），同时也是就他们的文学年龄而言的（在他们出版处女诗集时，巴里蒙特已出诗集六部，勃留索夫也已有四本），但他们对象征主义诗歌运动的推动作用却是巨大的。他们的介入，既壮大了俄国象征诗派的声势，扩大了其影响，同时也加深了它内部的分歧，加重了其危机。

1905年革命及以后的若干年，是俄国象征诗派的危机时期。作为当时此起彼伏的历史事件的见证人，诗人们难以无动于衷；而由于观照社会的角度不同，象征诗派迅速分野，一些旧有的分歧深化为难以调和的矛盾。“勃留索夫派”继续主张艺术的独立性，坚持认为文学是独立于政治和宗教的“自由艺术”。“青年象征派”一方面认为艺术要介入生活，另一方面也主张象征主义是一门宗教性、社会性的事业。“新路派”仍奉行“新宗教启蒙说”，把象征主义当作一种宗教唯心主义的世界观。三派相互对立，争论十分激烈。勃洛克在其长诗《报复》的序言中曾称，“象征主义的危机”就出现在1910年。这一年，在“艺术语言促进会”举办的一次讨论会上，勃洛克和伊万诺夫分别做了题为《论俄国象征主义之现状》和《象征主义之遗训》的报告。这两个观点相互对立的报告，进一步激化了象征派诗人间的争论，并将这一争论扩大至象征主义的命运，扩大至艺术的性质和作用。象征主义在争论中逐渐走向消亡，各种象征主义文学报刊陆续停刊，许多象征主义诗人宣布已放弃“主义”。在1910年出版的一部题为《俄国象征派》的专著的序言中，著者埃里斯已称：“是否有当代象征主义的危机，是濒死的挣扎，还是病情的转化或康复的开始，这便是我这本书要讨论的基本问题。”20世纪的第一个十年过后，统一的俄国象征主义诗歌运动已经瓦解。时至1912年，“青年象征派”的两位重要人物勃洛克和伊万诺夫又公开决裂。勃洛克宣布，俄国象征诗派已经不复存在。稍后，随着阿克梅诗派等新的诗歌流派的涌现，俄国象征诗派便完成了自己的历史使命。

二

与西欧象征派一样，俄国象征派也是哲学上的主观唯心主义。法国象征主义文学理论始自波德莱尔的“应和论”，后经兰波、魏尔伦、马拉美等人的扩充和发展，逐渐成为体系。总括起来看，法国象征主义文学理论的要点在于：①诗是隐秘感情的主观体现，它既不是对现实的客观描绘，也不应是浪漫主义诗歌那样的感情抛洒；②诗作用于人的途径在于暗示，诗能通过象征物抵达理智逻辑难以抵达的人的内心深处和不可知的彼岸世界；③诗的语言应该是多义的、音乐性的，诗内在的旋律重于外在的节奏，只有那种富有弹性的诗语系统，方能传导出感受的复杂与朦胧。

俄国象征诗派的理论主张，与上述的内容大体一致。然而，象征主义原本就是一个十分庞杂的文学运动，其内部充满差异。作为一根移植至另一独特文化土壤上的绿枝，俄国象征诗派自然要伸展出几枚别具一格的新叶。俄国象征派内部虽有共识，但观点也不尽一致。立论较早、贡献较大的几位俄国象征主义理论家，其观点都各具特色。最早替象征主义鸣锣开道的是聚集在《北方导报》杂志周围的几位艺术家，尼古拉·明斯基（1856—1937）是其中一位。这位诗人、理论家的一生充满忽左忽右的波折，他起先是涅克拉索夫式的公民诗人，其第一本《诗集》（1887）因其抗议甚烈而为检查机关所焚，在完成象征主义的宣传之后，他又参与创办布尔什维克的《新生活报》，因此受通缉而逃往国外，可革命成功后，他却又流亡西欧。早在1884年，明斯基就在基辅《霞光报》上发表了题为《一个古老的争论》的文章，号召艺术脱离社会，步出现实而进入主观想象的世界。这篇文章“有理由被视为俄国文学中颓废派诗歌的第一个宣言”[①]。1890年，明斯基发表专题论文《沐浴良心之光》，作者在文中强调个性，认为“每个人只可能爱他自己”，强调主、客观之间的对立，认为艺术是人借以超越现实的生活方式。这一论点与以别林斯基等为代表的、已成为传统的俄国现实主义美学相去甚远，一时显得独树一帜。该文后来被普

① 尼古拉耶夫主编《俄国作家传记辞典》，莫斯科高校出版社1990年版，第2卷，第39页。

列汉诺夫称为俄国文学中“颓废派的福音书”。在宣扬理论的同时，明斯基也以新的方式写诗，其创作实践的成果大都收在他的《新歌集》（1901）中。

更集中、更系统地阐述象征主义美学理论的人，是德米特里·梅列日科夫斯基（1866—1941）。这位六兄弟中排行最小的一个，从小就性情孤僻。他在自传中称，他“自幼就是一个宗教的人”。他一生著述甚丰，涉猎哲学、宗教、文学、艺术等多种门类，但他的目标只有一个：用新宗教意识启蒙人类。1893年，他发表了《论当代俄国文学衰落之原因及其诸新流派》一书，该书被视为俄国象征诗派的宣言。作者认为，当今的俄国文学已进入危机，把它引入歧途的就是公民性和倾向性，服务社会的功利主义导致了艺术趣味的堕落，最终导致了艺术的衰落。艺术的本源，原为一种“永恒的、神秘的宗教感受”。在该书的结尾，作者自我总结道：“这便是新艺术三个主要的成分：神秘的内容、象征和艺术感染力的扩大。”[①]梅列日科夫斯基将象征主义视为一种世界观，一种宗教观，他的理论使俄国象征主义诗学一直披着一层浓重的哲学和宗教色彩。他对俄国象征主义的贡献不止于理论上的宣传。他团结《北方导报》的同人，积极推广象征主义；他还协助其妻吉比乌斯创办了“宗教哲学会”（1901—1902）和《新路》杂志。这家俄国象征主义文学中

① 索科洛夫编《19世纪末至20世纪初俄国文学中的诗歌流派》，莫斯科1988年版，第51页。

的“夫妻店”影响甚大，后形成了俄国象征诗派中的“新路派”。他也写诗，著有诗集《象征集》（1892）。他的诗形象单一，感情平淡，是其宗教观、哲学观的艺术改写，较之其长篇三部曲《基督与反基督》（1895—1905），较之其批评巨著《托尔斯泰与陀思妥耶夫斯基》（1901—1902），似乎是相形见绌的。但是，其诗的主题与其散文作品的主题是一致的，即天与地、灵与肉、基督与反基督的对立。

自1886年起主持《北方导报》批评栏的阿基姆·沃伦斯基（1863—1926），为象征主义的传播和确立也做出了很大贡献。正是他，使《北方导报》成了俄国象征诗派赖以生存的第一隅沃土。他在报刊上的文学论文，后编成《俄国批评家》（1896）、《为唯心主义而战》（1890）和《卡拉马佐夫兄弟的王国》（1901）等书。在《为唯心主义而战》一书中，作者认为，现代文学作为艺术上的唯心主义，比艺术上的唯物主义更真实，更有价值。他为新生的象征主义下了这样的定义：“什么是象征主义？象征主义即现象世界和神的世界在艺术反映中的结合。”①

对俄国象征主义诗人，尤其是“青年象征派”产生过巨大影响的，还有哲学家弗拉基米尔·索洛维约夫（1853—1900）。他的唯心主义学说在俄国思想史上占有重要地位。他在学术上非常早熟,在莫斯科大学学了三年数理，他却在

① 索科洛夫主编《19世纪末至20世纪初俄国文学中的诗歌流派》，第52页。

毕业前夕转入文史系，并顺利毕业。1874年，他的硕士论文《西方哲学的危机》轰动整个学术界，随后，他开始在多所学校讲授哲学，非常受欢迎。他生活随意，一生漂泊，学术上却十分严肃，他自认为终生的目标，就是借助宗教的力量改造世界，把基督教的绝对真理带入人们的意识。在索洛维约夫的唯心主义哲学中，“永恒温柔”（Вечная Женственность）的概念对象征主义诗人影响最大。这位哲人认为，文明的毁灭不可避免，宗教是唯一的拯救手段。宇宙中存在着两个世界，一为时间世界，一为永恒世界，寻找由前者至后者的通道，就是人的任务，战胜时间抵达永恒，就是人类进步的目的。善、恶在两个世界间斗争，当善获胜时即产生美。在与恶、与时间斗争时，支持人的力量是爱，爱在两个世界中分别表现为“温柔”和“永恒温柔”。“永恒温柔”是宇宙的核心，索洛维约夫又称其为“索菲娅”（София），这是一种大智慧，一种善、美、爱的合体，只有贴近她，才能超越一切生的烦恼和死的痛苦。在长诗《三次相见》中，索洛维约夫还以诗的形式叙述了他与理念中的“永恒女友”三次幻想的会见（1862于莫斯科，1875于伦敦，1876于埃及）。索洛维约夫终身未娶，他与诗人阿列克赛·托尔斯泰（1817—1875）的遗孀希特罗沃相恋多年，但终未成婚。他终生的伴侣，该是他的“永恒温柔”了。这一形象为青年象征派所喜爱，她或变形为“美女”，或扮成“陌生女郎”，一次次在神秘的云雾中下凡至青年象征派诗人的诗境。在《艺术的一般意义》一文中，索洛维约夫为新诗人们提出了三项任务：①将自然无法表述出的活的理念客观化；②把自然的美崇高化；③把该自然及其独特的现象永恒化。在总体上，他主张艺术宗教化，艺术作为人类精神活动的形式之一，必须与另一心智活动方式的宗教合而为一，才能成为一个拯救力量，帮助人类接近永恒。

被视为俄国象征派领袖的勃留索夫，也做了大量理论建树工作。他的象征主义理论观更接近欧洲的象征主义体系，与“北方导报集团”和“索洛维约夫派”相比，他更注重对象征主义文学之独立性和独特性的倡导。他反对将象征主义宗教化，认为象征主义诗歌的使命在于传导出“心灵的运动”，他不认为象征主义是一种消极的颓废派，而视之为认识世界，尤其是不可知世界的积极方式。他为《俄国象征派》辑刊所写的前言（1894），是俄国象征诗派第一个正式的发言。十年后为《天秤座》所写的发刊词《开启秘密的钥匙》，是勃留索夫象征主义美学观的集中体现。作者认为，世界是不可知的，是一个巨大的秘密，只有艺术，尤其是象征主义的艺术，才能凭借直觉和敏感接近它，才是开启这个秘密的金钥匙。勃留索夫在文末召唤：“就让当今的艺术家们自觉地把自己的创作锻造成开启秘密的钥匙吧，锻造成神秘的钥匙，为人类打开步出‘蓝色牢房’、走向永恒自由的大门。”①

从以上对几位象征主义理论先驱之学说的介绍中，不难看出俄国象征诗派独具的理论特色。首先，与欧洲的象征

① 《勃留索夫七卷集》，莫斯科1975年版，第6卷，第93页。

派相比，俄国象征派的观点更为入世，他们往往将象征主义当作一种人生的方式，一种使艺术摆脱困境的灵丹，甚至是一种拯救人类文明的途径。造成这一特色的原因有两点：一是已形成强大传统的俄国现实主义美学的渗透，使俄国象征诗派没有完全放弃现实和现实中的问题，他们也说："象征应当自然而然地源于现实的深度"（梅列日科夫斯基语），"与所有的艺术一样，象征主义也始于普通的现象"（沃伦斯基语）。二是时代的左右。俄国象征诗派所恰逢的时代，是俄国历史上最动荡不安的时代之一，面对眼花缭乱的社会，他们不禁时时涌起介入的冲动。如此这般，俄国象征诗派自然难以如他们的法国同胞那样的安闲，那样地专注于诗的本身。

其次，俄国象征派诗学更具哲学味。在法国，象征主义的理论大厦是诗人们自己动手构筑的。而在俄国，同样的工作却是由梅列日科夫斯基、索洛维约夫这样的思想家、哲学家来做的。他们也是诗人，其他的诗人也有理论建树，但这些哲人却左右着象征主义理论的大方向，使象征主义首先成了一种"艺术唯心主义"，一种世界观。加之，象征主义在俄国得到传播之时，也正是俄国哲学界空前混乱、空前活跃之日，马克思主义、康德主义、叔本华和尼采的学说，等等，都在俄国社会中发生影响，使那一时代的俄国社会似乎哲学化了，象征主义也被打上了这一时代的烙印。

最后，俄国象征主义的宗教意味甚浓。俄国东正教虽然是基督教中后起的一个分支，却反而显得原始、素朴，其带有斯拉夫色彩的神秘境界不仅是象征主义的福地，也是孕育俄罗斯思想的温床。哲学和宗教的界限在当时的俄国是很模糊的，它们往往是某一思想家同一学说体的两个面。于是，象征主义在俄国被视为一种“新的宗教意识”，一种启蒙方式和拯救力量。俄国象征派的理论和创作中都有较强的宗教色彩，当年曾主编《阿波罗》杂志、后流亡西方的俄国学者马科夫斯基，在他的《在“白银时代”的帕耳那索斯山上》一书中曾论及俄国象征派和法国象征派的不同，他认为最大的不同，就在于俄国象征派最后“遁入了宗教”。这是一个正确的发现，但也只对了一半，因为，俄国象征派不仅最后“遁入了宗教”，它原本就来自宗教，打从一开头就披着宗教的面纱。

上述三点俄国象征诗派的理论特色，其实又是相互联系的。对象征主义实质的认真思考，使俄国象征主义文论带上了“艺术唯心主义”的哲学色彩；对象征主义所做的哲学探究，在一个宗教氛围浓厚的国度中自然要与宗教意识合拢；对象征主义的现实作用的注重，使它成为一种艺术化了的宗教方式；象征主义在宗教中的地位、与宗教的汇合，又是通过哲学来完成的。沃伦斯基在《颓废派与象征主义》一文中的一段话，无意中道出了这三者之间的联系：“源于批评哲学的、与科学并不相悖的这种宗教的渴望，造就了艺术中那称之为象征主义的新流派。”[①]

---

① 索科洛夫编《19世纪末至20世纪初俄国文学中的诗歌流派》，第54页。

三

俄国象征派的文学成就，在诗歌创作方面表现得最为突出。短短几十年间，涌现出大批优秀诗人和大批优秀诗作，20世纪初的俄国诗界，霎时成了一个星汉灿烂的文学宇宙。在俄国象征诗派中，影响最大的是四位姓氏恰巧都以字母“Б”起首的大诗人——巴里蒙特、勃留索夫、勃洛克和别雷。

康斯坦丁·巴里蒙特（1867—1942）是早期俄国象征派最杰出的代表。勃留索夫曾说，在两个世纪之交的十余年间，正是巴里蒙特在“牢牢地统治着俄国诗歌”。巴里蒙特的一生充满动荡，在中学和大学，他都有过因行为出格而被开除的记录。20多岁，他曾因精神失常而跳楼自杀。1905年革命时，他因写诗触犯当局而遭通缉，被迫偷越国境，飘零异乡达十年之久。十月革命后，终生自认为是“左派”的诗人，却又趁卢那察尔斯基派其出国搜集欧洲民歌之机，流亡国外。20世纪30年代中期，他的精神疾病加剧，在反复的发作中，在巴黎郊外一座条件很差的“俄罗斯之家”中度过了晚年。

巴里蒙特的一生又是轰轰烈烈的。他云游四方，足迹踏至南非、埃及、日本、澳洲和墨西哥。他一生写了20余部诗集，还有大量散文、批评和翻译著作。他曾是诗歌的统治者，也曾是俄国社会的弄潮儿。巴里蒙特的第一本《诗集》于1890年在雅罗斯拉夫尔由作者自费印刷，由于没有引起任何反响，又立即被作者自行销毁。几年的潜心写作之后，巴里蒙特陆续推出《北方的天空下》（1894）、《无垠集》（1895）和《寂静集》（1898）等诗集，终于引起轰动，奠定了他作为一个诗人的地位。这些诗大多是对生活困倦的咏叹，对人生忧郁的抒写。

20世纪最初的几年是巴里蒙特创作中最辉煌的时期，在这一时期，他写出他毕生最重要的三部诗集：《燃烧的大厦》（1900）、《我们将像太阳一样》和《唯有爱》（均1903），这都是最典型的象征主义诗作，勃洛克曾将《我们将像太阳一样》称为“俄国象征主义最伟大的创造之一”。

巴里蒙特在象征诗派中较早地赢得了崇高的文学地位，他的每本诗集每年都要再版多次。1907—1914年，出版了他的十卷本文集；1912年，为庆贺他从事文学活动25周年，彼得堡大学举办了隆重的座谈会，来自科学院的院士们在会上纷纷称他为“伟大的俄国诗人”。在当时，一个还较为年轻的现代主义诗人能够赢得学术界如此的承认，是十分罕见的。然而，巴里蒙特的高峰期去得也快。其实，1905年之后，他便开始在走一条下行的创作道路。他的诗集虽然连续出版，并仍然赢得众多读者和模仿者，但因其中多为改头换面的自我模仿，故没有成为继续加重作者身价的砝码。勃洛克早在1909年就评价说：“是有一个杰出的俄国诗人巴里蒙特，但一个新诗人的巴里蒙特已不会再有了。”[1]盛名之后，往往会有一种失落感。但巴里蒙特并不甘心，他又做了多方努力，因而他后期的创作便显得非常多变。《美之祭》（1906）、《复仇者之歌》（1907）有抨击现实的社会批判倾向；《火烈鸟》（1907）、《绿色花园》（1909）是对斯拉夫神话中的诗歌元素的发掘；《霞光集》（1912）、《太阳、天空和月亮的十四行诗》（1917）等诗集，在诗艺上是对象征主义的回归，在情绪上是对人生和命运的沉思。

巴里蒙特是一位“太阳诗人”。在他那本被称为“象征之书”的诗集《我们将像太阳一样》的扉页上，诗人引用了古希腊哲学家阿那克萨戈拉的一句名言：“我来到这个世界，是为了看见太阳。”阿那克萨戈拉曾因称太阳为一燃烧的巨石而被控为不敬神灵，而巴里蒙特却将这块巨石视为美和力的象征，视为自我的象征。太阳，成了他成熟期创作的主题，金色的阳光自天而降，洒满了诗人的头颅，洒满了他的诗行。这便是他著名的《我们将像太阳一样》一诗：

我们将像太阳一样！我们将忘掉
谁领我们走在金色的路上；
我们只须记住，在那金色的梦中，
我们永远在鲜明地憧憬着
新生、力量、丑恶和善良。

① 《勃洛克八卷集》俄文版，第5卷，第374—375页。

怀着尘世的俗望，
我们将永远祈祷上苍！
我们将像永远年轻的太阳，
温情地抚爱怒放的花朵，
抚爱透明的空气和一切金色宝物。
你幸福吗？那就加倍地幸福吧，
去做忽现幻想的化身！
但别在僵化的安详中滞步，
前进，向思慕的境界奔跑，
前进，末日引我们步入永恒，
那儿正开放新鲜的花苞。
我们将像太阳一样，而太阳永远年轻！
就是美的遗教！

在晚年所写的《效劳于光》一诗中，诗人又写道："太阳的歌手，太阳一样奔走，/完成了使命，等待起步的时候，/去到银河，那孕育新星的去处。"太阳的形象，贯穿着巴里蒙特诗歌创作的始终。

以太阳为其创作的中心形象，使得后来的许多批评家将巴里蒙特视为个人中心主义者。加强人们这一认识的，还有巴里蒙特的许多言论和诗句，比如："我仇视人类，/我匆忙自人类脱身。/我唯一的故国，/是我空旷的心灵。"（《我仇视人类》）这段诗常为史家论者所引，用来佐证巴里蒙特的极端个人主义意识，用于说明象征主义诗歌的颓废色彩。其实，艺术中的个人主义的表白，未必就一定等于诗人的社会行为。最近，已有评论注意到了巴里蒙特上引一诗中的第一人称代词为复数，并以此为突破，重新评价巴里蒙特的人生态度。其实，并不能根据“我们”这一复数形式的出现就断言巴里蒙特是集体主义者，正如不能因为“仇视人类”的只言片语就确定他的“反动”倾向一样。

巴里蒙特又是一位“音乐诗人”。巴里蒙特在诗歌技巧方面为俄国象征主义诗歌、为整个俄语诗歌所做出的巨大贡献，在当时和后来都得到了公认，其中，又以他在诗歌音乐化方面的尝试最为人们所称道。强调音乐感是象征派诗歌的一个主要追求，对应神秘天界而生的神秘的内心感受，很难用明晰、确定的文字加以体现，而最易于用不确定的音乐手段来传导，因此，象征主义诗人们大多要在诗的音乐化上下一番功夫。法国象征派诗人瓦雷里在回顾象征主义诗歌运动时索性这样归纳道：“人们称之为象征主义的那个东西，可以归结为若干诗人团体（他们彼此敌对）的一种共同意思：把音乐从诗那里夺走的东西索取回来。”[①]在俄国象征诗派中，巴里蒙特最早开始这一方面的实践，他在诗中常采用辅音同音法（一行中每个词的起首辅音相同）、元音同音法（一行中多次重复同一元音构成的音节）、内韵、复沓、顶真等手法，营造出一个一咏三叹、余音不尽的语词氛围。如

① 柳鸣九主编《法国文学史》，人民文学出版社1991年版，下册，第456页。

这段诗："我幻想捉住离去的阴影，/流逝了的白天之离去的阴影；/我向塔上攀去，阶梯抖个不停，/我的脚下阶梯抖个不停。"（《我幻想捉住离去的阴影》）在当今的俄语字典中，在解释"同音法"一词时所举的例子，所用的大多是巴里蒙特的这两行诗句："Вечер. Взморье. Вздохи ветра. / Величавый возглас волн."（"黄昏。海边。风的叹息。/波浪那庄严的呼吼。"——《苦闷的小舟》。按：原文中的同音法无法译出。）当然，巴里蒙特诗的音乐感，也来自其诗整体的谋篇布局，更来自其诗中朦胧的情绪和飘忽的意象。

巴里蒙特曾说："我总是在由语言的确定区域向音乐的不确定区域靠拢，我竭尽全力追求音乐性。"[①]在《诗即魔法》（1915）一书中，他又写道："诗即有节奏的语言表达出的内在音乐。"[②]巴里蒙特实践了他的命题，实现了他的追求，他的许多诗作被拉赫马尼诺夫、斯特拉文斯基等人谱上乐曲，不是偶然的。茨维塔耶娃曾说，懂得16种语言的巴里蒙特，"却在用那独特的第17种语言——巴里蒙特的语言说话和写作"。巴里蒙特诗歌语言的最大特色，就是其丰富、内在的音乐感。

瓦列里·勃留索夫（1873—1924）出身于莫斯科一商人家庭，家庭的氛围培养起他关于世界的唯物的看法，却没有

① 《巴里蒙特诗选》1983年俄文版序言，奥泽罗夫作。

② 尼古拉耶夫主编《俄国作家传记辞典》，第1卷，第69页。

妨碍其文学天赋的发展。1893年，当年轻的他敏锐地感觉到俄国必将出现某种“新艺术”时，便在日记中写道：“荒谬也罢，可笑也罢，它（按：指新艺术）总要前进，发展，未来是属于它的，尤其是在它找到一个相称的领袖时。而这个领袖就将是我！是的，就是我！”[①]随后，勃留索夫为象征主义在俄国的传播做了大量工作，他刊行《俄国象征派》辑刊，参与创办《天秤座》杂志和“天蝎座”出版社，同时还进行了积极的理论思考和诗歌创作，果然，他后来成了俄国象征派公认的领袖之一。

勃留索夫的诗歌创作活动大致可以分为四个阶段。第一阶段是指勃留索夫创办《俄国象征派》辑刊和出版最初两本诗集的这段时间。辑刊先后出了三期，它其实是编者苦心耕种的一块文学自留地，其中刊载的诗文，大多出自编者兼出版人的勃留索夫一人之手，不过分别冠以不同的笔名而已。这块园地很快引起反响，达到了预想的目的，三期出完之后，勃留索夫又在日记中不无得意地写道：“这份杂志初出时，我不被人知晓，可现在所有的刊物都在骂我了。”[②]紧接着出版的两本诗集《Chefs d'oeuvre》（《杰作集》，1895）和《Me eum esse》（《这是我》，1897），进一步巩固了诗人的名声。《这是我》有句题词：“献给那些岁月的孤

① 索科洛夫主编《19世纪末至20世纪初俄国文学史》，莫斯科1984年版，第158页。

② 索科洛夫主编《19世纪末至20世纪初俄国文学史》，第158页。

独。”这一题词概括出了勃留索夫早期创作总的主题。这本诗集中还有一首流传甚广的诗，题为《致一位青年诗人》：

目光炽热的苍白少年啊，
如今我把三个劝告给你：
第一请勿现实地生活，
只有未来才是诗人的领地。
第二请勿同情任何人，
只管尽情地爱你自己。
第三请你只供奉艺术，
不再犹豫，不带目的。

这三个奉劝，实为诗人自己当时的创作信条。

自莫斯科大学文史系毕业（1899）后的十年间，勃留索夫每三年出一本诗集，共陆续出版了四部诗集：《Tertia Vigilia》（《第三班岗》，1900）、《Urbi et Orbi》（《面对本城和世界》，1903）、《Stephnos》（《花环集》，1906）和《百调集》（1909）。这些诗作是勃留索夫诗歌创作中最重要的构成。它们表明，勃留索夫在试图改变诗的内容，扩大诗的容量。“第三班岗”，在古罗马是值夜的最后一班岗，诗集的题名似在暗示某种类似黎明的新开端。“Urbi et Orbi”，原为古罗马教皇在布道开始时说的一句话，意指他的话语、他的祝福是面向本城和整个世界的。勃留索夫以此为题，说明他已试图步出极端个人主义的幽谷，诗人自己也题解道："我想说，我不仅朝向同人们狭窄的'本城'，也朝向整个俄国读者的'世界'。"在这几部诗集中，诗人开始关注历史和现实的具体，诗风上显示出一种转变。

在20世纪的前十几年里，勃留索夫由热衷象征主义的组织和宣传工作转向研究古典文学，由鼓吹战争转向揭露战争的非人道实质，创作上表现出一种兼容，一种逃避。《影之镜》（1912）、《彩虹七色》（1916）是这一时期诗作的结集。在《彩虹七色》的序言中，诗人写道："彩虹的七种颜色都同样美好，尘世的各种感受也都同样美好，无论是幸福还是忧愁，无论是喜悦还是痛苦。"

十月革命后，勃留索夫又一次爆发出创作激情，他在积极参与苏维埃文化的建设事业的同时，还写下许多新诗作，如诗集《最后的幻想》（1920）、《当今的岁月》（1921）、《瞬间集》（1922）、《远方集》（1922）、《Mea！》（《快！》，1924）等。这些洋溢着革命热情的诗作被认为是苏维埃诗歌最初的珍品之一，不过，作为一个诗人的勃留索夫，其最闪光的年华还是其创作的中期。

勃留索夫是俄国象征诗派中的"西欧派"，在俄国象征主义者中，他的主张和创作倾向最接近法国象征派。精通欧洲文化的他，把诗写得很有欧洲味，连书名也屡屡用的是拉丁文。他的"欧味"，在其都市题材的创作中有突出的体现。勃留索夫是俄国象征派诗人中最早描写城市生活的人，实际上，他也可以说是20世纪俄语诗歌中的第一个"都市诗人"。在这一方面，他深受维尔哈伦等人的影响。对现代文明之集中体现的大都市，勃留索夫既有高昂的礼赞（如《巴黎》《人的礼赞》等），又有客观的描摹（如《墙上》《画面》等），也不乏因预见了巴比伦塔不幸明天而生的忧郁（如《石匠》等）。

勃留索夫与政治、与革命的关系，也是一个有趣的话题。在俄国象征派中，勃留索夫主张艺术的独立和艺术家的自由最甚，然而在日俄战争和第一次世界大战爆发时，他又是象征派诗人中做正面鼓吹最热烈的人之一。1905年革命后，勃留索夫写过一首题为《致友人》的诗，他在诗中对革命者们说道："不，我不是你们的人！/你们的目标我感觉陌生。""破坏，我将与你们一起！/建设我却不去！"这首诗为列宁所闻，于是，列宁便撰文称勃留索夫为"一个无政府主义诗人"。列宁的《党的组织和党的出版物》一文发表后，勃留索夫曾著文《语言的自由》（1905），出面反对，他在该文的结尾写道："当你们和你们的人勇往直前地反对现存的'不合理'、'不美'的制度时，我们准备与你们同在，我们是你们的盟友。但当你们要对信仰和自由下手时，我们会立即离开你们的旗帜。"[①]但是在十月革命后，勃留索夫却立即参加了新政权的工作，他在多处任职，四处演讲，创办了高等文学院，还于1922年加入共产党。在苏联时期出版的文学史教科书中，勃留索夫一直被写成旧知识分子与新

① 苏联科学院俄罗斯文学研究所编《俄国诗歌史》，列宁格勒1969年版，第2卷，第294页。

制度完美结合的典范。

勃留索夫的文学理论建树是其留赠后人的一宗宝贵的文化遗产。他在《艺术论》（1899）中主张艺术家“把自己的心灵敞向他人”；《逝者与近人》（1912）是他关于古典诗人和其同时代诗人精彩短论的合集；《诗的科学》（1919）是对诗的结构、韵律、语汇等的深入研究；《俄国诗歌的昨天、今天和明天》（1923）更是一部见解独到的诗歌断代史。这些著作影响久远，至今仍常为人们所引用。

安德烈·别雷（1880—1934）作为一个文学家，他是既多面又多变的。他生在一个数学教授的家庭，毕业于大学的数理系，最终却选择了文学。他能写诗，也写小说和理论文章。他的诗集不多，但风格变化很大。他的兴趣多变，单就哲学而言，他就迷恋过尼采、叔本华的学说，又曾是索洛维约夫宗教哲学的忠实信徒，后又信奉人智说。他的多面，是其文学天赋的体现；而他的多变，则恰恰表明了他文学和人生追求的严谨和执着。

和许多象征派诗人一样，别雷也非常重视音乐在诗歌中的作用，但他表现得更为彻底，他认为，音乐是所有艺术门类中最高的形式，其他任何一种艺术体裁，只有在它接近音乐、融汇音乐之后，才能达到完美。于是，别雷便在自己的创作之初，在世纪之初，开始了他谱写语言音乐的创举。他先后写了四部交响乐，即《北方交响乐》、《戏剧交响乐》、《归来》和《风雪高脚杯》（1903—1908）。这是一些半散文半韵文、半文字半音乐的作品，其中有情节有人物，但作者力图表达的，还是某种宗教观念。这部由作者苦心构建的作品是不成功的，其不成功的重要原因之一，就是对艺术体裁界限的忽略和混淆。过量的音乐会杀死诗歌；文学若能整体地、彻底地音乐化，文学也就失去了其存在的意义。

《碧天澄金》（1904）是别雷的第一部诗集。“碧天”即“大气层”，“澄金”即“成熟的田野”，天地相对，色彩相映。在象征派的色谱中，湛蓝和金黄都是希望和幸福的象征。阳光的主题穿透全书，如一柄金钥匙递在诗人的手上。这部诗集中最让人难忘的，就是其“颜色”。这也是一本“象征之书”，整部诗集均建立在天地对应、色彩对应的基础上，几乎每个词都具有本义和他义两个所指。两种成分的对立和转化，又成为别雷诗歌在主题、形象和风格上的重要特征之一。

1905年1月9日，别雷恰好从莫斯科到了彼得堡，亲眼目睹了都城里的大屠杀，受到强烈震动。他之后诗风的改变，也许与此有关。在1909年几乎同时出版的诗集《灰烬集》和《骨灰罐》中，就有明显的转变痕迹。在《灰烬集》的序言中，别雷强调了“艺术家首先是一个人”，他还将这本诗集题词“献给涅克拉索夫”。在《骨灰罐》的序中，别雷自称，如果说《灰烬集》是“一本自焚和死亡之书”，那么《骨灰罐》的主题则是“对人生易逝的沉思”。这两部诗集表明，诗人已从早年的欣喜走向“痛苦的缪斯”。两本诗集在形式上的创新也很突出，以至于有人称之为语言的“巫术”。在这两部诗集之后，别雷就较少写诗了。然而，他在诗歌创作中开始的“文体革命”，后来又继续进行在《银鸽》《彼得堡》等著名长篇小说的写作中。他的文体理论及其实践，对后起的俄国形式主义学派有很大的启发。

别雷的诗中常出现“白色”形象：白色的石头，白色的花环，白色的玫瑰，白色的天使，白色的风雪，白色的长衫……“别雷”这个笔名（他原姓布加耶夫）在俄语中也意为“白色的”。托洛茨基在他的《文学与革命》一书中曾说，“他的这个笔名本身就表明了他与革命的对立”。[①]其实，别雷是把白色当成一种净化力量、一种纯洁理念的象征物来使用的。在《非他》（1808）一诗中，身穿白衣的基督说道：“我用白色来安抚你们冲动的过失。”有研究者注意到，别雷的“白色”形象对勃洛克的创作有所影响，“白色的雪”“白色的花环”等后来也出现在长诗《十二个》中。

十月革命后，别雷返回了诗歌。长诗《基督复活》（1918）是对革命的直接反映；另一部长诗《初会》（1921）写他与“永恒温柔”神秘的相会，这无疑是索洛维约夫学说及其《三次相见》等作品持续影响的结果，同时也与诗人当时和娜杰日达·扎里娜的恋爱感受有关。另两部诗集《孤星集》（1919）、《别后集》（1921）则带有明显的人智学意味。他在20世纪30年代写作的大量回忆录，如《两个世纪之

① 托洛茨基《文学与革命》，刘文飞、王景生、季耶译，外国文学出版社1992年版，第32页。

交》（1930）、《世纪之初》（1933）和《两次革命之间》（1934）等，是十分珍贵的文学史资料。

十月革命后，别雷曾与勃洛克一同，被流亡国外的旧友视为俄国知识分子的“叛徒”，这说明，别雷与革命还是比较接近的。无怪乎，在他逝世时，《真理报》在1月11日刊出了这样的讣告：“别雷的逝世，标志着俄国象征主义杰出代表中的最后一员步入了坟墓。必须指出，他没有重复这一文学流派其他首领（梅列日科夫斯基、吉比乌斯、巴里蒙特）的命运，那些人陷入了白卫军流亡集团的泥沼。而安·别雷是作为一个苏维埃作家去世的。”其实，别雷对象征主义很有感情，十月革命后，他仍在继续宣传象征主义，创办了《幻想者杂志》，支撑着“缪萨革忒斯”出版社，试图复兴俄国象征主义，他实为俄国象征诗派中最忠实的一员。

亚历山大·勃洛克（1880—1921）是俄国象征派最杰出的代表，也是20世纪俄语诗歌中最杰出的大师之一。勃洛克生于贵族知识分子家庭，父亲是华沙大学的法学教授，母亲和外祖母、姨妈们都进行过文学活动，未来的诗人出生不久，父母因感情不和而离异，小勃洛克从此一直被寄养在曾任彼得堡大学校长的外祖父家里。书香门第的文化氛围，家族中女性们的文学活动，都给了勃洛克以极大影响。1898年他进入了彼得堡大学法律系，但三年后还是转入了语文系。他很早就开始写诗，当时是以茹科夫斯基为“最初的感召者”，在象征主义兴起之后，他转而视索洛维约夫为“精神之父”，立即作为青年象征派中重要的一员步入了诗坛。

勃洛克是一个卓越的抒情歌手。1904年，他的第一本诗集《美女郎诗草》出版，在此前一年，他与俄国著名化学家门捷列夫的女儿柳鲍芙结婚。这部处女诗集的主题，便是诗人的恋爱以及由此引发的内心感受，因此，这是一本“诗体的恋爱自传”。但同时，这又是一本象征主义的诗集，是作者象征主义诗歌实践的最初尝试。诗中的“美女郎”，既是生活中的恋人，也是索洛维约夫哲学中的“永恒温柔”（故诗集题名中的“美女郎”以大写字母起首）。诗中有对尘世之欢的抒写，也有期待“永恒温柔”下凡的神秘预感。心目中的女郎与理念中的天使交织一体，构成了勃洛克诗歌中一个光辉的形象。

然而，在接下来的第二部诗集《意外的喜悦》（1906）的第一首诗中，诗人却在与“美女郎”道别：“你在原野上离去不再回头。/哦你的名字就是神圣！/落日那红红的长矛，/又尖尖地刺进我的身。”告别了“美女郎”，诗人仍留在原野上，眼望四周的自然，他似乎发现了“意外的喜悦”，于是便写起自然来了：林中的白桦，通向远方的道路，温柔的秋风，纷纷作为形象走进这部诗集。这部诗集中有一首题为《陌生女郎》的诗，写的是诗人在一个酒馆中和一位陌生女郎的相遇，诗中传导出的现实与幻想的矛盾、意识中莫名的紧张，既具体又抽象。这首诗在当时流传很广，诗人还在此基础上创作了一部同名话剧。1908年，诗集《雪封的大地》出版，其中收入在此之前曾以单行本形式出版过的组诗《雪面具》，这组诗记录了诗人对女演员沃洛霍娃的爱恋。在《雪封的大地》的序言中，勃洛克将其前三部诗集的主题一并做了概括："《美女郎诗草》是清晨的霞光……《意外的喜悦》是灼热、苦涩的欣喜最初的体验，是生活的最初的书页……《雪封的大地》则是苦涩欣喜的果实，是一盏苦酒。"从后一部诗集起，勃洛克抒情诗中的悲剧意味加重了，这既与当时压抑的社会环境有关，与诗人和象征派诗人间开始出现的分歧有关，同时，也是诗人对历史、对个人命运开始进行的痛苦思索在诗歌创作中的反映。这是一个思想的痛苦期，却是一个创作的丰收期和高峰期。《夜间集》《意大利诗抄》《抑扬格集》《可怖的世界》《死神之舞》《竖琴和提琴》《卡门》等诗集和组诗都出版于这一时期（1909—1916）。

在1912年所做的一个题为《论诗人之使命》的报告中，勃洛克曾将诗人称为"和谐之子"，并说这种"和谐"，首先就是"世界上各种力量的和谐"。勃洛克的抒情诗正是这样的和谐体，但它不是一种恬淡的平衡，这是某种"复调抒情诗"。勃洛克的抒情诗，是充满矛盾和冲突的诗。出身书香人家、外表清秀、性格内向的勃洛克，却是一个内心充满激情的人，"他本身就有一种不安和叛乱的天性"。[①]勃洛克所处的时代，又将各种尖锐的矛盾推至敏感而又真诚的诗人面前，强化了其紧张的内心生活。读勃洛克的诗，很难不

① 苏联科学院俄罗斯文学研究所编《俄国诗歌史》，第316页。

为其中那潜在的、按捺不住的躁动而心动。诗人呈沉思状、不安状，甚至连春天也让他感到难耐：“哦，无休无止的春天，/无休无止的幻想！”（《哦，无休无止的春天》）他意识到：“我们是俄罗斯可怖年代的孩子”，“世上的一切都将死去，无论母亲还是青春，/妻子会变心，朋友会离去……”在他的名诗《在库里科夫古战场》中有这样一句：“永恒的战争！我们只能在睡梦中见到安详。”这句后来常为人所引用的诗，是诗人心境的真实描摹。勃洛克的抒情诗，充满形象的对比、色彩的对应、感觉的对立，就连他的爱情诗也是躁动不安的，既非甜言蜜语，亦非苦情愁肠。在组诗《雪面具》中，火热的恋情竟爆发在暴风雪的时日，诗人的爱成为“雪篝火”，在胜过春花秋月的冬雪中，通过冷和热的对比，诗人火热的恋情得到了更为突出的体现。在《秋恋》一诗中，作者写道：

多么欢乐，在风中
拥抱你冰冷的肩头；
你想——温柔的爱抚，
我知——躁动的狂喜！

双目温热，如同夜烛，
我贪婪地倾听——
可怖的童话在动，
星星的田埂在喘息……

在组诗《卡门》中，同样有爱的属于和感情解放的斗争。勃洛克的这种新型的爱情诗，是俄语诗歌中的一种创造，一个高峰。

勃洛克的躁动不安，更体现在他的历史题材、俄罗斯题材的长诗抒情诗中。在这类诗中，常可以听到多种声音的共鸣。在这类诗中，布满了问号、省略号、破折号和感叹号，它们仿佛是诗人匆忙的思绪和心迹的路标。有人说，他的诗是一个艺术家与历史、与世界的紧张对话。由此，我们便在勃洛克的抒情诗的躁动中体味出了“和谐”，同时也感觉到了诗人的真诚与多情。这便是勃洛克对20世纪俄语诗歌做出的巨大贡献。

在长诗创作领域，勃洛克也表现出了极高的天赋。他在十月革命前后长诗创作的代表作，分别是《报复》和《十二个》。

《报复》写于1910年，最终没有完成。长诗的写作起因，是诗人父亲的去世。诗人原想以诗来为父亲唱一支安魂曲，并对家族的历史做一次回顾，但在写作过程中，长诗的主题逐渐扩大，从已发表的篇章看，长诗实际写的是一代知识分子的历史命运，写的是知识分子与革命、个性与社会的关系。这一主题已困惑了诗人多年，它也是勃洛克后来创作的主要内容之一。长诗最终没有写完，这在某种意义上也说明，诗人最终也没有完成自己的这一思考。在长诗的序言中，乐于为自己的作品加注解的诗人又写道：“遭受过历史、环境、时代报复的氏族，也开始进行报复了……他们准备以他们的小手，去抓住人类历史赖以前行的巨轮。”悲观中又掺杂着对自我的信念和对未来的期望。

十月革命后，诗人立即站到苏维埃政权一边，从事多项文化工作，还担任全俄诗人协会彼得堡分会的主席。1918年初，他在《知识分子与革命》一文的结尾，对俄国知识界呼吁道：“以全部的身体、全部的心灵和全部的意识去倾听革命。”这句话后来常常被引用，以佐证诗人的革命性立场。而诗人对新文化、新诗歌的最大贡献，还是在于他在1918年1月间短短的几天里写出了长诗《十二个》。

《十二个》写的是十二个赤卫队员于风雪之夜在彼得堡街头巡逻的场面。黑的夜，白的雪，赤卫队员手持红的旗帜，走在大街上。巡逻期间，他们嘲笑了资产者，倾吐了革命豪情，他们中的一位，还开枪打死了他的旧情人、一个正与资产者鬼混的妓女。赤卫队员是革命者，同时，他们身上又散发着野性的自发势力。诗人敏锐地抓住了时代的本质，对社会的代表力量做出了准确的描写。在诗的结尾，十二个赤卫队员继续前进，但是，在他们的前方，是头戴白色花环的基督在指引道路。

对长诗结尾处的这个“基督形象”，人们长期争论不休。有人为之惋惜，认为是长诗中的败笔，说明诗人不理解革命的本质；有人则认为这不过是一个比喻，基督指的是列宁。勃洛克对革命自然没有政治家那样的洞察，“如若他能带着具体-历史的革命观点在真实的社会-经济的意义上理解革命，他也许永远也写不出《十二个》”。[1]对革命，勃洛克是赞成的，但他也担心其巨大的破坏力量。在“破”与“立”之间，诗人在极力寻求某种“第三力量”。基督的形象，也许就是诗人找到的这种力，它作为残忍的补偿，作为未来的替代，体现着革命的终极目标。这是一种净化力量，一种烈火后再生的力量。这不是一个偶然出现的附加形象，它构成了全诗象征主义式的对应：杂乱的尘世与净化的理想，漆黑的夜与白色的雪和白色的基督，自发势力与精神升华……同时，这一形象也是贯穿全诗的。在诗的开头，有“什么在前方行？”的提问，结尾两句为：“戴着白色的玫瑰花环，/是基督在前方行。”首尾呼应，构成一个整体。也有学者曾注意到这一点，特尼亚诺夫曾言，整部长诗，“几乎均为结局主题的变奏、摆动和倾斜”。[2]可见，基督形象应是理解全诗的钥匙之一。不过，作者也没有给出十分肯定的答案。结尾的形象，其实又是一个新的提问，据当时听过勃洛克亲自朗诵《十二个》的人回忆，勃洛克总是用疑问的语调来朗诵最后两句诗。

在勃洛克的创作中，俄国象征主义诗歌获得了最高体现，同时，随着勃洛克与象征主义的决裂，随着勃洛克的早逝，俄国象征诗派也逐渐地趋向衰亡。

---

① 苏联科学院俄罗斯文学研究所编《俄国诗歌史》，第324页。

② 特尼亚诺夫《诗歌语言问题》，莫斯科1965年版，第258页。

四

除上述四位杰出诗人外，俄国象征诗派还推出了许多重要诗人。他们的创作，不仅在当时就是俄国诗歌文化的重要组成，而且至今仍在俄国和世界拥有持久的声誉。

因诺肯基·安年斯基（1855—1909）只能被称为一位前象征主义诗人，他的创作和理论，都算不得标准的象征主义。他的创作命运十分独特，起先，他作为一名语文教师默默地工作了几十年，直到48岁才出版处女诗集《轻歌集》（1904）。“轻歌”的主题是沉重的，写两个世纪之交时分一个知识人的苦闷，现实的不完善和自我的无能为力，使抒情主人公成为一个精神的两面人。然而，诗人却把这种沉重的精神负担写得非常轻盈，使人立即感到，这是一种新的诗歌感觉。诗人的第二本，也是他的最后一本诗集《柏木雕花箱》则出版于诗人逝世后的第二年（1910）。这只精致如首饰盒一般的小箱子中装满了宝贵之物，令观赏者爱不释手。后来，在1923年，诗人的儿子将父亲生前未曾发表的诗作整理成册，出了一本《安年斯基遗诗集》。这便是安年斯基诗歌遗产的全部了。

薄薄的两本诗集，何以能为它们的作者赢得如此巨大的诗人声誉，甚至能使他被称为俄国新诗歌的创始人呢？重要的一点，便在于安年斯基对世界的独特感受和对这种感受的独特表达。勃留索夫总结他的特点道："安年斯基的写作手法完全是印象主义的；他对一切的反映，不是如他所知道的那样，而是如他所感觉的那样，而且是在此时、在此一瞬间的感觉。"[①]安年斯基诗的中心是孤独和忧愁，常见的场景是日落、黄昏、秋天。但是，诗人所对准的焦点，不是客观的对象而是主体对客体的态度或主体与客体的关系。勃洛克曾将安年斯基的诗概括为一个目睹美之流逝而枉然忧虑的诗人内心的不安。这样，作为一个"彻底的象征主义者"（勃留索夫语），安年斯基在某种意义上成了费特-丘特切夫型的诗歌和象征主义诗歌之间的过渡，这便是安年斯基及其创作的意义和价值之所在。安年斯基还是一位严谨的理论家，他的两卷本的论文集《映象集》（1906—1908）远远厚过他的两本诗集。他的理论侧重对诗人的精神生活和创作内心的探索，也可以被视为一种"印象主义"批评。

维亚切斯拉夫·伊万诺夫（1866—1949）被认为是"象征主义者中最具象征意味的"诗人。这是一位"学者诗人"，他虽十几岁就开始写诗，却不求发表；赢得诗人的名声后，又曾中断写诗多年，转而从事学术研究。他早年留学德国，后又在罗马、巴黎等地研究欧洲文化。在作为一个积极的象征主义诗人活跃于诗坛的时候，他也从来没有

① 勃留索夫《逝者与近人》，第159页。

放弃他的学者身份。1903年，他的第一本诗集《导航星》出版，索洛维约夫在读了诗集后说："可以立即看出，作者是一位语文学家。"勃洛克评论伊万诺夫的创作道：伊万诺夫的诗，是写给那些不仅经历了许多，同时也思考过许多的人们读的。这些话，大约是就伊万诺夫诗中所体现出的渊博的知识、平衡的感情、玄学般的意境而言的。他的诗在外在形式上也句式冗长，音韵滞重。当时，有人讥之为"上了锈的诗人"，有人则褒之为"石头诗人"。他的第二本诗集名为《透明集》（1904），仅从书名便可以感觉到某种转变。如果说他第一部诗集的两个中心形象是"光"和"石"，后一部诗集则补充进了"夜"和"水"的形象，作者显然已在寻求更为灵活、更为轻盈的音调和形象了。

伊万诺夫对俄国象征主义的贡献还不止于理论和创作，由他作为主人的文学沙龙，是俄国象征派的中心论坛。1905年，诗人回国后，在彼得堡塔夫里切斯卡娅街上他的住所里创办了著名的"象牙塔"艺术沙龙，每个星期三，都市里的许多文化人士都聚集此处，通宵长谈，探讨象征主义以及其他艺术问题。伊万诺夫的家，很快就成了享誉彼得堡的一块文化宝地。

在1912年同时出版的伊万诺夫的两本诗集，却有着截然相对的两个标题：《Cor ardens》（《燃烧的心灵》，两卷）和《温柔的秘密》。伊万诺夫的结发之妻是他一个少时好友的妹妹。留学罗马时，伊万诺夫又与莉季娅一见钟情，遂再次结婚，莉季娅从此成了伊万诺夫生活中和诗歌中理想的象征。1907年，莉季娅突然死去，伊万诺夫十分悲痛，几年过后，伊万诺夫与莉季娅和她的前夫所生的女儿韦拉相爱结婚，据说是因为韦拉长得非常像她的母亲。这便是诗人“温柔的秘密”，他自称这部诗集的主题就是“含着眼泪的欢乐”。长诗《幼年》（1913—1918）是伊万诺夫的又一部重要作品，是“诗的生活记录”，是对其生活的“史前史”的追忆，充满了恬静、温馨的感情。

20世纪20年代，伊万诺夫前去阿塞拜疆工作，曾任阿塞拜疆副教育人民委员和巴库大学校长。1920年，韦拉在饥荒中死去，伊万诺夫失去了最后的爱。1924年，伊万诺夫流亡意大利，落脚在他心目中的欧洲文化之都罗马。意大利法西斯执政时，伊万诺夫仍没有放弃他的苏联国籍，这使他遇到许多生活上的困难。他亲自编就的最后一本诗集是《暮色集》（1962，牛津），其中收入他1912年之后的诗作。这些诗中没有描写，没有叙述，没有解释，而多为穿透历史的哲学思考，彻悟人生的艺术概括，是标准的唯理化的“老人诗”。那淡淡的春色，一直笼罩着诗人的暮年。晚年，他写了大量十四行诗，如《冬天的十四行》（1920）、《罗马十四行》（1924）、《十四行花环》等，这大约既是环境的影响（意大利是十四行诗的故乡），也是心境的左右（暮年的感慨最宜用严谨的十四行诗的形式来表达）。1949年，诗人在罗马逝世。他的《十四行花环》是为追忆莉季娅而作的，而他晚年的诗作，也正是他于孤寂之中为自己编扎的“十四行花环”。

费奥多尔·索洛古勃（1863—1927）生长在彼得堡，却是以一个贵族家庭中女仆儿子的身份接受教育的；他是都市里的知识分子，却长年在偏远的外省当数学老师。他的出身和境遇，助长了他性格中的反社会因素，强化了他对人生的悲观主义看法。在同一代的诗人中，索洛古勃诗作的悲剧意味最浓。他认为现实世界是不可知的，人面对世界有的只是恐惧；艺术创作是一种抗拒现实的手段，从事艺术创作，就是为了从生活中抓取碎片，从而制造出“甜蜜的神话”。“甜蜜神话论”是索洛古勃的一个重要信条，可他的诗却毫无甜味，苦涩不堪。生活是无尽的苦难，而摆脱苦难的尝试又是无尽的折磨，人就像笼中的野兽：

我们是被困的野兽，
我们拼着命呼喊。
门却沉沉地锁了，
我们打不开门闩。

诸如此类的诗行和感觉充满了索洛古勃的诗歌。他最初一本《诗集》（1895）是这样，他最重要的诗集《火圈集》（1908）也是这样。在该诗集中，生活之恶已被当作一个难以摆脱的厄运，它无所不在，不可抗拒，软弱的人只能成为这厄运的玩偶。在《以利沙伯》一诗中，死亡甚至被当作一个胜利者、一种拯救力量来加以歌颂。他在十月革命后创作了大量诗歌，如《蓝天集》（1920）、《挚爱集》

（1921）、《芦笛集》和《巫师之杯》（均1922）等近十部诗集，这些诗作仍罩有浓重的“暗影”。勃留索夫评论这位诗人说：“自初入文坛时起，索洛古勃就已是一位诗歌大师，到最终他仍一直是这样……无论是在早期的诗作中还是在最后的诗作中，一直有一只同样的铁腕在无误地把握着认定的路线。”[①]这只“铁腕”，自然是指诗人握笔的手，但也可以理解为那一噩梦和死亡的诗歌主题。

索洛古勃更是一位小说家，他的长篇小说《噩梦》（1895）和《卑鄙的恶魔》（1907）给他带来了巨大声誉。1908—1910年，他被当时的文学界视为俄国作家中最优秀的四杰之一（另三位是高尔基、安德列耶夫和库普林）。1908年，索洛古勃与女作家切鲍塔列夫斯卡娅结婚，后者给他的生活带来了秩序、恬静和幸福。索洛古勃的家，成了很有吸引力的文学沙龙。十月革命后，索洛古勃的文学活动仍很活跃，曾任文学活动家协会理事会主席。

济娜伊达·吉比乌斯（1869—1945）是俄国杰出的象征主义诗人中唯一的女性，但她的诗却以理性和力度见长。她认为诗就是“特定时刻感觉的充盈”，她认为诗只有三个主题：人，爱，死。人的价值在于爱，爱又通过死抵达永恒，因为只有死亡才能让爱摆脱时间的束缚。基于这样的理解，女诗人自然要往自己的诗上大量地涂抹悲剧的色调。

① 勃留索夫《逝者与近人》，第109页。

1898年，去梯弗里斯（今第比利斯）旅行的梅列日科夫斯基相遇了20岁的当地少女济娜伊达，坠入情网的这对男女很快就结合了。梅列日科夫斯基把她带到彼得堡，同时也把她带进了象征主义的文学天地。他们共同创办《新路》杂志，共同主持"宗教哲学会"，这段时光后来被吉比乌斯称为她一生"外在生活"中"最闪光的事件"。从此之后，两人的生活和创作密不可分，他们一同生活，一同写作，一同流亡国外，最后先后死于巴黎。

吉比乌斯写诗很早，也很多，但早年并未出版过较有影响的诗集，她引人注目的作品反而是一些短篇小说集，如《崭新的人们》（1896）、《镜子》（1898）、《月光蚂蚁》（1912）等。她最重要的诗集要数那本在巴黎出版的《光照集》（1939）。

《光照集》的题目让人很容易想到巴里蒙特。吉比乌斯和巴里蒙特同属"老一代"象征派，但他们的艺术趣味却大不一样。当巴里蒙特发表了《我们将像太阳一样》一诗并引起满堂喝彩时，吉比乌斯却公开表达不满，她觉得巴里蒙特的阳光过于"刺眼"，她寻求的是教堂内部的肃穆和夜间蜡烛的微光。她当即写了一首题为《静谧的火苗》的诗，与巴里蒙特的太阳诗针锋相对。若干年后，一直因巴里蒙特的光亮而耿耿于怀的她，终于又写了一首题为《我们不会像太阳一样》的诗，诗中写道："我不要太阳的荒漠，那儿潜伏着奴性的孤独。"从这个俄国象征诗派中常被人提起的"顶牛"事件里，也可以感觉出吉比乌斯独特的个性和诗歌风格。

除上述诗人外，还有一些在当时很活跃、很有影响的象征派诗人，如“老一代”的象征派古列维奇和伊万·科涅夫斯科依、弗·索洛维约夫的侄子谢尔盖·索洛维约夫、“天蝎座”出版社的主持人波里亚科夫、《俄国象征派》一书的作者埃里斯、行为怪诞的神父诗人亚历山大·杜勃罗留波夫，等等。没有这些诗人以及其他许多诗人的合作和努力，俄国象征主义诗歌就难以形成一场声势如此浩大的文学运动。

五

俄国象征诗派是唯一一个在俄罗斯的土地上得到充分发展的现代主义文学流派。西欧的象征主义是划分古典文学和现代文学的分界线，是20世纪现代主义文学总的源头。俄国文学中的象征主义诗歌流派，也同样具有这种文学史上的划时代意义。长期以来，俄语文学被十月革命这一重大的政治事件分割为俄国文学和苏维埃俄罗斯文学这两大块，而俄国象征主义文学又如卡在两块巨石间的一根细草，十月革命那涵盖一切的巨大影响，遮掩了俄国象征诗派的历史意义。后来苏联社会特定的社会环境，使俄国象征诗派的遗产没有得到充分的继承，这也在一定程度上影响到了人们对其文学价值和历史意义的充分认识。就文学内容而言，俄语文学中革命性的转折出现在十月革命之后，而就艺术形式而言，俄语文学中实质性的变化则发生在俄国象征诗派出现之时。真正的俄语诗歌成熟在普希金、莱蒙托夫时代，从以他俩以及众多杰出诗人的创作为代表的俄语诗歌的“黄金时代”起直到19世纪末，可以视为俄语诗歌中的“普希金时期”。而从具有巨大创新意义的俄国象征诗派开始，人们又意识到，诗原来还可以是另一个样子，还可以用另一种方式来写。俄国象征诗派以及受其影响而出现的其他诗歌流派，争奇斗妍，不仅形成了俄语诗歌中的“白银时代”，同时也宣告了俄语诗史中一个“后普希金时期”的开始。

俄国象征诗派是一个受外来影响而出现的文学流派，但它同时也继承并丰富了传统的俄罗斯诗歌文化。俄罗斯民族是欧洲民族家庭中后起的民族，由于其一直存在的追赶欧洲、追求“欧化”的民族心态，整个俄国文学始终处在欧洲文化的巨大影响之下。但在19世纪中、后期，由于一大批天才的俄国文学家的努力，俄国文学开始走向世界，最后，俄国的批判现实主义文学终于登上了世界文学的顶峰。俄国象征主义诗歌虽然没有能与俄国批判现实主义小说相媲美的成就，但它能在巨人的身后一显淑女的姿色，也为俄语诗歌走向欧洲、走向世界起到了巨大的推动作用。从俄国象征主义诗歌开始，俄语诗歌中的文化气息变得浓厚了，以古希腊、罗马文化为代表的欧洲文明积淀开始溶解在俄语诗歌中，同时，那显得凝重、神秘、朴素的斯拉夫文化基因也被植入了俄语诗歌。可以说，俄国象征主义诗歌的理论和创作，极大地提高了俄语诗歌的文化品位。如今，象征派诗歌在俄国重新受到推崇，许多象征派大师的诗集重新出版。这自然与苏联解体后自由的社会文化氛围有关，与处于又一个世纪之末的人们再次怀有的“世纪末情结”有关，同时，也与俄国象征主义诗歌自在的价值和意义有关。大批的当代诗人，尤其是青年诗人，又把目光投向世纪之初，投向象征派的诗歌，在他们已感陌生的先辈的诗歌文化遗产中寻找珍宝。

（选自《二十世纪俄语诗史》，社会科学文献出版社1996年版）

阿克梅派诗歌

一

象征主义的危机，客观上为新的诗歌力量的出现提供了条件。1913年，在彼得堡一份文学艺术刊物《阿波罗》的第一期上，发表了古米廖夫的《象征主义的遗产和阿克梅主义》和戈罗杰茨基的《当代俄国诗歌中的几个流派》两篇文章，这两篇宣言式的文章，产生了较为广泛的影响，从而宣告了俄国诗歌中一个新的流派——阿克梅诗派的诞生。

“阿克梅”是希腊语单词“άκμη”的俄语译音，原词有“高峰、繁荣”等含义，古米廖夫等人以这个词来自我命名，大约既有标新立异的初衷，也有借这个词所具有的异域色彩和古典意味以体现其创作主张和美学追求的愿望。

1910年，新婚燕尔的年轻诗人古米廖夫和阿赫马托娃前往巴黎，在那儿，古米廖夫曾编了一份叫《天狼星》的诗歌杂志，阿赫马托娃就是在这份杂志上发表了她的第一首诗。不久，也在巴黎求学的曼德尔施塔姆与古米廖夫夫妇相识，他们构成了后来发展成为阿克梅诗派的诗歌集团最初的核心。返回俄国后，古米廖夫在《阿波罗》杂志编辑部找到一个位置，主管该杂志的诗歌栏目。《阿波罗》由俄国艺术批评家马科夫斯基于1909年创办，它起先是象征主义的阵地，后来也许因为古米廖夫的作用，它逐渐成了阿克梅主义的喉舌，但从创刊直到1917年停刊，《阿波罗》杂志始终以浓重的古典风味和高雅的美学趣味为其特色。在古米廖夫周围逐渐聚集起一些志趣较为相投的年轻诗人，他们都或多或少地表现出了对象征主义诗歌“统治”的不满和进行某种新的诗歌尝试的愿望，一个新的诗人集团形成的条件已经具备，于是，由古米廖夫等人倡导，在彼得堡成立了文学团体“诗人行会”。“行会”吸引了彼得堡不少年轻诗人，积极参与其活动的知名诗人有古米廖夫、戈罗杰茨基、曼德尔施塔姆、阿赫马托娃、纳尔布特、森凯维奇、洛津斯基、库兹明娜-卡拉塔耶娃、阿达莫维奇、格奥尔基·伊万诺夫，稍后还有奥祖普、奥陀耶夫采娃、罗日杰斯特文斯基、涅尔吉亨、瓦季诺夫等。“行会”创办了自己的出版社，出版《北极》杂志和《诗人行会辑刊》等刊物。“行会”是阿克梅诗派的基础，人们也常将“诗人行会”和阿克梅诗派视为同义词，例如，勃洛克在他那篇著名的反阿克梅主义的文章《没有神性，没有灵感》中就用过一个将上述两者结合起来的副标题：“阿克梅主义者行会”。但是，在阿克梅主义的诗歌纲领正式提出后，“诗人行会”作为一个诗歌组织还是逐渐松散，在1914年之后基本停止了活动。后来，在1921—1923年，一些原先的“行会”诗人又恢复了“诗人行会”的活动，他们继续出版诗集和刊物，最后四本《诗人行会辑刊》

就是由流亡国外的“行会”成员在柏林编辑出版的。“诗人行会”后来的活动，也被有些学者视为阿克梅诗派的延续或“复兴”。

阿克梅主义诗歌是从象征主义诗歌中脱胎而来的，古米廖夫在他那篇阿克梅诗派的宣言中曾将象征主义称为阿克梅主义“当之无愧的父亲”。阿克梅诗派的代表诗人，如戈罗杰茨基、阿赫马托娃、曼德尔施塔姆等，都曾是伊万诺夫家艺术沙龙中的常客，也都是在那座象征主义的“象牙塔”中赢得最初诗名的；阿克梅诗派诗人们的早期创作，均带有或多或少的象征主义意味，可以说，他们都是从象征主义诗歌起步的，他们也都视安年斯基、勃留索夫、勃洛克、维亚切斯拉夫·伊万诺夫等象征主义大诗人为自己的创作导师，古米廖夫在他的《忆安年斯基》一诗中曾称他读中学时的校长安年斯基为自己的“第一个老师”，阿赫马托娃在她的第二本诗集《念珠集》的扉页上写道：“献给亚历山大·勃洛克。是你使我有了不安和写诗的能力。安娜·阿赫马托娃。”曼德尔施塔姆、阿赫马托娃、戈罗杰茨基甚至曾与库兹明、茨维塔耶娃等接近早期《阿波罗》杂志和伊万诺夫沙龙的诗人一同，被称为象征主义的“第三代”。然而，阿克梅派诗人又是象征主义诗歌的“叛逆之子”，他们是作为象征主义诗歌的反对者而登上俄国诗坛的，无论是他们的理论主张还是他们的创作实践，也都体现出了诸多与象征主义不同的、甚至是针锋相对的倾向。他们反对象征主义的阴柔和朦胧，主张阳刚和明确；他们反对象征主义的玄学特征和宗教色彩，主张对事物的客观态度和关于世界的现实精神；在继承象征主义在诗歌技巧领域的经验和成果的基础上，他们又进行了新的探索，比如对诗歌的力度和张力的强调、对形象的绘画性和原始性的追求以及对诗语本身的探究，等等。阿克梅诗派对诗本身，尤其是诗语本身进行的探索，为在它稍后兴起的未来主义开了先河。就这一意义而言，阿克梅诗派又是俄国象征主义诗歌和未来主义诗歌的中介，而阿克梅主义的这一角色和历史意义，在以往的批评中似乎没有得到足够的关注。

在俄国世纪之初的三个现代主义诗歌流派中，阿克梅诗派是居中的一支。就组织而言，它没有象征主义那么庞大，也不如未来主义那般紧密；就持续的历史和影响的广度而言，它不及象征主义；就对相关艺术的渗透和对社会的冲击力量而言，它又不如未来主义。就文学的发展而言，阿克梅主义是应运而生的，是一种必然，任何一种文学潮流都不可能永远统治文坛，象征主义衰落后出现的文学空间需要新生力量来填补；但是，若就社会背景来看，阿克梅诗派却显得有些生不逢时，如果说，俄国象征主义是一场席卷欧洲的文学运动和俄国文学内在的发展要求相结合的产物，未来主义是革命前后昂扬的社会激情在艺术中的体现，那么，阿克梅主义的出现似乎是缺少特定的社会和时代大前提的，而有某种“自发性”和“偶然性”。然而，单就诗歌创作的价值和意义而言，阿克梅诗派却毫不逊色，甚至更为突出。首先，阿克梅诗派推出了自己的诗歌大师。阿克梅诗派人数不多，其代表诗人就是通常被称为“阿克梅派六杰”的古米廖夫、戈罗杰茨基、阿赫马托娃、曼德尔施塔姆、森凯维奇和纳尔布特。这几位诗人在当时个个出名，声誉很高，后来在不同的历史时期，他们又都先后发挥过很大的文化作用，而阿赫马托娃和曼德尔施塔姆，更是对整个20世纪俄语诗歌产生深远影响的诗歌巨人。其次，阿克梅诗派坚持较为恰当的诗歌立场。与俄国象征主义诗派相比，阿克梅诗派更关注对本民族诗歌精神的体现。阿克梅诗派的代表人物虽然大多也在法国等地留学，精通西欧文化，但他们却比俄国的象征主义者们有着更多的民族文化意识；他们的创作中虽也时常出现“异域主题”和欧洲情调，但更为醒目的却是他们那种继承俄罗斯诗歌基因、创建民族诗歌风格的自觉努力。与俄国未来诗派相比，阿克梅诗派又更注重对诗歌文化遗产的捍卫和继承。未来派要打倒一切，阿克梅派诗人们则非常珍重从古希腊到象征主义、从但丁到普希金的所有诗歌遗产，戈罗杰茨基对斯拉夫古代民歌的搜集，古米廖夫对中国古典诗词的翻译介绍，曼德尔施塔姆与但丁的深入“交谈”，阿赫马托娃在晚年对普希金的深刻研究，也许都不是一些偶然现象。最后，阿克梅诗派有着独特的诗歌追求。在诸现代主义文学流派中，阿克梅派诗人们相互之间的差异或许是最大的，如古米廖夫热衷于对神奇国度的描写和对男性气质的歌颂，而戈罗杰茨基则在题材和风格上都与民间创作非常接近，如阿赫马托娃只在女性的闺房中反复体味内心的感受，而曼德尔施塔姆则欲将博大的文明积淀溶解在他的诗行里。这也许和阿克梅主义理论本身的不严密、阿克梅诗派构成上的松散等有关，但这反过来也说明，阿克梅派的诗人们是忠于自己的创作的，他们对诗的挚爱以及在诗的不同领域的探索，使阿克梅诗派显示出最为丰富的创作特色，获得了较高的诗歌美学价值和文化品位。

于是我们看到，阿克梅诗派不仅在象征主义和未来主义之间起到了一个承前启后的过渡作用，同时，它还在民族精神和外来文化、文学遗产和时代潮流、理论主张和创作实践、团体利益和诗人个性、大的“文化”和具体的“词”等之间成功地找到了最佳的“中庸”位置，因此，阿克梅派诗人才有如此之大的收获和如此久远的影响，也正是因此，我们可以断言，仅由几个诗人组成的、历史只有四五年的阿克梅诗派，却无疑是20世纪俄语诗歌史中最重要的诗歌流派之一。

二

和象征诗派不同，阿克梅诗派没有大的理论家，甚至没有一本系统的理论著作，但它又确实提出了不少新的诗歌见解和主张，将它们归纳起来，亦可看出阿克梅主义诗歌理论的轮廓。

最早、也最集中地表达阿克梅主义诗歌观点的，自然是古米廖夫和戈罗杰茨基发表在《阿波罗》上的两篇文章。这两篇文章立场一致，观点相同，都是在对象征主义进行批判的基础上进而提出自己的新主张，正所谓“不破不立”；但是两者的侧重也有所不同，古米廖夫对阿克梅主义做了正面的阐释，戈罗杰茨基则对阿克梅诗派的创作进行了具体的分析。

在《象征主义的遗产和阿克梅主义》一文的开头，古米廖夫就宣布：“对于一个细心的读者来说，这一点是很清楚的；象征主义已经结束了其发展的全过程，如今正在衰落。”“前来接替象征主义的是一个新流派，怎么称呼它都行，叫阿克梅主义（来自希腊语的ἀκμη一词——事物的高级层次，花朵，繁荣期），或叫亚当主义（对生活勇敢坚定的、明确的看法），——但无论如何，这一流派追求比象征主义更多的力的均衡、更精确的关于主体和客体之关系的认识。”接着，作者对象征主义，尤其是法国象征主义的历史和“遗产”做了回顾，承认它是阿克梅主义的先驱，因为：阿克梅主义者将像象征主义者对新诗体的追求那样，去追求音节的省略和更自由的重音设置；象征主义那让人昏眩的比喻，使阿克梅主义者反而习惯于大胆的思想转折；象征主义那模糊的语言，促使阿克梅主义者去寻找活的、新的诗语；阿克梅主义者承认象征在艺术中的意义，但不愿为象征而牺牲其他的诗歌作用方式。可见，象征主义既是阿克梅主义的先行者，又是它的反面教员。古米廖夫给自己的流派提出了旨在超越象征主义的这些难题，因此，“做一个阿克梅主义者比做一个象征主义者要更困难一些，正如建造一座教堂比建造一座尖塔要更困难些一样。而新流派的原则之一，就是永远沿着阻力最大的路线前进”。针对俄国象征主义的宗教和神学色彩，古米廖夫指出，不可知就是不可知的，阿克梅主义“不用或多或少是假说的猜测去凌辱关于不可知事物的思想”，“上帝的认识和神学这位美妇人仍然将留在她的祭坛上，阿克梅主义者既不想将她降至文学的水平，也不想把文学拔高到她那样的金刚石般的冷漠”。最后，古米廖夫列出莎士比亚、拉伯雷、维庸和戈蒂埃四位作家，作为阿克梅主义的基石，莎士比亚展示了人的内心，拉伯雷展示了肉体的欢乐，维庸揭示了生命的秘密，而戈蒂埃则在艺术中为生命找到了完美的服装，将这四种因素结合为一体，就是阿克梅主义者的理想。

在《当代俄国诗歌中的几个流派》中，戈罗杰茨基以与古米廖夫一致的口吻对象征主义进行“悼亡”，他写道：“象征主义的灾难已悄悄地发生了，——虽然是在众目睽睽之下……这场灾难的意义是多重的。它也恰好说明，象征主义，至少是被我国的象征主义者用作方法的象征主义，不是俄罗斯精神的表达者。”“新的世纪为俄国诗歌注入了新的血液……在众多的团体中，诗人行会脱颖而出。”接着，戈罗杰茨基通过新流派与象征主义的比较，提出了阿克梅主义的新特征：“阿克梅主义和象征主义之间的斗争（如果存在这一斗争的话），不是去攻占一座被遗弃的城堡，而首先是一场为这一世界而进行的斗争，为这一有声有色的、有形式有重量有时间的世界而进行的斗争，为我们的地球而进行的斗争，归根结底，象征主义用‘应和’填满世界，把世界当作一个幻象，它之所以重要，仅仅是因为它为其他的世界所穿透所映亮，从而象征主义便贬低了世界崇高的自身价值。在阿克梅主义者处，玫瑰又复如它本来那样美好，它具有自己的花瓣、芳香和色彩，而不带有神秘的爱情之类想象的东西或其他什么东西。那颗马伊尔星，如果真的存在，也会原封不动地漂亮，而不是某种缥缈幻想的支点。三套马车迅速、好看，是因为它的铃铛、车夫和马儿，而不是因为它所隐含的政治意义。”然后，戈罗杰茨基以古米廖夫创作中的“异域情调”、纳尔布特诗中的“瓦盆”形象、阿赫马托娃的诗集《黄昏集》和森凯维奇的诗集《野紫菜》为例，论证了这些“新亚当们”的创新及其意义。在这些具体的分析之后，作者结尾道：“新诗人们不是帕耳那索斯山上的神，因为他们不看重抽象的永恒。他们不是印象主义者，因为每一个普通的瞬间对于他们来说并不是艺术目的本身。他们不是象征主义者，因为他们不在每个瞬间中寻求映亮永恒的光。他们是阿克梅主义者，因为他们将那些可以成为永恒的瞬间带进了艺术。”

与古米廖夫和戈罗杰茨基同时，曼德尔施塔姆也为新诗派撰写了一篇宣言，题为《阿克梅主义的早晨》。此文原拟也在《阿波罗》杂志1913年第1期上刊发，后来却被古米廖夫和戈罗杰茨基撤下。这也许是因为曼德尔施塔姆当时在团体中的地位不见显著，如戈罗杰茨基在他的宣言中就没有提及曼德尔施塔姆的名字，但主要的原因，恐怕还是曼德尔施塔姆的理论与两位头领的意见有不相吻合的地方。在《阿克梅主义的早晨》一文中，对象征主义的抨击并没有占据主要地位，作者最关心的是具体的诗歌问题。曼德尔施塔姆写道："对于阿克梅主义者来说，词的有意识的含义、逻各斯是一种美好的形式，如同音乐之于象征主义者。""我们将哥特式风格引入词的领域。""爱事物的存在超过其事物本身，爱自己的存在超过爱自己。"就这些只言片语已可以看出，曼德尔施塔姆的理论似乎更为深刻一些，也更具有诗学价值。而且，曼德尔施塔姆不仅是阿克梅派诗人中最杰出的诗歌理论家，他的诗学遗产也是世纪之初整个俄国诗歌最宝贵的收获之一。从写作《阿克梅主义的早晨》的前后直到生命的最后，曼德尔施塔姆始终没有放弃对诗歌理论的探索。1987年，苏联作家出版社出版了他的诗论集《词与文化》，收入他的几十篇文章。通览一下曼德尔施塔姆的所有诗论，可以发现，"词"、"文化"和"诗"是曼德尔施塔姆诗学中的三个核心概念。

在后来的《论词的天性》（1922）一文中，曼德尔施塔姆曾从两个方面对词的本质做了考察。首先，他认为，词就是维系俄国文学之统一和延续的因素，"只有民族的语言可以作为该民族文学之统一的、假定的一切之统一的准则，因为其他一切现象自身就均是假定的、暂时的、随意的"。其次，他认为，词的主要特征就在于其"可还原性"。词是符号，它犹如一个光源，能将意义辐射到四方；词可以转化为形象，形象又可以再还原为符号。词是可容纳万物的"器皿”，是无限丰富的，同时它又是能动的，是一切思想和精神的灵魂。我们注意到，曼德尔施塔姆在这里从两个方面考察的语言，应分别是性质不同的语言，前者是一般的语言，后者是诗歌的语言，作者并未将它们加以区分。如果说这一未加区分是一种混淆的话，那么，他对词的内容和形式的“混淆”则是有意为之的。词同时是形式和内容，同时是存在和抽象，由此，曼德尔施塔姆将词推上了高于一切的位置。当《论词的天性》一文以单行本形式在哈尔科夫首次出版时，扉页上曾印有古米廖夫的一段诗作为题词：“可是我们已经忘记，/只有词在闪着光，/照耀尘世的顾虑，/约翰和福音书都说过，/词，就是上帝。”的确，对于曼德尔施塔姆来说，词就是上帝，就是一种图腾。他对词的崇拜，使得有位论者曾称他为“词的孜孜不倦的探求者”。在《词与文化》（1921）等文章中，曼德尔施塔姆将词与文化联系起来，做了比较。他认为，人除了肉体的饥饿外，还应有“精神的饥饿”，人是饥饿的，时间是饥饿的，文化也是饥饿的，而“词，就是肉体和面包”。词本身不是物，相对于对象，它在自由地选择含义，选择躯体，“词环绕着躯体自由地徘徊，如同一个灵魂环绕着一具被遗弃的、却未被忘却的躯体”。但是，相对于作为灵魂的文化，词又成了“面包和肉体”。就是说，文化是对词的消费过程，又是词自身的积累过程。曼德尔施塔姆认为，历史首先是文化的历史，文化是历史的物质体现，作为精神的历史，文化赋予历史进程以内容和形式。对于曼德尔施塔姆而言，文化是唯一可以与自然对峙的存在，它比权力更强大，比生命更持久，是一种战胜时间和空间的方式。可以说，曼德尔施塔姆的所有诗论都是从文化出发的，都是围绕文化来谈论诗歌的。因此，文集《词与文化》的序者称曼德尔施塔姆的诗论为“文化学诗学”。

无论崇拜词还是眷念文化，曼德尔施塔姆的落脚点仍是诗。他认为，诗如同一座桥梁，沟通了词和文化，将两者联系在一起：词是诗的构成材料和手段，它同时是诗的内容和形式，是诗歌形象和诗歌思维的物质存在；诗作为最有序、最紧密的词的构成，犹如一座城堡，可以抵御混乱和虚无。因此，诗不仅是文化的传递者和保存者，也是文化和自然抗争的有力武器之一，是文化有机、能动的组成部分。诗如同希腊神话中主管出入和一切开端的门神伊阿诺斯那样，生着两副面孔，一副朝向神圣的词，一副朝向同样神圣的文化。

曼德尔施塔姆的诗歌理论是新颖、深刻的，虽然无论在当时还是后来，曼德尔施塔姆的诗论都不仅仅是对阿克梅主义的阐释，也是关于诗歌的整体性思考，但它仍可被视为阿克梅主义诗歌理论中最重要的组成部分之一。

总体地看，阿克梅诗派诗歌理论的系统性和整体感显得不够强，而且还有一些自相矛盾的地方，比如，他们将象征主义视为其先驱，却又将它说得一无是处；他们强调对于现实的客观态度，却又倡导对词的崇拜；他们将莎士比亚这样的现实主义大师和戈蒂埃这样的“为艺术而艺术”论的代表并列为其导师，等等。这一方面是因为，阿克梅诗派的代表人物大多将主要的精力放在诗歌创作上，另一方面也因为，阿克梅主义发展的历史太短，一个完善的理论体系是难以在四五年的时间里建立起来的；更为重要的还有一点，那就是，阿克梅主义并没有一个关于现实、关于艺术的本质上全新的观念体系，没有其独特的世界观和哲学观，这就决定了，阿克梅诗派在关于艺术的本质、艺术对现实的审美关系等问题上不会有大的理论建树。但是，在许多具体的诗学问题上，阿克梅诗派却提出了一些很有价值、很有影响的见解。在阿克梅主义的理论主张中，至少有这么几点是引人注目的：

第一，对现实事物的明确、客观的态度。在阿克梅诗派出现之前，象征主义的朦胧笼罩着文坛，神秘的、暗示的、虚无的形象和语言充斥着俄国诗歌，而阿克梅主义决心让诗歌从天上返回地面，返回事物本身，“阿克梅主义为确立物性和对生活的热望而斗争。阿克梅主义者们摒弃象征主义的含混不清和非现实性，各人以自己的方式追求形象具体、可感的充实”。[①]因此，阿克梅主义在它出现后曾被视为一种“新现实主义”。阿克梅诗派还主张客观地反映尘世的一切，戈罗杰茨基在他的宣言中写道：“丑的东西也能成为美的东西。在种种的不接受之后，阿克梅主义接受的是包括所有的美和丑在内的世界。”虽然，阿克梅主义提倡的实际上并不是一种真正的现实主义，而只是一种面对诗歌对象的较

① 卢那察尔斯基主编《文学百科全书》，共产主义科学院出版社1930年版，第3卷，第82页。

为客观的态度，但它的这一主张对扭转当时的文风、平衡诗歌潮流的走向、扩大诗歌的表现范围等还是发挥了重要作用。

第二，对诗歌中的力度的追求。俄国的文化向来多阴柔，而俄国的象征主义文学更是带有女性色彩，如索洛维约夫提出的“永恒温柔”等；阿克梅诗派与此相对，提出了“完善男性的理想”（Идеал совершенной мужественности，曼德尔施塔姆语）。他们提倡在诗中运用异域的题材、冒险者的形象和有力度的词和韵律；他们将自己的流派又称作“亚当主义”，他们自称亚当，主要似乎不是标榜自己是前无古人的第一人，而是为了表达一种独立面对一切、勇敢探索周围世界的精神和给世间的一切重新命名的使命感。他们甚至推崇“兽性”：“作为阿克梅主义者，我们有些像林中的野兽，无论如何，我们都不会抛弃我们身上的野兽性格去换取神经衰弱。”（古米廖夫：《象征主义的遗产和阿克梅主义》）戈罗杰茨基也曾对森凯维奇诗歌中“一个丧失了利爪和皮毛的野兽”的自画像称赞不已。这一主张，虽然导致了阿克梅派某些诗人创作中的自然主义倾向，勃洛克在《没有神性，没有灵感》一文中所指出的阿克梅诗派缺乏激情和想象的缺点，也多少与此有关，但是，阿克梅诗派对男性力量的倡导和歌颂，对当时及后来的俄国诗歌还是很有影响的。

第三，对诗歌的绘画感的强调。象征主义诗歌最看重的诗歌因素之一，就是所谓的“音乐性”（музыкальность），阿克梅主义则更强调诗歌的“绘画性”（живописность）。古米廖夫对非洲等地的诗的描绘，戈罗杰茨基诗中的斯拉夫古代神话形象，曼德尔施塔姆的静态的“石头”，阿赫马托娃微妙的“细节”处理，都有很重的画面感。音乐和绘画，是与诗歌最为接近的两个艺术门类，阿克梅主义在象征主义实践了诗歌音乐化的尝试之后，又对诗歌的造型功能进行了有益的探索。

第四，对词的崇拜和对文化的眷念。这一点从上面对曼德尔施塔姆诗学的介绍中已可以看出，需要指出的还有：阿克梅主义是以反象征主义起家的，它的理论大多是作为象征主义诗歌观点的对立面提出的，后来，随着象征主义影响的逐渐消亡，阿克梅主义才开始把注意力转向具有普遍意义的诗学问题，也正是从这时起，阿克梅主义的“现实主义精神”开始淡化，而其艺术唯心主义的倾向开始有了更多体现；另外，阿克梅诗派对词的探索，产生了两种不同的影响：一方面，如上面提到的那样，它发了稍后兴起的未来主义之先声；另一方面，它对后来产生广泛影响的俄国形式主义学派也有所启迪——对文化的珍重，是阿克梅派诗人内在的情感，也是保障阿克梅诗派诗歌品位的外在因素，阿克梅派诗人们后来的成就和遭遇，无论是他们在捍卫文化的尊严上所表现出来的勇气，还是他们作为文明的继承者所体现出的崇高，又都与此有关。

阿克梅主义的诗歌理论是丰富的也是复杂的，是有价值的也是有启示意义的，它是世纪之初俄国诗歌伊甸园中的“亚当们”留给我们的一份宝贵的诗歌遗产。

三

阿克梅诗派的文学成就，在诗歌创作上体现得更为充分。各具特色的阿克梅派诗人们同时勤奋写作，接连不断地推出新的诗作和诗集，形成一个声势浩大的创作群体，在俄国诗坛上领了数年的风骚。古米廖夫、戈罗杰茨基、曼德尔施塔姆和阿赫马托娃等，就是阿克梅诗派最杰出的代表。

尼古拉·古米廖夫（1886—1921）生在一个俄国海军军医家庭里，幼时在彼得堡的皇村和梯弗里斯等地上中学，八岁起写诗，中学毕业前就出版了第一本诗集，后留学巴黎，攻读法国文学。1907年，他曾去非洲旅行，后又两次游历那块神奇的大陆。1908年回到俄国，他协助友人编辑出版《阿波罗》文学杂志。1910年与女诗人阿赫马托娃结婚，后游历法国、意大利等地。第一次世界大战爆发时，他自愿上了前线，在俄国骑兵部队服役，因作战勇敢两次获圣乔治十字勋章。1917年受命去西欧、北欧考察，十月革命后才回到俄国。在苏维埃的彼得格勒，他积极地投身于文学活动，常在波罗的海舰队、无产阶级文化协会、艺术史研究所等处讲课，恢复了“诗人行会”的活动，在勃洛克之后担任彼得格勒诗人协会主席，还应高尔基之邀在世界文学出版社诗歌组任编辑。回国后不久，他与已分居数年的阿赫马托娃正式离婚，娶了第二个妻子安娜·恩格尔哈特。1921年，他因“反革命阴谋罪”被捕，并遭枪决。

古米廖夫的诗歌创作只持续了十几年。在这十几年间，他共出版八部诗集，还留下大量诗论、诗剧、长诗和译作等。在皇村中学里读书时，古米廖夫就出版了他的第一部诗集《征服者之路》（1905），这部诗集深受象征主义影响，因为古米廖夫当时的校长就是象征派诗人安年斯基，那一时代的文学风气也完全为象征主义所左右。这部诗集虽然立即受到勃留索夫等象征派诗人好评，但古米廖夫自己后来却对它持否定态度，他曾在他1912年出版的《异乡的天空》一书上特意标明“第三本诗集”的字样，而他在此之前实际上已出了三本诗集，除《征服者之路》外还有《浪漫的花朵》（1908）和《珍珠集》（1910），他在其他场合也曾称《浪漫的花朵》是他的第一本诗集。《浪漫的花朵》是献给阿赫马托娃的，但其中的柔情爱曲并不多，其主题是来自异乡、远古和书卷的感受，其中心形象是“身披铁甲的征服者”；《珍珠集》是献给勃留索夫的，但其中已基本上没有了象征主义的诗歌成分。《箭囊集》（1916）收入古米廖夫的“战争诗”，他不仅是个作战勇敢的骑兵军官，还是一个激昂的“战争歌手”。有人说：“古米廖夫是所有俄国诗人中唯一一位诗人，他始终未改变对战争的狂热态度并在诗中歌颂战争。”[1]古米廖夫的最后三本诗集《篝火集》（1918）、《篷帐集》和《火柱集》（均1921）都出版于十月革命之后，但其中并没有多少对新现实的描写，只是其中已无那么饱满的情绪，也许就是时代在古米廖夫心灵中留下的“烙印”。面对变化了的现实，诗人有某种失落和迷惘。《迷途的电车》（1921）一诗可视为他后期创作的代表作。在诗中，诗人痛苦地提出了“我在哪里？”的问题，并写道：“电车像黑暗的风暴在疾驶，/但它在时代的深渊里迷了途……/停车吧，司机，/快把这电车停住！”

整体地看，古米廖夫的诗歌有两个较为突出的特征：其一就是它的“异域题材”。古米廖夫曾将自己诗的灵感称为“远游的缪斯”。他一生不安分的游历，为他的诗歌提供了大量新鲜、神奇的素材。非洲的沙漠，北欧的雪景，罗马的名胜古迹，东方的宫廷秘史，纷纷成了古米廖夫诗作的对象或主题。值得一提的是，不懂汉语、也没到过中国的古米廖夫与中国也有过诗的联系，他曾从法文转译了一本中国诗集，其中收有李白、杜甫的诗十余首，这部诗集于1918年在彼得格勒出版。他还写过几首“中国题材”的诗，如《珍珠集》中的《中国行》、《箭囊集》中的《中国姑娘》等。可以说，古米廖夫的多数诗作，都是以异国他乡的风土人情为灵感源泉的。其二是它的“史诗风格”。古米廖夫写了许多长诗，他的长诗虽篇幅不长，但场面阔大，情绪激昂，如描

① 尼古拉耶夫主编《俄国作家传记辞典》，第1卷，第236页。

写哥伦布的《发现美洲》；他的抒情诗中也常有内容的叙述和细节的描写，抒情主人公的态度也更客观一些，还时常穿插进对话。对诗的力度、容量和客观性的追求，使他的诗在当时显得与众不同。

谢尔盖·戈罗杰茨基（1884—1967）于1902年进入彼得堡大学文史系，一读就是十年，到1912年离校时还是没能毕业。在这段时间里，他将主要精力都放在精神的探索和诗歌的写作上了。在阿克梅派诗人中，他是开始诗歌创作较早的一位。1913年之前，他已出版了四本诗集《春播集》、《雷神集》（均1907）、《荒蛮的意志》（1908）和《罗斯集》（1910）。戈罗杰茨基的早期诗作与民间的神话传说和口头创作关系密切，充满原始的力量和朴素的美感。其中的斯拉夫古代宗教中的雷神、春神等形象，都是富有民族气质和文化内涵的新的诗歌形象。他的“新神话诗歌”在伊万诺夫的象征主义沙龙中不断引起轰动，戈罗杰茨基也成了彼得堡诗界的一个红人。

在戈罗杰茨基身上，似乎也有雷神那种反复、冲动的天性。他曾因从芬兰向国内偷运禁书被关进彼得堡十字监狱；他曾因言辞激烈被赶出《天秤座》杂志的同人集团。在他和各种文学组织的关系上，他的这种性格也时有体现：在象征主义的“象牙塔”中成名后，他并不安分，于1906年组织了一个名叫“青年小组”的团体中的团体；与古米廖夫携起手后，他彻底背叛象征主义，成为阿克梅诗派首领之一，“诗人行会”的第一次聚会（1911年10月20日）也就是在他家中举行的；1915年，在阿克梅诗派尚未销声匿迹之时，他与叶赛宁等人组成“美雅”团体，从而又成了新农民诗歌的主要代表；十月革命后他继续创作，是二三十年代最活跃的苏联诗人之一。

在其创作历史中的“阿克梅派时期”，戈罗杰茨基写有《柳树集》（1903）、《开花的手杖》（1914）、《1914年》（1915）等诗集。虽然戈罗杰茨基带头提出了新的诗歌主张，但那些理论似乎在他本人的创作中并没有留下太明显的痕迹，正如勃留索夫在当时所评论的：“在《柳树集》中的还是从前那个戈罗杰茨基。不过，戈罗杰茨基诗中一贯的对力和美的赞颂、对自然的明确的和坚定的态度，还是他之所以倡导并实践阿克梅主义的内在原因。后来，他为格林卡的著名歌剧《伊万·苏萨宁》撰写的脚本，也是这一诗歌风格传统的延续。

安娜·阿赫马托娃（1889—1966）是阿克梅诗派中唯一的女性大诗人。她生在黑海岸边的奥德萨城，父亲是一个退伍的海军机械工程师，母亲是世袭贵族，未满周岁，她就被带往彼得堡，住在皇村。16岁时，父母离异，她随母亲去了乌克兰的小城叶夫帕托里亚，后寄居在基辅一亲戚家里，先后在当地的丰杜克列耶夫中学和女子高等学校法律系学习。她原姓“戈连科”（Горенко），当她决定以写诗为职业时，她的对文学抱有偏见的父亲却禁止她用他家的姓氏发表诗作，以免“玷污”一个高贵家族的名声，安娜从此便用了母亲家的姓氏，据说，“阿赫马托娃”这一姓氏源自金帐汗国的最后一位统治者阿赫马特可汗（Ахмат，？—1481），这位著名的历史人物于1465年执政，1480年因伊万三世拒绝纳贡而领兵攻打莫斯科，失败后退向东方，从此蒙古鞑靼人在俄罗斯的统治结束了。虽没有资料证实，阿赫马托娃的家族确实是阿赫马特可汗的后裔，但阿赫马托娃后来还是很喜欢提起这个关于家族起源的传说。1910年，她与诗人古米廖夫结婚，婚后去欧洲等地游历，归来后定居皇村，1912年生下唯一的儿子列夫。

阿赫马托娃从1910年起就经常在彼得堡和莫斯科的文学杂志上发表诗作，1912年出版第一部诗集《黄昏集》，两年后又出版了《念珠集》。这两部诗集给女诗人带来巨大声誉，她成为文学沙龙中最受欢迎的客人；薄薄的两本诗集，却使她迅速地拥有一大批追随者和模仿者，尤其是年轻的女性诗歌爱好者。她的第三本诗集《白色的云阵》出版于1917年，其中的诗作虽较前两部成熟，但由于其面世时正逢社会的大动荡，所以并未引起更大轰动。以这三部诗集为代表的阿赫马托娃的早期创作，形式短小精悍，主题则是对爱情的抒写。但是与以往的和当时的其他诗人相比，阿赫马托娃的诗歌有两个独特的地方：一是其悲剧感，二是对细节的处理。早在1914年，阿克梅派成员之一、阿赫马托娃的好友涅多勃罗沃（1882—1919）就写了一篇题为《安娜·阿赫马托娃》的文章，文章以阿赫马托娃头两部诗集为对象，全面地分析了她的早期创作。作者在敏锐地发现了“阿赫马托娃流派出现的征兆”之后，又对阿赫马托娃诗歌的主题做了这样的归纳：“在阿赫马托娃抒情诗的内容中，不幸的爱情及其痛苦占据非常显著的位置，这并不仅仅是说，不幸的爱情成了她许多诗作的对象，而且更是指，通过对不幸爱情引起的激动情绪的表现，阿赫马托娃成功地发现了具有普遍意义的表达，并将这一不幸爱情的诗学转化为极其丰富的手段。”[①]文章的作者在这里强调的有两点：一是阿赫马托娃诗中作为主题的“不幸的爱情”，二是阿赫马托娃对这一主题的艺术处理方式。这篇评论被后人推崇为研究阿赫马托娃的“第一篇”有价值的论文；几十年之后，阿赫马托娃本人仍认为，这篇“预言式的”文章是对她的诗歌之实质的最准确概括，在《没有主人公的长诗》（1940—1962）中，阿赫马托娃曾以诗的语言称此文为“战胜了死亡的话语，/对我的生活的解谜。”

阿赫马托娃在她那短小的爱情诗、或曰“失恋诗”中，常以简洁的诗句，通过一个细小的戏剧性情节或一种瞬间的心理变化，传导出主人公深刻的内心感受。区区三两行诗句，竟能装载得下一个完整的抒情主题，一段曲折的心路历程。《最后一次约会的歌》（1911）就是一首典型的此类抒情诗：

① 转引自奈曼《安娜·阿赫马托娃的故事》，莫斯科文学出版社1989年版，第237、248页。

胸口无助地发冷，
但我的脚步还算轻快。
我在用我的右手，
把左手的手套穿戴。

楼梯仿佛很漫长，
而我知道它只有三级！
秋风在槭树间低语
“求求你，和我一同死去！

多变的命运欺骗了我，
这沮丧的凶恶的命运。”
我答应：“亲爱的秋语啊，
我也一样。我欲与你同去……”

这就是最后一次约会的歌。
我打量黑暗的房间。
只有几支冷漠的蜡烛，
在卧室抖动昏黄的火焰。

这首诗中后来常为评论家所引用的“我在用我的右手，/把左手的手套穿戴”这一著名“细节”，绝妙地体现了主人公内心的慌乱，它与后面的送别的“楼梯”、痛苦中的“秋风”

和卧室中的“烛光”相叠加，透露出一位与爱人（爱情）分手的女性深刻的悲伤。但同时，这一细节也表达了女主人公的克制：分手时，她并未忘记戴上手套，面对一切，她试图表现得从容和坦然一些。对痛苦内心的深刻体验和体验之后的努力克制，都通过这一细节反映了出来，而这又正是阿赫马托娃前期诗歌总的情绪特征。作为阿赫马托娃的学生而出名的俄语诗人、1987年诺贝尔文学奖获得者布罗茨基就曾将阿赫马托娃称为“哀泣的缪斯”，并对阿赫马托娃早期诗歌的特征进行了这样的总结：“作者在处理她的主题时所表现出的感觉形态是崭新的。尽管遭受了背叛，因妒忌和罪过而痛苦，但这些诗歌中那位受到伤害的女主人公道出的更多是自责而非愤恨，是雄辩的宽恕而非谴责，是祈祷而非呼喊。她完整地向人们展示了她从19世纪俄国散文中学得的情感的细腻和心理的复杂，以及从同一世纪的诗歌中学得的气质的高贵。”①

阿赫马托娃曾任“诗人行会”的秘书，是阿克梅诗派最积极的成员之一，但是，和古米廖夫等其他一些阿克梅派诗人相比，阿赫马托娃还是表现出了一些不同之处：阿克梅诗派推崇男性的力量和勇气，阿赫马托娃却在倾诉女性的柔肠；阿克梅诗派热衷异国远古等神奇主题，阿赫马托娃却只写闺房中的感受；阿克梅派诗人以攻击象征主义为己任，阿

① 布罗茨基《小于一》，纽约法拉尔、斯特劳斯、吉罗克斯出版社英文版1986年，第40页。

赫马托娃却很少出激烈之词，1914年，她还在将自己的诗集题词献给勃洛克。那么，使阿赫马托娃与阿克梅诗派结合在一起的究竟是什么呢？这就是她通过她的爱情诗歌所体现出来的对真实感情的追求和对不幸、苦难等的克制。阿赫马托娃抒写的是内心隐秘的感受，但她的态度却是坦诚的。古米廖夫在1914年写的一篇文章中，曾说阿赫马托娃诗歌最重要的风格特征就是："她几乎从不解释什么，她仅仅展示一切。"她真实、自然地抒写一切，没有做作和装腔，避免了象征主义的虚空浪漫和朦胧幻想。她的诗歌语言所具的口语化和日记体的特征，也强化了其诗的真实感。阿赫马托娃的诗多写不幸，但抒情主人公对不幸爱情的态度又始终是克制的、冷静的，带有一种超然的性质。她从不大喊大叫，用布罗茨基的话说，就是"从不往自己的头上泼洒灰土"。她的这些诗歌特征，和阿克梅诗派的某些理论主张又是一致的。

阿赫马托娃的诗歌创作，在当时是阿克梅诗派最重要的组成之一，它极大地丰富了阿克梅派的诗歌，在后来，它则构成了阿克梅诗派最有价值的奉献，成为一宗超越流派利益、具有普遍意义的文学遗产。

奥西普·曼德尔施塔姆（1891—1938）生在华沙，父亲是个商人，从十几岁起，他先后在巴黎、哥德堡和彼得堡的大学里学习，当时他最感兴趣的是德国浪漫派文学。1909年，曼德尔施塔姆在"诗歌学院"（即"艺术语言爱好者协会"）与伊万诺夫相识，不久开始在《阿波罗》等杂志上发表带有象征主义意味的诗作，1912年底，与古米廖夫等人共倡阿克梅主义，成为彼得堡的知名诗人。十月革命后，他曾长期在高加索地区生活，直到1922年才回到莫斯科。之后，他写下大量诗歌、散文和理论著作。30年代中期，他被当局逮捕，据说是因为他写了一首反斯大林的诗。在远东等地度过数年流放生活之后，他于1938年12月27日（一说为11月中旬）死于苏联远东地区的一座劳改营。

1913年，曼德尔施塔姆出版了他的第一部诗集《石头集》。这位年轻的诗人出手不凡，把诗写得冷峻而又饱满、具体而又深刻。他以“石头”为题，有多方面的考虑：石头是坚定的，冷静的，它象征着曼德尔施塔姆早年的诗歌追求和生活追求；这里的石头是地面的石头，而不是象征主义那里的天上的“石头”（星星和月亮），曼德尔施塔姆也在用这一形象与象征主义相对抗；石头是现实中平凡的、持久的存在，对它的关注，表明曼德尔施塔姆是个关心此世的诗人。曼德尔施塔姆曾经很推崇法国诗人戈蒂埃的《艺术》一诗中的两句话，大意是：所选取的材料愈是无奇，以它所完成的创造便愈完美。曼德尔施塔姆以“石头”为题，大约是在实践戈蒂埃的教导。古米廖夫曾对曼德尔施塔姆的创作做过这样的评论：“其他的诗人喜爱高山和大海，他则喜爱建筑物。他详尽地描绘建筑物，在它们和自己之间寻找相似，以建筑物的线条为基础构建世界的理论。”[①]这话道出了曼

① 古米廖夫《关于俄国诗歌的书信》，第179页。

德尔施塔姆作为一位“石头诗人”的特征：他以人的创造为诗题；他力图介入文化的积累；他试图把诗写得像石头一样坚实。因此，他的诗歌作品便体现出了极重的文化色彩。首先，他的诗多以欧洲的神话、远古诗人的母题和智慧哲人的思想为对象，其实是在对诗的文化储备进行又一次提炼，又一次“精加工”。所以，有人称他的诗为“诗的诗”，为“潜在的文化金字塔”；所以，别雷称他是“所有诗人中最诗人化的一位”。其次，他的诗以探索生存的本质、以战胜生命本身为其使命。曼德尔施塔姆认为，死亡就是时间的终结，时间的终结就是遗忘，诗作为词的最佳的、最严密的组合，可以强化人的记忆并最终战胜死亡。时间，于是成了曼德尔施塔姆最崇拜的概念，他将时间视为空间的三维之外的“第四维”。深受曼德尔施塔姆影响的诗人布罗茨基曾评论道，在曼德尔施塔姆的诗歌中，“时间的存在，是既作为实体又作为主题的存在”。布罗茨基还注意到，时间在曼德尔施塔姆诗中的“处所”，就是诗中的停顿，曼德尔施塔姆总是采用一种颇多停顿的诗体，他使诗中的每一个字母，尤其是元音字母，几乎都成了可以触摸得到的时间的“容器”。另外，曼德尔施塔姆采用的是一种密实、凝重的诗体，这一诗体既能呼应人的记忆节奏，又能以它与混乱的日常口语的区别来刺激人的记忆神经。借此，曼德尔施塔姆修筑了一条“时间的隧道”，他的诗，“即使不是时间的意义，也是时间的形式：即使时间没有因此而停止，那它至少被浓缩了”，说到底，曼德尔施塔姆的诗就是一种“重构的时间”。

布罗茨基的这番分析，是在他为一本英文版的曼德尔施塔姆诗集所作的序言中做出的。在这篇题为《文明的孩子》[1]的文章中，布罗茨基对曼德尔施塔姆和文明的关系做了考察：首先，曼德尔施塔姆对世界文化怀抱着深刻的眷念，一次在回答“什么是阿克梅主义”的提问时，他回答说：“就是对于世界文化的眷念。”他关于阿克梅主义所下的这个定义，同时也是他关于诗的定义，甚至是他的自我定义，因此，他不是一个一般意义上的“文明人”，“他更是一个献身文明和属于文明的诗人”；其次，曼德尔施塔姆的诗的源头是世界文明，反过来，“他又对赐予他灵感的东西做出了贡献”，他源于文明，是文明的受惠者，同时，他又是文明的创造者，因此，“在本世纪，他或许比任何人都更有资格被称为属于文明的诗人”；最后，曼德尔施塔姆的悲剧性遭遇，似乎也是世界文化之当代命运的一种象征。诗与政治、文学与现代社会、文明与所谓“现代文明”的冲突，在曼德尔施塔姆的身上得到了典型体现，作为文明的牺牲，他的悲剧也许是不可避免的，所以说，“他的生和他的死，均是这一文明的结果”。

布罗茨基对曼德尔施塔姆的评论，在近年赢得了许多共鸣，也在世界范围内宣传了曼德尔施塔姆和他的诗歌。而“文明的孩子”和“重构的时间”，确实是关于曼德尔施塔姆及其诗歌的极好概括。

---

① 中译见《世界文学》1996年第1期。

弗拉基米尔·纳尔布特（1888—1938）作为一个诗人后来并不太有名，但当时，他曾是一个十分活跃的阿克梅派诗人，古米廖夫在1913年初给阿赫马托娃的一封信中甚至这样写道：“我完全相信，在象征主义之后的整个诗歌中，你，或许还有（个人看法）纳尔布特，是最为重要的诗人。”可见，他在诗坛还是很有地位的。他于1906年进入彼得堡大学，先后在数学系、东方语言系和文史系学习。1910年，纳尔布特出版处女作《诗集》，其中对俄罗斯自然的描写引起了勃留索夫、古米廖夫等人的注意。1911年，他参加“诗人行会”，次年出版《哈利路亚》。这本只印了100册的诗集却给作者带来了灾难，因为这本诗集“内容淫秽”，且又是违反规定用古斯拉夫字体印刷的，纳尔布特被判一年监禁，但他不久就越狱逃到了非洲，直到获得赦免后才回到彼得堡。在彼得堡做了一段文学编辑工作后，他回到故乡切尔尼戈夫省格鲁霍夫县。十月革命时期，他成为县里的布尔什维克领导人，国内战争时在南方战线做宣传和组织工作，20年代是莫斯科出版部门的干部，1936年在肃反时被害。

纳尔布特接近阿克梅诗派时的创作，以浓重的自然主义倾向著称。无论是写自然还是写人，他不管美丑、贵贱，一概照实写来。他的《爱情和爱情》（1913）以及后来出版的诗集《肉体》（1920），都是这样的风格。他的诗因符合阿克梅诗派真实表现事物的美学原则而受到推崇，但也被有些批评家斥为“虚无主义”。值得一提的是，纳尔布特虽然后来很少写作，但他并没有被人淡忘。他曾以一个“瘸腿人”的形象出现在苏联老作家卡达耶夫的自传体长篇小说《我的钻石花环》（1977）中，他的一本诗集还于1983年在巴黎出版。

在创作倾向上与纳尔布特有相似之处的另一位阿克梅派诗人，是米哈依尔·森凯维奇（1891—1973）。他生在萨拉托夫城一个教师家庭，后进彼得堡大学法律系学习，1911年成为“诗人行会”中的“学生”，第二年，“行会”的出版社就出版了他的第一部诗集《野紫菜》。这个曾被视为“物质之礼赞”的诗集受到阿克梅诗派的欢迎，而勃洛克则称之为“愚蠢的浪漫主义”。十月革命前后，森凯维奇参加布尔什维克的工作，先后在萨拉托夫红军军事法庭和高加索战线革命论坛担任秘书，1923年去莫斯科，在《新世界》杂志做编辑工作。他革命后的诗作，如诗集《坦克的耕地》（1921）等，诗风有所改变，已带有一些未来主义的诗歌特征，如节奏急促的韵律、构造性很强的形象和演说式的语气等。自30年代起，森凯维奇主要从事文学翻译工作，翻译过莎士比亚、雨果、惠特曼等人的作品。

阿克梅诗派提出了统一的诗歌主张，但在具体的创作中，阿克梅派诗人们似并没有被“理论”所束缚，他们的诗歌表现出了独特的个性和极大的艺术丰富性，他们各自以其独具特色的诗歌创作，共同组合出一个丰富多彩的诗歌整体。阿克梅诗派的人数并不是很多，但他们在当时的诗坛上都很有影响，他们以其理论和创作加速了俄国象征主义的衰亡，然后执俄国诗歌之牛耳数年，若不是社会风暴的席卷，他们也许会有更大、更多的诗歌创造。阿克梅派诗人颇多劫难，古米廖夫、纳尔布特和曼德尔施塔姆先后被杀，阿赫马托娃和森凯维奇等人的后半生也是在磨难中度过的，但是，他们在世纪之初的诗歌创作却为他们赢得了不朽，同时也确立了阿克梅诗派在文学史中的牢固地位。

（选自《二十世纪俄语史诗》，社会科学文献出版社1996年版）

俄国未来派诗歌

一

俄国未来主义是世纪之初继象征主义之后、与阿克梅主义几乎同时出现的又一个现代主义诗歌流派。与阿克梅诗派不同，它不是一种带有贵族意味的“象牙塔”诗歌，而是反叛传统、挑战社会的民主化诗歌运动；但是和象征主义一样，它也是外来的诗歌影响和内在的文化要求相结合的产物。

未来主义作为一个在欧洲产生了广泛影响的文学艺术运动最初起源于意大利，其创始人是意大利诗人马里内蒂，他于1909年2月20日在法国《费加罗报》上发表的《未来主义宣言》，被认为是未来主义诞生的标志。未来主义者以表现“未来”为己任，他们认为，随着新世纪的开始，随着大都市、大工业等“现代文明”的到来，人类应该采用一种全新的艺术，以再现力量、速度、技术等“现代的美”。与此相应，他们否定过去的文化遗产，追求艺术手段的革新，努力地在内容和形式上标新立异。

未来主义诞生后不久，就迅速传入俄国。俄国未来主义的第一个文集《评判者之陷阱》第1期出版于1909年底，和马里内蒂的《宣言》相隔不过几个月。俄国未来主义无疑受到了意大利未来主义的影响，它们两者之间也有着许多共同的美学原则和艺术追求，如对文学传统的否定、对现代文明的歌颂、对新的艺术形式的试验和对艺术的社会效应的注重，等等。但是，和欧洲的，主要是意大利的未来主义相比，俄国未来主义又体现出了诸多的不同：首先，意大利未来主义主张用艺术去歌颂战争，认为战争是“伟大的交响乐”，是“人类唯一的清洁手段”，而俄国未来主义却对战争持反对态度，第一次世界大战爆发后，马雅可夫斯基等人都写有反战诗歌；其次，俄国未来主义对现代文明的歌颂也不如其意大利同行那样努力，比如，赫列勃尼科夫倾向古斯拉夫的神话，卡缅斯基热衷于俄罗斯的自然，两人的诗歌反而都明显地带有一种与都市文明相对立的性质；最后，意大利的未来主义虽然反传统，但对社会的抗议却没有俄国未来主义那般激烈，意大利未来主义曾与资产阶级政府合作，甚至公开与法西斯党同流合污，而俄国未来主义与资产阶级的社会则始终是不合作的，他们在创作中或反映社会底层的阴暗生活（卡缅斯基），或抒写不平等的现实中人的不幸与孤独（古罗），或公开呼吁“打倒你们的爱情！打倒你们的艺术！打倒你们的制度！打倒你们的宗教！”（马雅可夫斯基）最后，俄国未来主义表现出了更为强烈的对诗语本身的兴趣，他们在对词的探究、对诗歌形式的追求上所取得的成就及其影响，远远地超过了意大利的未来主义。也许正是由于这些不同，俄国学者楚科夫斯基才早在1914年就指出：“我们的未来主义实质上是反未来主义。”[①]高尔基在当时的一篇评论中也说：“没有一个俄国的未来主义。有的只是伊戈尔·谢维里亚宁、马雅可夫斯基、布尔柳克、卡缅斯基。”[②]也许同样是由于这一原因，未来主义的鼻祖马里内蒂1914年的俄国之行不仅没有产生太大的反响，反而还遭到了部分俄国未来主义者的围攻和喝倒彩。

俄国未来主义并没有什么一致的纲领，也没有一个统一的中心，作为一个文学艺术运动，其构成和理论是很庞杂的。一般认为，俄国未来主义诗歌流派主要是由两个主张和风格都不尽相同的集团组成的：一为立体未来主义，另一为自我未来主义。立体未来主义比自我未来主义出现得稍早一些，前者大体上以莫斯科为基地，后者则以彼得堡为据点；前者以“俄国未来主义之父”大卫·布尔柳克为最初的组织者，后者则以后来曾压倒马雅可夫斯基而当选为“诗王”的谢维里亚宁为核心。

1909—1910年，布尔柳克组织了一个叫“未来人”的团体，参加者是一些对当时的现实和占统治地位的美学原则感到不满的青年诗人和画家，其中有布尔柳克的两个弟弟、古罗、卡缅斯基、赫列勃尼科夫等。后来，这个团体又以

---

① 苏联科学院俄罗斯文学研究所编《俄国诗歌史》，第2卷，第398页。

② 《简明文学百科全书》，苏联百科全书出版社1975年版，第8卷，第167页。

“基列伊”自称（“基列伊”系布尔柳克家乡所在地塔夫坦克亚省的希腊语古称）。1910年，他们在彼得堡出版《评判者之陷阱》第1辑，提出了最初的未来主义文艺观点，该文集的作者随即被评论界称为“未来主义者”。不久，马雅可夫斯基、克鲁乔内赫、里夫希茨、康定斯基等人也加入了该团体。因该派提倡绘画中的立体主义，所以又被人称为“立体未来主义”。1912年在莫斯科发表的《给社会趣味一记耳光》，可视为立体未来主义的集体宣言。随后，他们又出版了一系列诗文画合集，如《评判者之陷阱》第二辑、《瘦月亮·世上仅有的未来主义者“基列伊”诗人文集》、《塞子》（均1913）、《三人圣礼书·诗画集》、《咆哮的帕耳那索斯山》、《未来主义者·俄国未来主义的第一份杂志》（均1914）等，数目多达40余种，产生了很大影响。

彼得堡诗人谢维里亚宁于1910年发表的《“自我未来主义”的开场白》一文，不仅宣告了一个新的文学团体的诞生，而且也使这个新团体获得了名称。“自我未来主义”的参加者有伊格纳季耶夫、奥里姆波夫、格涅多夫等，他们团结在“彼得堡代言人”出版社周围，先后出版《黄瓮》《悬崖上的鹰》《玻璃锁链》等文集。该派诗人宣扬个人主义，标榜“我就是未来”，在创作上主张直觉主义、非美学化和反社会性。和立体未来主义相比，自我未来主义的组织要小一些，其历史也更短一些，在谢维里亚宁于1913年退出该团体，伊格纳季耶夫于1914年去世后，自我未来主义就基本上停止了活动。

在这两个主要的派别之间，还游离着一些小的团体。莫斯科的“诗歌顶层派”比较接近自我未来主义，该派成员舍尔舍涅维奇、赫里桑夫、包尔沙科夫、伊夫涅夫和拉夫列尼约夫等，以“诗歌顶层”出版社为阵地，出版了《预展》《鼠疫流行时的宴席》《健康思维的火葬场》等文集；而聚集在马秋申创办的彼得堡“天鹤星”出版社周围的诗人们与立体未来主义相接近，该出版社也出版了赫列勃尼科夫和克鲁乔内赫等人的许多作品；由阿克肖诺夫、鲍勃罗夫、帕斯捷尔纳克、阿谢耶夫等人在莫斯科组成的“离心机派”则较为“中立”。不过，这些小的派别和自我未来主义一样，存在的时间都不长，只有立体未来主义的历史一直持续到了十月革命之后。

俄国未来主义虽然没有一个被共同认可的美学纲领，但若将各个团体的艺术主张综合起来，仍能看出俄国未来主义总的理论特征，那便是：一、对文化传统的否定；二、对诗歌语言的革新。

和意大利未来主义一样，俄国未来主义也对包括文艺遗产在内的人类的文明积淀持虚无主义的态度。他们认为，为了未来，应该完全抛弃过去，相对于新的现实和可能是更新的未来，过去的一切都是微不足道的。谢维里亚宁说：“对于我们来说，普希金成了杰尔查文；我们需要新的声音！”问题就在于，未来主义者把新的声音和“旧的”声音绝对地对立了起来，于是，《给社会趣味一记耳光》的作者们便高声喊道：“过去太拥挤。科学院和普希金比象形文字还要难懂。”“把普希金、陀思妥耶夫斯基、托尔斯泰等从现代的轮船上抛下去。”[①]与对文化遗产所持的否定态度相关，未来主义诗人们在创作上体现出了较多的非美学化和反社会性倾向，对社会和艺术采取了过激的，甚至是无政府主义的行动。他们不仅抛弃古人，也攻击同时代的作家，预言了“所有这些马克西姆·高尔基们、库普林们、勃洛克们、索洛古勃们、列米佐夫们、阿韦尔琴科们、乔尔内们、库兹明们、布宁们等等”的“灭亡”。他们还不停地相互指责，搞派别中的“内战”，党同伐异。俄国未来主义出现的世纪之初，是俄国历史上较为动荡的一个时期，俄国知识分子程度不同地出现了精神危机。在这一背景下，具有自由、反叛性格的未来主义者的亮相，也确实给社会和文坛带去了一种冲击，其进攻的、惊世骇俗的姿态，是来自社会下层的、非官方的艺术力量的展示，但是，未来主义者唯我独尊、不可一世的架势，又极大地削弱了他们以及他们的艺术所具有的民主意义；俄国未来主义从一开始就对资产阶级及其社会展开批判，但是，未来主义者最乐道的又时常是“个性”“我”“天才”等等，如谢维里亚宁就在1912年《结语》一诗中写道：“我，天才伊戈尔·谢维里亚宁，/我陶醉于自己的胜利：/我在每个城市被争睹！/我在每颗心里被确立！”这说明，未来主义并没有实现新的人与社会的关系，传统的“人与现实”“诗人与民众”的矛盾并没有被他们所解决。

① 《马雅可夫斯基全集》，莫斯科1960年版，第13卷，第244页。

如果说，俄国未来主义的否定传统的做法并没有什么积极意义，那么，它对诗歌语言的探索和革新却是富有成效的。未来主义者认为，现存的词语因过多的意义负载而失去了新鲜感，那些被“用俗了”的词汇是难以入诗的，是难以表达现代和未来的精神的。于是，他们便采用了这样一些办法：破坏约定俗成的词的结构和语法规范，试图重构语言的秩序；赋予词和语言以神秘的“自主性”，提出了“自身有价的、自我生成的词”（самоценное, самовитое слово）、“自在的词”（слово как таковое）、“自动写作”（самописание）等一系列概念，试图发掘出词本身内含的能动的、有表现力的意义；提出“造词”（словотворчество）的口号，利用现有词、古词和外来词的词根、词干再造新词，或利用词的前缀和后缀组合新词，甚至利用字母的形状和声响去造词作诗。所有这一切，都被未来主义者们视为一场面向语言的“革命”，一场“解放语词”的斗争，《评判者之陷阱》第二辑出版后，当时就有评论指出：“这无疑是词语领域的革命。”所有这一切，又可归结为赫列勃尼科夫所言的“无意义语言”（заумный язык）。需要指出的是，赫列勃尼科夫在1913年自造出的заумь和заумный язык这一概念，不仅在当时即被未来主义者们当作旗帜高举了起来，而且在后来，又一直是大多数批评家攻击未来主义是“形式主义”、是“无意义的游戏”的把柄。其实，第一，赫列勃尼科夫首次提出这一概念时，指的是“民间词汇构成的无意义语言”，亦即在绕口令、咒语等之中常出现的那些具有美妙的音响效果却无实际含义的词；第二，未来主义在运用这一概念时，强调的也不是词的“无意义”，而是词的声音特征和造型功能，是词对传统的意义规定的突破和反叛。当然，未来主义对“无意义语言”的探求和实践，也是“意义”不等的。例如，赫列勃尼科夫曾利用俄语字母特有的声响效果，写了这么一首《嘭哌哔》：“嘴唇唱歌嘭哌哔，/视线唱歌呜嗷咪，/眉毛唱歌噼唉嗷，/脸庞唱歌哩唉咿，/锁链唱歌咯兹——咯兹——咯咂，/一张有多种和谐的画布上，/活着超长的脸庞。”而克鲁乔内赫和赫列勃尼科夫在《自在的词》（1913）一文中推出的那段有名的声音之诗，就较少意义了：

дыр, бул, щыл,
убещур
скум
вы со бу
р л эз

他们在这段文字之后还在括号中加上了这样一句话：“顺便说一句，在这五句诗中，有比普希金的全部诗歌还多的俄罗斯民族的特性。”以几句无意义的字母组合来作为新的诗歌样板，是难以让人信服的；还要说它能超出普希金的全部诗歌，就更显荒诞了。然而，未来主义的词语革命，绝不仅仅表现为此类荒诞的试验。在《给社会趣味一记耳光》一文中，未来主义者“命令”人们“要尊重诗人们的这些权利”：“1. 用自由的和派生的单词在词汇的范围内增加词汇（词的创新）。2. 对存在至今的语言充满难以克服的仇恨。3. 恐惧地从自己高傲的额头摘下你们用扫帚制作的廉价荣光的花环。4. 站在咆哮和愤怒的海洋中‘我们’这个巨大的词块上。”[①]在这里，3、4两点谈的是诗人的社会态度，与创作有关的只是1、2两点，而这两点又都是针对词而发的。可见，未来主义是将词的问题当作了他们首要的美学任务。既如此，他们在诗语领域就必定会有所发现和收获。在未来主义之前和同时，俄国象征主义和阿克梅主义也对诗歌语言进行了深入的研究，它们的成果对未来主义来说无疑是有益的。但是，和象征主义对词语隐含的象征意义的探究不同，未来主义看重的是词的本身。当时曾有一篇文章，这样区分了未来主义和象征主义在对待词的态度上的不同：“象征主义在理论上和实践上所追求的，主要是深化词的内在含义，它欣赏的是词的芬芳——词之所以重要，不是因为它是词，而是因为其中含有象征、世界、现实生活、事物的灵魂或神秘的彼世。”而未来主义者不在词中寻找神秘的象征，词本身对于他们就是主要的和有趣的：“词的外形、字母的组合、字母的形状、词的发音都比潜在的意义更重要。抒情诗的秘密均在于词的神奇组合。因此，不是词的新含义，而是词的新组合才是词的创造。既然词是一种有轻重音变化的或有线条表现力的材料，那么它就可以被增加和分割，或被重

① 《马雅可夫斯基全集》俄文版，第13卷，第245页。

新发明出来（无意义的语言），由此而来的，就是因词的自发性而有的喜悦，就是对形式，仅仅是对形式的崇拜。不是语言，而是词的呈示，除抒情诗外不去创造、也不愿去创造任何东西的抒情诗，恰恰来源于词的状态。"[①]从词的含义回到词的本身，这就是未来主义对词所取的与象征主义不同的态度。在对词的崇拜、对词的绘画感和力度的追求上，未来主义和阿克梅主义有相近之处，但未来主义在对词的态度上所体现出的文化虚无主义和平民精神，与重文明遗产、带有贵族意识的阿克梅诗派却又是格格不入的。

俄国未来主义的失误和不足是显而易见的，但它所取得的成就更是有目共睹的。首先，它促进了艺术和诗的民主化。与俄国象征主义和阿克梅主义不同，俄国未来主义诗人大多来自社会下层，他们开始文学活动的场所也多是咖啡馆和小酒店，他们的生活和创作与民众更为接近，面对占统治地位的社会规范和文化教条，他们有着更强的反叛性，他们是当时社会思潮中的民主倾向在艺术中的体现。其次，他们扩大了诗歌的表现领域，丰富了诗歌的表达手段。从未来主义开始，"现代文明"的某些"非诗的"特征进入了俄国诗歌，诗空前地面对现实中的一切；与此同时，未来主义诗人又试图使诗歌与戏剧、绘画等相关艺术相结合，将表演、朗诵、政论、展览等手法大量运用于诗歌，使诗歌更深地介入了社会生活。最后，俄国未来主义在词语领域的革命，在当

① 苏联科学院俄罗斯文学研究所编《俄国诗歌史》，第2卷，第394页。

时不仅与俄国象征主义和阿克梅主义的词语试验相抗衡，维持了词语在音和形、意义和功能、雅与俗等方面的平衡，而且还为俄国形式主义提供了宝贵的启示，俄国形式主义的理论就是在未来主义对诗语的探究的基础上起步的，形式主义理论家也往往是由对未来主义诗人的关注和批评而开始其理论思考的，这是俄国未来主义对整个20世纪世界文学的一大贡献。

未来主义和俄国革命的关系，也是人们在讨论俄国未来主义时较为关注的问题之一。在当时的俄国作家和艺术家中，俄国未来主义者是最早接受十月革命的，他们大多对革命表示欢迎，并立即参与了新政权的文化工作，托洛茨基在《文学与革命》一书中写道："无产阶级夺取政权时，未来主义还处在一个受迫害小组的年龄上。由此而产生了使未来主义投向生活新主人方的推动力；而且不尊重旧的规范、富于变动性等未来主义世界观的主要成分，也极大地减轻了它接触和亲近革命的困难。"[①]十月革命后，马雅可夫斯基、勃里克等未来主义者都参加了教育人民委员会的工作，他们主办了当时唯一的官方文艺刊物《公社艺术》，他们的创作和理论在当时都是最具权威性的、影响最大的"革命"文字，但是，未来主义"固有的"反叛性和自尊狂，使他们与新政权之间也很快地出现了矛盾。他们以新政权的艺术代言人自居，声言"未来主义就是国家的艺术"，他们甚至要与新政权平起平坐，说布尔什维克党是无产阶级在政治领域

① 托洛茨基《文学与革命》，刘文飞、王景生、季耶译，第114—115页。

的代表，而他们则是无产阶级在艺术领域的代言人。与新政权分庭抗礼的企图，使他们遭到了官方的反对和管制。卢那察尔斯基受列宁的委托写了《一勺解毒剂》等文章，对未来派做了尖锐的批评。列宁本人也曾表态说："我不能认为表现派、未来派、立体派和其他'各派'的作品是艺术天才的最高表现。我不懂它们。它们不能使我感到丝毫愉快。"[①]这样一来，俄国未来主义的发展便受到了遏制，到20年代初，未来派作为一个集团就基本上停止了活动。1923年，原先的未来主义者又组织了一个叫"左翼艺术阵线"（简称"列夫"）的团体，并出版《列夫》杂志。这个影响很大的团体存在的时间也不长，《列夫》也只出版了七期（1923—1925年，后曾更名为《新列夫》出版了一年）。20年代末，马雅可夫斯基、勃里克、阿谢耶夫等未来主义的主将退出"列夫"，组织一个新的文学团体"革命艺术阵线"（简称"莱夫"），随着马雅可夫斯基在30年代初加入"拉普"（俄罗斯无产阶级作家联合会），"莱夫"也就停止了活动。十月革命后的未来派、"列夫"、"新列夫"、"莱夫"等，被认为是俄国未来主义在革命后的持续，与革命前的未来主义相比，他们坚持对待艺术遗产的虚无主义态度，但松懈了对诗歌语言的探索，他们取得了更高的文化地位、更大的社会影响，但诗歌创作和理论的质量并没有获得相应的提高。托洛茨基在当时就惊奇地发现："未来主义者们，

① 《列宁论文学与艺术》，人民文学出版社1960年版，第2卷，第912页。

其中包括马雅可夫斯基，在他们表现得最像共产主义者的那些作品中，艺术上却最差。”[1]究其原因，托洛茨基认为是“未来派诗人还没有掌握共产主义世界观的基本原理，其世界观还有相当的局限，无法用语言将它有机地表达出来”。还有一个原因，那就是未来派诗人在革命后过于关注自己的社会地位，过于热衷政治活动和派别论争，而对具体的创作有所忽略。

二

俄国未来主义能在相当长一段时间里统治俄国诗坛，主要是因为它团结起了一批富有才华的青年诗人。除马雅可夫斯基外，未来主义还推出了赫列勃尼科夫、谢维里亚宁、布尔柳克等影响广泛的诗人。决定俄国未来主义之文学价值和历史意义的，正是俄国未来派诗人们的创作实践，而不仅仅是未来主义喧哗的理论宣言。

大卫·布尔柳克（1882—1967）是俄国未来主义最早的活动家之一。他是一个诗人，更是一位画家。从少年起，他就开始学画，先后在喀山美术学校、敖德萨美术学校、慕尼

① 托洛茨基《文学与革命》，第131页。

黑艺术学院、巴黎的一家画室、莫斯科绘画雕塑学院等处求学。后来，在宣传未来主义的理论、写作未来主义的诗作的同时，他一直坚持绘画，在绘画创作中实践其立体主义的主张，并取得了很大成就。

布尔柳克被视为“俄国未来主义之父”。1909—1910年，布尔柳克组织了一个名叫“未来人”的小组，团结起一些年轻的诗人和画家，开始对象征主义的美学规范进行冲击，这个团体的“基列伊”的别名，就是布尔柳克故乡的地名。后来，由于批评界将这个团体的成员称为“未来主义者”，“未来人”（будетлян）也就顺势改称“未来主义者”（футуристы）。1910年，布尔柳克在彼得堡主持出版了俄国未来主义的第一个文集《评判者之陷阱》，这个文集的作者不仅有古罗、卡缅斯基、赫列勃尼科夫，而且还有大卫·布尔柳克的两个弟弟弗拉基米尔·布尔柳克和尼古拉·布尔柳克。1911年，布尔柳克与同在莫斯科绘画雕塑学院学习的马雅可夫斯基相识，他立即发现了后者身上的诗歌天赋，并将马雅可夫斯基带进他的未来主义小组。后来，马雅可夫斯基曾将布尔柳克视为他“真正的导师”，在自传《我自己》中的《卓越的布尔柳克》一章里，马雅可夫斯基写道，是布尔柳克使他确立了自己的诗歌方向，“布尔柳克使我成了诗人。他给我读法国人和德国人的作品……他每天给我50戈比。好让我别饿着肚子写作”。[①]俄国未来主义最著名的宣

① 《马雅可夫斯基文集》，莫斯科1978年版，第1卷，第52—53页。

言《给社会趣味一记耳光》（1912）也是在布尔柳克的倡导下发表的。1912—1914年，布尔柳克进行更加积极的未来主义宣传活动，立体未来主义的每一部文集的出版、每一次活动的举行，几乎都由他出面操办。他还不停地写诗作画，四处演讲。1913—1914年，他与马雅可夫斯基、卡缅斯基一同进行了轰动一时的“未来主义之旅”，他们的足迹踏至十个外省城市，所到之处，他们都要朗诵诗歌、举办画展、发表演说，他们的“巡回演出”极大地扩大了未来主义的影响，但在结束这次“周游”归来后，布尔柳克和马雅可夫斯基一同，因“违反校规”被莫斯科绘画雕塑学院开除了。

布尔柳克不仅是当时最积极的未来主义活动家，而且在后来也始终是未来主义遗产最坚定的捍卫者。十月革命后，他仍坚持宣传未来主义，曾在西伯利亚和远东地区做演说、办画展。1919—1920年，他曾在哈尔滨讲学，并不止一次地举办个人画展。1920—1922年，他侨居日本，后移居美国，直到1967年病逝。在美国，布尔柳克继续写诗作画，但无论其艺术实践还是其美学观念，都已没有了往年的反叛性和试验性，而多为对未来主义的眷念和回忆。他在纽约出版的几部著作，如《诗作和传记·艺术和文学活动25周年纪念集》（1924）、《活力论·理论、批评、诗、画合集（1907—1930）》（1930）等，都是研究俄国未来主义的珍贵材料。

总括地看待布尔柳克的未来主义艺术活动，应该说他的组织、宣传工作是胜过他的诗歌、绘画创作的；而在他的创作中，绘画的成就似乎又大于诗歌的成就。但是，作为一位俄国未来主义诗歌的代表人物，他的诗歌也是富有特色的。首先，他的诗作和大多数未来主义诗人的诗作一样，具有明显的反美学特征，他曾在诗中这样写道：“灵魂是酒馆，天空是破衣，/诗歌是被玩弄过的处女，/而美，是亵渎神灵的败类。”“天空是尸体，仅此而已！/星星，是醉雾笼罩中的小蜜蜂。”其次，作为一位杰出的画家，他成功地将许多绘画手法引进了诗歌。从1899年在赫尔松的《南方报》上发表的第一首诗开始，布尔柳克就一直在诗歌创作中自觉地抵制象征主义诗歌的“音乐性”，而代之以所谓“色彩的语音”，将绘画的色、形等造型因素融进诗歌，这一点对许多未来主义诗人而言是富有启发意义的。

伊戈尔·谢维里亚宁（1887—1941）是俄国自我未来主义的主要代表。他从20世纪初开始发表诗作，1905—1911年是他较为活跃的创作时期，他连珠炮似的在各地的出版社出了几十个集子，如《思想的闪烁》（1908）、《直觉的色彩》（1909）、《公主的项链》（1910）、《电气诗》、《婚礼歌》、《百合花溪流》（均1911）等，这些“诗集”具有某些恶作剧式的特征：每个集子不过十几页，有的甚至只有两页，印数也都不超过一百册；这些诗作从标题到内容，又都具有很强的叛逆性。这些诗作并没有给谢维里亚宁带来真正的诗人荣誉。

1910年，谢维里亚宁团结起几位彼得堡诗人，组成自我未来主义小组，这个团体的名称就来自谢维里亚宁的一部文集。但是，自我未来主义没能像立体未来主义那样较为长久地存在下去，其活动只持续了几个月，它的机关刊物《彼得堡代言人》也只出了四期（1912年4—11月）。自我未来主义集团虽然存在时间不长，但谢维里亚宁作为该派首领却赢得了著名诗人的名声。谢维里亚宁一时成了彼得堡最受欢迎的诗人，他经常举办个人诗歌朗诵会，接连不断地出版了《滚开的酒杯》（1913）、《金色竖琴》（1914）、《香槟中的菠萝》（1915）等诗集，这些诗集多次再版，很受欢迎。他还在俄国各地巡回朗诵，激起一连串的轰动。1917年，在莫斯科举办的一次“诗王”竞选中，他击败了马雅可夫斯基而最终夺冠。

谢维里亚宁的诗歌有两个较为突出的特点：一是主观情绪上强烈的个人中心主义；二是诗歌语言上的独创色彩。谢维里亚宁称自己为“自我未来主义者”，也许是恰当的，他的未来主义诗歌就像是一部个人的颂歌。与马雅可夫斯基等人的诗歌不同，他的个人主义并不带有强烈的社会抗议色彩，而多为对自己之天赋的赞颂，对自我之感受的把玩。与赫列勃尼科夫等立体未来主义者相比，他的诗语革新也更表面一些，更做作一些，他经常将两个单词首尾相拼，组成一个新词，或将外来词、地理名词等加以词尾变化，造出新词。在《致瓦列里·勃留索夫》（1912）一诗中，谢维里亚宁在个人情感和诗语构成这两个方面的“放纵”都有较为典型的体现：

一个伟人在欢迎另一个伟人，
显示着灵感。诗句闪烁爱情。
斑斓的阳光溪水似的倾泻，
在为春天的安慰镀一层黄金。

倾泻吧，春天！六月，你的王子，
这天大的蜡菊，正向你飞翔！
花朵簇拥，六月的追逐步步能详，
大地在发誓，地上的万物在发誓。

我伸手向你，我的巨人同胞！
让心灵年轻吧，汹涌的海洋！
独裁的，智慧的，永远高傲的海洋！
我亲近的人！激励着我的人！
你是我的塑造者！美的王国——
就握在我们手里。我存在！我充满活力！

这首十四行诗是歌颂勃留索夫的，但更是歌颂谢维里亚宁自己的；这首诗中有许多词的“翻新”，而且还采用了贯顶诗的写法，即用每一行诗的第一个字母纵向组成了“致瓦列里·勃留索夫”的诗题（这些都无法在译文中表达出来），写作中的游戏成分有较突出的表现。谢维里亚宁诗歌中的这两个特征，恰好比较能迎合一般诗歌读者的阅读趣味，谢维里亚宁的诗在当时的走红与此不无关系。但是，谢维里亚宁之成为一个大诗人，却反而是在他对上述两个方面都有所克制之后。

十月革命后，谢维里亚宁流亡到波罗的海岸边的塔林。后来，在挪威从事外交工作的苏联著名女大使柯伦泰曾写信给谢维里亚宁，说她深爱他的诗歌，并希望他能回到祖国。但是，由于种种原因，谢维里亚宁还是留在了爱沙尼亚。不过，谢维里亚宁一直认为自己是一个“俄语诗人”，一贯主张“远离政治”的他，也没有写过什么反苏作品。他在流亡时期的主要作品有诗集《行吟诗人》（1921）、《仙女E.o.e.》（1922）、《夜莺集》（1923）、《古典玫瑰》（1931）、《亚得里亚海》（1932），诗体长篇小说《跌落的激流》（1922）、《情感教堂的钟》（1925）等。在这一时期，谢维里亚宁的诗风已有所改变，个人感受的抒发中掺入了对往昔的追忆和对故土的眷念；失去了大批热心捧场的读者，他的诗歌也就不再那么花哨了，他的诗歌情感趋于淡泊，诗歌语言也越来越简洁。第二次世界大战爆发后不久，谢维里亚宁于战乱中在塔林病逝。

就诗歌创作的成就而言，韦里米尔·赫列勃尼科夫（1885—1922）在俄国未来主义者中是仅次于马雅可夫斯基的又一位重要诗人。文学史家写道，赫列勃尼科夫“也许是20世纪初的诗歌中一个最不同寻常的现象”[①]。在开始诗歌

---

① 苏联科学院俄罗斯文学研究所编《俄国诗歌史》，第2卷，第395页。

创作的时候，赫列勃尼科夫受到过多种风格和传统的影响：他与象征主义诗人很接近，是伊万诺夫家的沙龙中的常客，在象征派的“诗歌学院”中听过课，曾称库兹明为自己的启蒙导师；他与阿克梅诗派也有联络，在《阿波罗》杂志上发过作品，他曾说，他之所以对斯拉夫的古风旧俗、原始神话产生兴趣，是受了戈罗杰茨基，尤其是后者的《春播集》的影响。当代诗人的创作和古代传说，民间创作和“象牙塔”诗歌，都能让他感兴趣。最后，这种“诸传统巨大的混成”（特尼亚诺夫语）反而使他敢于突破一切传统的束缚，在各种诗歌基因的结合中熔铸出自己独特的诗歌风格。他前期的诗集，如《1906—1908年创作集》、《1907—1914年诗作集》、《火车蛇》（1910）、《森林姑娘》（1911）、《萨满和维纳斯》、《Н和Э》（均1912）等，虽然其读者面并不太广，但因其新（众多新造的词）旧（许多斯拉夫古字）的结合、雅（先锋的诗语试验）俗（民间和生活口语的采用）的并重，而受到诗歌界的关注。

赫列勃尼科夫不是未来主义最早的倡导者，但在他进入未来主义组织后，却成了该团体“隐在的”、却是主要的“轴心”，立体未来主义的第一部文集《评判者之陷阱》的题目就是赫列勃尼科夫想出来的，《给社会趣味一记耳光》文集中有一半是赫列勃尼科夫的文字，他的“无意义语言”理论更是未来派高扬的旗帜。但是，和其他的未来主义者不同，他并不简单地否定过去，而是将过去、现在和未来看作一个有机的整体，并在此基础上建立了他较为深刻的集哲学观、历史观和诗学观等为一体的时间观。他认为，时间是一个决定一切的存在，时间有某种循环往复的周期，它的“内在的节奏”主宰着俄罗斯，乃至全世界的命运。过去、现在和未来，不过是这个大的循环体系中的断片。过去和现在作为包容一切的时间的组成部分，获得了向未来移动的可能和权利。时间也是物，是空间的“第四维”；而将时间物化、将时间串联起来的就是词和语言。词自身也同样是物，而且，它不仅仅是传递文化传统的工具，更是具有自在意义、自我价值的存在，词在物化自身的同时也物化了时间。可见，赫列勃尼科夫在试图解决两个问题：词是什么？词能做什么？他的答案就是：词就是物化的时间；词能清理存在并重构世界。诗人作为词的创造者，具有先知的性质，肩负着改造世界的使命。赫列勃尼科夫以“时间”和“词”为中心构筑成的这个理论体系，后来被人称为“语言乌托邦”，在这一体系中，既能感觉到他作为一个哲学家的天真，又能看到他作为一位诗人的真诚。

在赫列勃尼科夫的理论和生活行为中，都有一些神秘的色彩：他的历史循环论是简单、幼稚的，但是往往又似乎真的具有一些预言性质，比如，在1912年发表的《给社会趣味一记耳光》文集中，最后一页上有赫列勃尼科夫开列的重大历史事件发生时间表，其中的最后一个日期就是1917年；他在《老师和学生》（1912）、《1915—1917年的战斗·关于战争的新学说》（1915）、《世界计量时》（1916）、《命运榜》（1922）等书中提出的一些“时间规律”，竟然也为当代的生物年代学等新科学所论证了。为了证实一个诗人（创造者）之生活的“非现实性”和“超生活性”，他终生在俄罗斯各地流浪，一直没有一处定居之所。1917年革命前后，他预感到世界的巨变，因而发表了一份《地球主席们的呼吁书》，建议成立一个由317名成员组成的国际性的“地球主席协会”，主席们应是诗人和其他文化领域的代表人物，他们的使命就是在地球上建立一个“超国家”，一套新的“星球语言”，以维护地球的和平与和谐。

与这些关于生活和现实的天真、幼稚的举动相比，他在诗歌语言上进行的探索则要具体、细致得多。首先，他主张将词从具体含义的重负下解放出来，摆脱日常生活的牵扯，将音响的、形状的等“原始功能”还给词本身；其次，为使词与时间相呼应，他试图建造一个“词的循环体系”，他曾将同音的词或同一词根的词排列在一起，甚至与自己的诗作一同发表，以再现词的循环特征，或让人感受到词隐含的节奏；最后，赫列勃尼科夫创造出大量新词，他或将古斯拉夫的旧字加以翻新，或利用前、后缀拼出新词，甚或单纯组合字母的声响。他在诗语的改造上走得很远，马雅可夫斯基曾说，赫列勃尼科夫的诗歌语言只有他的“七位未来派同人能懂”；但马雅可夫斯基又说，赫列勃尼科夫的诗语“装备了无数的诗人”。的确，他的“无意义语言”理论不仅是俄国未来派的纲领之一，而且也是后起的俄国形式主义及其“陌生化”理论的直接源泉；他对斯拉夫古语的发掘，后来一直深受俄苏批评中神话学派和文化历史学派的重视；他的诗语风格在整个20世纪都有着持续的影响，叶夫图申科、沃兹涅先斯基等都承认曾受益于他的诗歌，有人甚至认为，他的语言节奏对当代的俄国摇滚诗歌也是有帮助的。就这一意义而言，赫列勃尼科夫无疑是一个真正的“未来”诗人。

瓦西里·卡缅斯基（1884—1961）也是一位比较重要的未来主义诗人，他与高尔基笔下的流浪汉有些相像，其早年的生活很有传奇色彩。他出生在一艘正在卡马河上航行的货船上，他的外祖父是一位船长。四岁时，他就失去了双亲，是姨妈将他抚养成人。16岁时，他成为彼尔姆铁路会计所的小职员，不久与当地的共产主义地下组织有了联系。1904年，他迷上戏剧，辞职做了演员，随剧团在俄国各地巡回演出。他曾随一艘远航船去了土耳其、波斯等地，在那里的见闻后来被他写进自己的作品。1905年，他因在乌拉尔地区发动工人罢工而被捕入狱。1907年他来到彼得堡，考进一所农业学校。不久，他在一家杂志社当了编辑，并开始不断发表文学作品，同时也作画。

1908—1909年，卡缅斯基先后与赫列勃尼科夫、布尔柳克等相识，并积极参加未来主义小组活动。他写出一些具有未来主义色彩的诗歌，参与未来主义宣言的起草，每一部未来主义者的文集中几乎都有他的文字，他还与布尔柳克和马雅可夫斯基一同进行宣传未来主义的长途旅行。卡缅斯基在这一时期的重要作品有《窑洞》（1910）、《与母牛共舞》（1914）、《赤脚的姑娘》（1916）、《迎春的歌声》

（1918）等。

从卡缅斯基的早期创作中可以看出，他对所谓的现代都市文明是抱着敌意的，但是，他自己却在写完《窑洞》后不久爱上飞行，并成了俄国最早的职业飞行员之一，曾在许多城市做过飞行表演。在俄国各地的巡回宣传活动中，他曾以《飞机和未来主义者的诗歌》为题做演说。对飞行的热衷以及由此而产生的对现代技术的欣赏，使他诗歌风格发生了变化，他曾称自己的《与母牛共舞》等诗为“钢筋混凝土诗歌”。

1916年，卡缅斯基完成诗体小说《斯坚卡·拉辛》，作者利用民间传说，塑造了农民起义领袖的形象。后来，卡缅斯基对这部作品进行加工和改编，写出长诗《斯捷潘·拉辛》（1927），它与诗人后来写作的《叶美良·普加乔夫》（1931）、《伊万·博洛特尼科夫》（1934）共同组成了一部塑造农民英雄形象的长诗三部曲，它们被认为是卡缅斯基的最佳之作。在20世纪20—30年代，卡缅斯基仍是诗坛上的活跃人物，他不仅写诗（《40岁青年的赞歌》，1924；《卡马河之歌》，1934；《力量》，1939），而且还创作了许多小说（《赫特·乔伊斯的27个奇遇》，1924；《普希金和但丁》，1928）和剧本（《这里崇尚理智》，1921；《出丑的死人》，1927）。但是，由于其诗中过多的政论性、其小说剧作中稍显简单的叙事，这些作品并没有获得太高评价。相比之下，他的几本回忆录，如《他——一个伟大的未来主义者的自传》（1918）、《一个热血者的路》（1931）、《与马雅可夫斯基在一起的生活》（1940）等，则更为后人所乐道。

阿列克赛·克鲁乔内赫（1886—1968）出生于农民家庭，在敖德萨美术学校毕业后，当过中学美术教师。1907年，克鲁乔内赫到了莫斯科，以绘画为生，但不久就将主要精力放到了文学上。与布尔柳克、赫列勃尼科夫、马雅可夫斯基等人相识后，他迅速成为立体未来主义集团中最活跃的成员之一。

克鲁乔内赫的早期诗作（1912—1913）有《古老的爱情》《濒死者》《隐士》等，这些诗作的特色是其中半讽喻、半幻想的形象，以及不连贯的非逻辑化叙述和看上去十分“粗糙”的诗语。加入未来主义团体之后，他的这些特征得到更加特意的发挥。克鲁乔内赫是未来主义理论重要的构建者和大胆的实践者，他不仅和赫列勃尼科夫一同发表了未来主义的重要纲领之一《自在的词》（1913），而且还写作了《魔鬼和话语创造者》（1913）、《一个院士的隐秘缺陷》（1914）等理论小册子，并自认为是新流派的理论大师。他主张诗人们不要按照逻辑和语法的规范去进行词的组合，而要努力发现并遵从“词的内部规律”，他所言的“内部规律”，包括词的声响、字母的形状、词的空间构成等等。他试图让词和语言摆脱意义的重负，以纯音响、纯形象的功能来作用于读者和听众。他很关注民间的俗语、熟语、谜语、咒语、绕口令以及人们祈祷时的用语、孩子们的话语等等，认为这些场合下的词才是真正自由的、富有活力的“艺术语言”。与此同时，克鲁乔内赫又是位勇敢的实验者，他通过自己的创作不懈地论证着他的理论。“Дыр, бул, щыл”的著名样板，就出自他的诗集《口红集》（1913）。在所有俄国未来主义诗人中，克鲁乔内赫也许是在诗语“革新”上走得最远的一位。他的诗语革新最富“革命性”，他也因此招来最多的攻击。虽然后人将他视为“极左的革新者”“无政府主义诗人”，甚至是一个“文学怪物”，但克鲁乔内赫的所作所为并不是没有意义的，马雅可夫斯基就曾说过：“克鲁乔内赫的诗：同音法，不谐音，刻意排列，——都是对未来诗人们的帮助。”[①]在诗集的外在形式上，克鲁乔内赫也做了许多创新。在1915—1918年，他共出了约80册诗集，这些集子多是作者自己的手抄本，作者用各种字体书写文字，并亲自画插图，搞装帧，这些版本奇特、印数极少的手稿式“图书”，现已成为图书收藏家们竞相搜寻的珍本。

革命后，克鲁乔内赫参加“列夫”的活动。后来，他整理出版了马雅可夫斯基、赫列勃尼科夫的许多作品，写作了《未来主义的15年》（1928）一书，还是马雅可夫斯基的创作最早的研究者之一。

① 《马雅可夫斯基文集》俄文版，第12卷，第88页。

三

弗拉基米尔·马雅可夫斯基（1893—1930）无疑是俄国未来派诗人中最杰出的一位，他出生在格鲁吉亚库塔伊西城附近的巴格达季村，父亲是极受当地人喜爱的一位林务官员，在巴格达季村于1940年被更名为马雅可夫斯基村时，村民们还以为这是为了纪念那位林务官；小马雅可夫斯基的祖母出生自著名的达尼列夫斯基家族，该家族与果戈理、普希金有亲戚关系。1906年，在小马雅可夫斯基的父亲去世后，其家迁居至莫斯科。不久，马雅可夫斯基加入共产党，从事地下革命活动，曾数次被捕。后来，马雅可夫斯基决定放弃政治而从事艺术，1911年，他考进莫斯科绘画雕塑学院。

从马雅可夫斯基开始写诗的1912年到他去世的1930年，其创作历史的一半，亦即其革命前的整个创作以及革命后最初几年的创作，都是和未来主义联系在一起的。马雅可夫斯基和未来主义的关系是一个有趣的问题，也一直是许多马雅可夫斯基的研究者所关注的问题。

若说是未来主义造就了作为诗人的马雅可夫斯基，也许并非言过其实。就某种意义而言，没有俄国未来主义，也就没有马雅可夫斯基。第一，马雅可夫斯基是在未来主义的诗歌园地中起步的。与布尔柳克的相遇使他进入未来主义的诗歌天地，却将本欲作为“专业”的绘画放到了次要位置上。和未来派中的大多数诗人不同，他们在进入未来主义诗歌团体之前就已是具有一定名声的诗人了，而马雅可夫斯基在“签署”未来主义的宣言时甚至连一首诗都还未曾发表（他最早的诗是于1908—1909年在监狱中写成的）。他最初的几首诗作，如《晨》《夜》《街景》《城市地狱》《在女人身后》等，都是在未来派的各种宣言和文集中刊出的。第二，在未来主义的诗歌作坊中，马雅可夫斯基学到了很多有用的诗歌技艺。在未来派诗人中，有赫列勃尼科夫、卡缅斯基这样一些既有丰富的创作经验、又执着于诗语探究的大师，他们对当时还不满20岁的马雅可夫斯基会产生很大的影响，马雅可夫斯基后来多次提到这些诗人对后代诗人的启发和“装备”，可能并非偶然。第三，未来主义集团中的文化氛围与马雅可夫斯基的艺术天性十分吻合。未来主义对传统的否定，与马雅可夫斯基身上强烈的叛逆精神很相投；未来主义标新立异的创新主张，对性格奔放、冲动的马雅可夫斯基来说似有一种天然的亲近。未来主义团体为马雅可夫斯基艺术个性的发挥和发展提供了良好的土壤，很难想象，某一座清高的“象牙塔”和某一家优雅的沙龙能造就出、容得下马雅可夫斯基这样一个不羁的艺术个性。马雅可夫斯基和未来主义的关系，在这里既表现为一种内、外因共同作用而生的结果，又可理解为一种相得益彰的互补需求。第四，未来主义以其集团的力量扩大了马雅可夫斯基在俄国诗坛的影响，确立并巩固了他的大诗人地位。从事创作不过几年的马雅可夫斯基，就在俄国诗歌界赢得了与勃洛克、谢维里亚宁、古米廖夫等当时最走红的诗人比肩而立的资格，除了马雅可夫斯基自身的诗歌天赋外，这其中无疑也有他身后的诗歌集团的力量。善于演讲和朗诵、富有表现欲和鼓动才能的马雅可夫斯基，在未来主义者抛头露面的公开场合中很快就脱颖而出，成为瞩目的对象，而他若是单枪匹马，也许是很难迅速树立其魁伟形象的。第五，未来主义蕴含着的革命性，使马雅可夫斯基在革命爆发时能够轻而易举地接受革命，并积极地投身到新政权的工作中去。而正是这一点，使马雅可夫斯基成了革命后最出众的诗人，他后来在苏联文学史中的崇高地位是与他对革命的态度密切相关的。

但是，一个真正的文学大师又总是超越任何文学流派的。作为一个诗人的马雅可夫斯基，是不完全等同于作为一个未来主义者的马雅可夫斯基的。首先，和许多未来派诗人不同，马雅可夫斯基的诗歌从一开始就表现出了较强的抗议社会、批判现实的倾向，而从不仅仅是形式主义的诗歌试验。在《给你们！》（1913）、《你们听着！》（1914）等诗中，他辛辣地讽刺了资产阶级社会的虚伪和无聊。在他革命前最重要的长诗《穿裤子的云》（1915）中，他更是公开喊出了著名的“四个打倒”的口号，对资产阶级的爱情、艺术、宗教和制度本身进行了声讨。他在第一次世界大战期间写作的诗歌，如短诗《战争爆发了》《妈妈和被德国人杀害的夜晚》（均1914）、长诗《战争与世界》（1916）等，具有很强的反战色彩，对帝国主义战争的罪恶实质做了深刻揭露，体现出了人道主义的精神。马雅可夫斯基的诗中，也出现过纯粹的语言游戏，如《从一条街到另一条街》（1913）一诗中开头的十行；马雅可夫斯基同样热衷于对诗语的音响、形状功能的探究。但是，对诗歌的语言和形式的追求，似乎从来不是马雅可夫斯基的主要任务，他不过要用一种新的形式去表达他新的思想和感情。将诗歌形式上的探索及其成果和新的诗歌内容成功地结合在一起，马雅可夫斯基借此突破了未来主义的理论束缚，他的创作成就也因此而高于其他的现代主义诗人。

其次，马雅可夫斯基诗歌的抒情主人公形象在未来主义的诗歌中也是独树一帜的。未来派诗人和大多数现代主义诗人一样，多为艺术上的个人主义者，但如何在诗歌中树立起突出、高大的抒情主人公形象，则完全是另一回事，未来主义者否定一切的呼喊往往也湮没了他们自己。马雅可夫斯基在诗中较多地坚持个性的表达，对抒情主人公的形象进行了较为自觉的塑造。他最早的诗歌中，响彻着一个彷徨者的求问和一个愤世嫉俗者的呐喊，但《你们能行吗？》中的“我”，已是一个能爱、能恨、会创造的人了。稍后的组诗《我》则清晰地勾勒出马雅可夫斯基诗歌抒情主人公的轮廓：一个真诚面对社会、渴望认识自我的人。1913年，马雅可夫斯基写作了他的第一部大型作品——剧本《弗拉基米尔·马雅可夫斯基》，在这部作品中，马雅可夫斯基试图解决一个矛盾：现代文明之美和道德堕落的矛盾。戏中的主人公、诗人马雅可夫斯基于是决定以其艺术的力量去拯救人们。作者有意地用自己的姓名做标题，让自己成为主人公，他还亲自扮演戏中的这一角色，他这是想表明：诗人不仅仅是诗歌的作者，他同时也是诗歌的对象，是一个面向世界的“第一人称”。帕斯捷尔纳克理解了马雅可夫斯基的这个用意，他曾评论道：“这个标题不是作者的名字，而是内容的姓氏。”马雅可夫斯基的主人公由此获得了概括性的意义。在自己的作品中，马雅可夫斯基还经常将“我”或“人”与上帝或圣徒并列，说“我”一出现，“上帝就会逃出圣像”；他的《穿裤子的云》原题《第十三位门徒》，后因书刊审查机关的反对而更名。马雅可夫斯基欲通过“我”与上帝、人与神的冲突和平等，来弘扬抒情主人公的高尚和力量。在马雅可夫斯基的早期创作中，“我”是一个出现频率极高的词，但它表达的并不是作者狭隘的个人主义情感，而是他为塑造新型的抒情主人公形象所做的不懈努力。

最后，在未来派诗人中，马雅可夫斯基以大体裁的诗歌创作而出众。在马雅可夫斯基革命前的创作中，长诗占了五分之三的分量，这在注重具体的词语探微的现代主义诗人中间是极为罕见的。更广一些看，在世纪之初的整个俄国诗歌界，长诗等大的诗歌体裁的创作是不景气的，当时几乎没有出现什么有影响的长诗作品。勃洛克的长诗《报复》写了十年，最终还是未能写完；古米廖夫喜欢写长诗，但那大多是关于异域风土人情的长篇描述，缺乏统一的抒情情绪和宏大的涵盖力；赫列勃尼科夫的长诗《鹤》不仅篇幅不大，也让人感到离现实太远。相比之下，马雅可夫斯基先后推出的

《穿裤子的云》、《脊椎之笛》、《战争与世界》和《人》等数部长诗，就显得更有分量，更有意义了。《穿裤子的云》以四个打倒为内容，《战争与世界》以反战为主题，《脊椎之笛》则是一颗被爱情伤害的心灵分别对上帝、爱人和世界发出的呼喊，而《人》是一部哲理性的抒情长诗，通过人与世界主宰者的冲突体现了人的个性权利和尊严。马雅可夫斯基的长诗场面壮阔，情绪饱满，夸张的形象与生动的语词、自由的结构和跳跃的节奏相互结合，达到了较高的艺术境界。由他独创的“楼梯式”诗体，也在这些长诗中初步固定了下来。可以说，马雅可夫斯基的诗歌风格，在革命前的这几首长诗中就已经形成了。

马雅可夫斯基起步于未来主义，得益于未来主义，但他又突破了未来主义的束缚，最终超越了未来主义。虽然，马雅可夫斯基从未宣布“放弃”未来主义，在十月革命后相当长的一段时间里，他还一直是未来主义的首领，但是整体地看，马雅可夫斯基对社会“问题”的关注超过了对小集团“主义”的恪守，他对革命的热情也远远大于对同人利益的兴趣，马雅可夫斯基是一个对诗歌、现实和革命怀有普遍之关注的大诗人。

（选自《二十世纪俄语诗史》，社会科学文献出版社1996年版）

复归的古米廖夫

1921年8月24日，彼得格勒诗人协会主席古米廖夫因反革命罪被处死。他没有留下遗言，甚至没有留下遗嘱和坟墓，俄罗斯诗坛上一位曾经颇有影响的诗人就这样神秘地消失了。但60多年后的今天，这位诗人却悄然而又轰动地复归了，他的姓名、他的诗作又开始在其祖国的文学报刊上连续、显赫地出现。苏联文学界对他进行重新评价，掀起了一场不小的“古米廖夫热”。

1986年4月，在古米廖夫诞辰100周年之际，《文学俄罗斯报》《星火》等报刊首先登出诗人的一些诗作，在苏联国内外引起热烈反响。之后，《新世界》《旗》等重要文学杂志也相继发表了古米廖夫的作品和有关他的政治遭际的材料。与此同时，介绍其生平、评论其创作的文章也开始出现，其中较为重要的有：著名诗人叶·叶夫图申科的《古米廖夫诗歌的复归》、新上任的苏联作协第一书记弗·卡尔波夫的《诗人尼古拉·古米廖夫》和阿·帕夫洛夫斯基的《尼古拉·古米廖夫》等。

谈论这位苏联文学史上过去一直被定论为“反革命诗人”的古米廖夫，就难免要从政治和文学两个方面对其做出重新评价。

对于古米廖夫的“政治错误”，他的论者多持为其辩护的态度。叶夫图申科说：“没有任何证据足以说明古米廖夫卷入了反革命的武装行动。”“诗，也是传记的史实，如果古米廖夫是一个死心塌地的反革命分子，那么他那里为何竟无一首反革命的诗呢？”[1]卡尔波夫的口径与此一致：“我以为，古米廖夫可能是守法的，最令人信服的证据是：他那儿没有反苏维埃的诗。一首也没有！这一点可以说明许多问题。”[2]

古米廖夫一生的际遇是不顺利的。他20岁才勉强从中学毕业，先后进过两个大学，却都未读完；他渴望成功，却因通不过军官资格考试，最终仍只是一名准尉；他在彼得堡的文学圈子中受过冷遇，还差一点在与诗人沃洛申的决斗中丧命；他曾在巴黎爱上一位俄法混血姑娘、“蓝色的星星”叶莲娜，却遭到对方拒绝；他与阿赫马托娃的结合是俄国诗史上的一段佳话，却在古米廖夫心中留下一道阴影……然而，他一生最大的不幸，自然还是其生命悲剧性的结局。

古米廖夫有罪否？如果有，究竟什么罪？这至今仍是几个谜一样的问题。有人相信他是一个死心塌地的反革命分子；有人说他因一时糊涂被坏人利用；有人说他根本无罪，而是遭到了“某个奸细”的陷害。[3]有关古米廖夫案件

---

① 见苏联《文学报》1986年，第20期。

② 见苏联《星火》杂志1986年，第36期。

③ 格·斯特卢威《古米廖夫：生平与个性》，见其与鲍·菲利波夫合编《古米廖夫四卷集》，华盛顿1962—1968年版，第1卷，第36页。

的原始材料一直没有公布，但在古米廖夫被处死后不久的《彼得格勒真理报》上曾刊登过一则消息《在彼得格勒粉碎一起反苏维埃政权的阴谋》，其中关于古米廖夫这样写道："古米廖夫，尼古拉·斯捷潘诺维奇，35岁，旧贵族，语文学家，诗人，'世界文学出版社'编委会成员，无党派人士，旧军官。彼得格勒武装组织的参加者，积极参加编写有反革命内容的传单，答应在积极参加起义的知识分子小组行动时与组织联系，从该组织领取过事务必需的经费。"自称没有掌握更多的材料、不便对古米廖夫案件做裁决的卡尔波夫，针对报上的这段话发表了两点意见：古米廖夫的"答应"，也许是出于一个俄国旧军官常有的那种重情谊、要面子的性格，若有一个旧友来向他提出什么建议或要求，他是不会不"答应"的；逮捕古米廖夫时，是从他的办公桌中搜出了一些钱，但这不一定就是反革命活动的经费，如果是，那也表明古米廖夫不愿，或未及用这笔"经费"去从事"活动"。卡尔波夫还退一步说："我想，即便古米廖夫是有罪的，即便我为他恢复名誉的理由是没有说服力的，那祖国也能宽恕他——甚至对已犯下的罪行也有过这种形式的宽恕。"

对于古米廖夫的文学成就，论者则几乎众口一词地予以肯定。古米廖夫在其短短15年的创作生涯中共推出八部抒情诗集，即《征服者之路》（1905）、《浪漫的花朵》（1908）、《珍珠集》（1910）、《异乡的天空》（1912）、《箭囊集》（1916）、《篝火集》（1918）、

《篷帐集》和《火柱集》（均1921）。此外，他还写有大量的诗剧、长诗和一些散文作品以及诗歌译作。古米廖夫的诗歌创作有着鲜明的个性，他的“异域题材”和某种“史诗风格”，使得他的诗在当时的诗坛上别具一格。

在古米廖夫诗歌遗产中诗论也占据着重要地位，其中最重要的，则是他的阿克梅主义文学理论。1913年，古米廖夫在《阿波罗》杂志上发表了《象征主义的遗产和阿克梅主义》一文。这篇被公认为是阿克梅派创作宣言的文章，集中体现了古米廖夫的文学主张。在文章的一开头，作者就直截了当地写道：“对于一个细心的读者来说，这一点是很清楚的；象征主义已经结束了其发展的全过程，如今正在衰落。”“前来接替象征主义的是一个新流派，怎么称呼它都行，叫阿克梅主义（来自希腊语的άκμη一词——事物的高级层次，花朵，繁荣期），或叫亚当主义（对生活勇敢坚定的、明确的看法），——但无论如何，这一流派追求比象征主义更多的力的均衡、更精确的关于主体和客体之关系的认识。”接着，作为对象征主义的反拨，古米廖夫提出了阿克梅派的创作纲领：反对象征主义对世界神秘、朦胧的暗示，提倡对具体、客观的现象的把握；承认象征在艺术中的重要意义，但不愿因此牺牲其他一切诗歌表现手法；寻求一切手法间充分的协调，要建立一个更加自由、有力的诗律体系；并不放弃对不可知、乌有、瞬间等的表现，“新流派的原则之一，就是永远沿着阻力最大的路线前进”。最后，古米廖夫列出四位大师作为“阿克梅主义大厦的基石”：展示出人的内心世界的莎士比亚，表达了尘世欢乐的拉伯雷，洞察生命却不对生命失望的维庸，以及不懈追求完美艺术形式的戈蒂埃。不难看出，古米廖夫的阿克梅主义文学理论是矛盾的：一方面，他试图让诗从象征主义玄秘、缥缈的星空落到客观、现实的大地上来。有人评价阿克梅主义道："阿克梅主义为确立物性和对生活的热望而斗争。阿克梅主义者们摈弃象征主义的含混不清和非现实性，各人以自己的方式追求形象具体、可感的充实。"[①]因而，阿克梅主义在当时曾被人视为"新现实主义"。但另一方面，他又将诗囿在艺术的象牙塔中，强调"诗即手艺"，在其美学观中进行形式主义和唯美主义的结合。他将莎士比亚这样的现实主义大师和戈蒂埃这样的"为艺术而艺术"的代表并列为导师，便足见其理论的混乱和矛盾。但是，古米廖夫的理论"造就"的阿克梅诗派，却充实了象征主义危机后的俄国诗坛，推出了阿赫马托娃、曼德尔施塔姆、戈罗杰茨基和古米廖夫本人这些大诗人，对俄国诗歌的发展起到了一定的促进作用。

这一点，如今已得到公认。帕夫洛夫斯基认为："古米廖夫的诗歌，是我们文学史中一个独特、有力的现象。"叶夫图申科断言："古米廖夫的遗产不仅属于俄罗斯诗歌的今天，也属于它的未来。"卡尔波夫以这样的文字结束了他的《诗人尼古拉·古米廖夫》一文："100年——出色、独特的

① 卢那察尔斯基主编《文学百科》，共产主义科学院出版社1930年版，第3卷，第82页。

诗人尼古拉·古米廖夫在我们的文学中活过了这整整一个世纪。他作为一个诗人，作为一个人，以自己的方式活过了这100年。我们今年所纪念的这一世纪的交接处，当然不会是其作家命运终止的界线。”卡尔波夫还在文中援引了康·西蒙诺夫一段颇有远见的话：“……我们将来会出版古米廖夫的诗选，因为，他写有许多好诗和一些对我们毫无敌意的诗；他有许多出色的译作；因为，不提及古米廖夫，不提及他的诗和他作为论俄国诗歌那本书的作者所进行的批评工作，不提及他与勃洛克、勃留索夫及其他杰出诗人的关系，就无法撰写20世纪的俄国文学史。”

古米廖夫复归了。说他“复归”，其实也不十分确切。在他死后的二三年内，他的诗集、论文集还多次在彼得格勒等地出版过。几十年来，他的作品一直以高价在苏联的地下书市上出售，并为几代的读者所阅读，所喜爱。在西方，古米廖夫更是一个热门的文学课题，他的作品集、有关他的回忆录大量出版，还有以他为题的学位论文。只是如今，古米廖夫其人其诗从暗地来到了明处，从西方返回了祖国。复归的，也许是人们对其不幸遭遇的公开同情；复归的，也许是对其在俄苏诗史上应占地位的普遍认可。

这场“古米廖夫热”的兴起，有其必然的因素，即古米廖夫诗歌遗产自身恒久的生命力；也有其偶然的因素，即政治气候和文艺政策的变换。对这场偶然也必然的“热”，苏联文艺界似乎准备不足，所发表的关于古米廖夫的文章，客观的叙述多，主观的评价少；对生平的介绍多，对创作的评论少；也未见拿出更多的关于古米廖夫的材料。古米廖夫的诗歌创作是一个复杂的文学现象。“古米廖夫热”终会渐渐冷却，但是，对他的诗歌的研究将会持续深入地进行下去。

（原载《世界文学》1987年第2期）

曼德尔施塔姆：生平与创作

一

曼德尔施塔姆，一个熟悉的陌生人，在相当长一段时间里，无论是在他的祖国还是在我们这里都是这样的。在他的祖国，由于政治上的原因，他和他的作品自20世纪30年代末起便长期被打入冷宫，几十年后才又被学者们小心地发掘出来，为隔了一代的读者所惊讶地阅读；而在我国，对于曼德尔施塔姆也一直由于其祖国对他的忽视而对其知之甚少，再加上其作品在翻译上的难度，曼德尔施塔姆的“陌生”便持续了下来。

奥西普·埃米利耶维奇·曼德尔施塔姆1891年1月3日生于华沙，父亲是一个犹太商人，母亲则出身俄国知识分子家庭。曼德尔施塔姆的童年是在彼得堡度过的，这座俄罗斯帝国的都城无论在他的生活还是在他的创作中都留下了深深的痕迹。16岁时，曼德尔施塔姆遵家人之命赴柏林，进一所犹太宗教学校学习犹太教经书，不久他又回到彼得堡，在捷尼舍夫商业学校上学，在这里，受该校语文老师弗·吉比乌斯的影响，他对文学产生兴趣。1907年，曼德尔施塔姆去法国，在巴黎大学学习法国文学。1910年，他转至德国海德堡大学，但专业仍是法国文学。1911年，曼德尔施塔姆回国，进入彼得堡大学历史语文系罗曼语–日耳曼语专业学习，但最终未能毕业。

现在所知的曼德尔施塔姆的最初诗作作于1907年。在巴黎留学时，曼德尔施塔姆受到法国象征主义诗歌影响，他最初的诗作有着鲜明的象征主义色彩。后来回国，他又参加伊万诺夫的“象牙塔”文学沙龙的活动，与当时以象征派为主体的俄国诗界有较为紧密的联系。然而，他最终却是以一位阿克梅派诗人的身份崛起于诗坛的。早在巴黎，他已与后来成为阿克梅诗派领袖的古米廖夫相识，回国后不久，他就与古米廖夫、戈罗杰茨基、阿赫马托娃等人共同组成“诗人行会”，曼德尔施塔姆还写有纲领性的《阿克梅主义的早晨》一文。1913年，曼德尔施塔姆出版第一本诗集《石头集》，该诗集后多次再版，奠定了他的诗人地位。十月革命后，诗人曾在教育人民委员会工作过一段时间，后离开都市，在克里米亚和高加索地区生活数年，20年代初才回到莫斯科。1922年，他出版第二部诗集《忧伤集》，之后不久，曼德尔施塔姆突然转向散文写作。1928年，曼德尔施塔姆迎来其创作上的一个丰收期，这年，他同时出版一部诗作合集（包括前两部诗集在内）、一部散文集（包括《时代的喧嚣》在内）、一部文论集（《论诗歌》）和一些译作。但在此后，由于一些突发事件的影响，曼德尔施塔姆的创作一时沉寂下来，直到30年代中期的沃罗涅日流放时期才出现又一个新的高峰。

曼德尔施塔姆的一生是不幸的：在内战时期的高加索等地，他先后被红、白两方的队伍所关押；在30年代他又两次被捕，长期遭流放；他一直很贫穷，长期居无定所，带着妻子一起流浪；他神经过于敏感，性格既胆怯又冲动，这使他常常与别人产生冲突；在强烈的刺激下，他曾不止一次试图自杀……在曼德尔施塔姆多灾多难的一生中，有过这样几件影响其命运的事：

首先是发生在1918年的所谓“勃柳姆金事件”，俄国诗人格奥尔基·伊万诺夫在他的回忆录《彼得堡之冬》中记述了这一事件。在一次聚会上，曼德尔施塔姆遇到一个叫勃柳姆金的人，此人是契卡的侦查员，他当时喝醉了，正用铅笔在一份名单上随意地勾出他准备逮捕、枪毙的人，他的做法使曼德尔施塔姆感到吃惊和愤怒，曼德尔施塔姆冲过去撕碎了勃柳姆金的名单，然后逃开。当夜，应曼德尔施塔姆请求，加米涅夫的夫人给捷尔任斯基打了电话，捷尔任斯基接见曼德尔施塔姆，在听了曼德尔施塔姆的汇报后当即决定逮捕并枪毙勃柳姆金。然而几天之后，勃柳姆金却被放了出来，他满城到处寻找曼德尔施塔姆，为躲避勃柳姆金的“复仇”，曼德尔施塔姆离开莫斯科去了高加索。伊万诺夫的记述是否确切，是有疑问的，因为伊万诺夫本人并不是这次事件的见证者，他在回忆录中对曼德尔施塔姆的描写也往往是带有讽刺意味的，阿赫马托娃就曾对伊万诺夫关于曼德尔施塔姆的描述表示过反感。但是，曼德尔施塔姆在这之后不久便离开莫斯科并在高加索和克里米亚地区生活达数年之久，这却是事实；曼德尔施塔姆后来长期受到有关方面的监视，他对勃柳姆金或勃柳姆金之类的人一直怀有恐惧，这或许也是真的。

1928年，处在创作高峰期的曼德尔施塔姆又在无意之中惹出一场“剽窃风波”。曼德尔施塔姆曾应“土地和工厂”出版社之约，对霍因费尔德等人所译的比利时作家科斯特的小说《欧伦施皮格尔的传说》进行加工。小说出版时，由于出版社的疏忽，小说译者的署名变成了曼德尔施塔姆，霍因费尔德等在报上发表文章，指责曼德尔施塔姆“偷了别人的大衣”，关于曼德尔施塔姆“剽窃”他人译作的风言立即流传开来。尽管曼德尔施塔姆在致《莫斯科晚报》《文学报》的信中对有关事实做了澄清，尽管有许多著名作家，如皮里尼亚克、帕斯捷尔纳克、费定、列昂诺夫、左琴科、法捷耶夫等，曾出面为曼德尔施塔姆辩护，但曼德尔施塔姆的名誉还是受到很大损害，他也由于一些人的误解而受到强烈刺激。

曼德尔施塔姆与阿·托尔斯泰的冲突，也是一个影响很大的事件。1934年，后来因长篇历史小说《德米特里·顿斯科伊》而获斯大林奖的作家谢尔盖·博罗金，在曼德尔施塔姆家中惹出一场纠纷，他欺负了曼德尔施塔姆的妻子，官司打到作家协会，协会的领导阿·托尔斯泰却有些偏袒博罗金，同志审判会做出判决，是曼德尔施塔姆夫妇有错。这年春天，在列宁格勒的作家出版社里，曼德尔施塔姆看见托尔斯泰，便冲过去，当着许多作家、编辑的面给了托尔斯泰一个耳光，并说道："我要惩罚这个准许殴打我妻子的刽子手。"事后，许多人劝托尔斯泰起诉曼德尔施塔姆，但托尔斯泰拒绝了。这个事情传开后，许多人都对曼德尔施塔姆产生看法，曼德尔施塔姆在作家圈中的处境愈加孤立。

1934年5月13日，曼德尔施塔姆第一次被捕，逮捕证是苏联内务人民委员亚戈达亲自签署的，搜查进行了整整一夜，侦查员搜到了《为了未来世纪轰鸣的豪迈》等诗稿，清晨7点，曼德尔施塔姆被带走。阿赫马托娃和帕斯捷尔纳克等人立即为曼德尔施塔姆奔走起来，帕斯捷尔纳克找了布哈林，阿赫马托娃找了当时的中央执委会委员叶努基泽。他们的活动大概产生了效果，曼德尔施塔姆只被判处三年徒刑，被流放至北乌拉尔地区卡马河上游的小镇切尔登。在那里，曼德尔施塔姆曾跳楼自杀，摔断胳膊，陪伴在他身边的妻子给中央发了一份电报，斯大林获悉情况后与帕斯捷尔纳克进行电话交谈，最后同意曼德尔施塔姆自己另选一处流放地，曼德尔施塔姆夫妇选的是沃罗涅日。

1937年5月，曼德尔施塔姆结束流放生活回到莫斯科。但仅仅一年之后，在1938年5月2日，他再次被捕，被从切卢斯吉精神病院直接押往苏联远东地区，他被判五年徒刑。1938年12月27日（一说为11月中旬），他在劳改营中死去。他是如何死的，葬在何处，均不得而知。

在曼德尔施塔姆不满50个春秋的一生中，在他不到30年的创作生涯中，他竟遭遇如此之多的不幸！他的不幸或部分地源自他的犹太民族出身，或部分地源自他孤傲的个性，而诗歌与生活、诗人与现实的冲突，则无疑是导致其悲剧命运的最主要因素。

二

1913年，曼德尔施塔姆出版了他的第一部诗集《石头集》。他以“石头”为题，有着多方面的考虑：石头是坚定的，冷静的，它象征着曼德尔施塔姆早年的诗歌追求和生活追求；这里的石头是地面的石头，而不是象征主义那里的天上的“石头”（星星和月亮），曼德尔施塔姆也在用这一形象与象征主义相对抗；石头是现实中平凡、持久的存在，对它的关注，表明曼德尔施塔姆是一个关心此世的诗人。曼德尔施塔姆曾经很推崇法国诗人戈蒂埃的《艺术》一诗中的两句话，大意是：所选取的材料愈是无奇，以它所完成的创造便愈美。曼德尔施塔姆以“石头”为题，大约是在实践戈蒂埃的教导。作为一位“石头诗人”，他的诗有这样两个特征：以人的创造为诗题；力图介入文化的积累。因此，他的诗歌作品便体现出了极重的文化色彩。首先，他的诗多以欧洲的神话、远古诗人的母题和智慧哲者的思想为对象，其实是在对诗的文化储备进行又一次提炼，又一次“精加工”，所以有人称他的诗为“诗的诗”“潜在的文化金字塔”；所以别雷称他是“所有诗人中最诗人化的一位”。其次，他的诗以探索生存的本质、以战胜生命本身为其使命。曼德尔施塔姆认为，死亡就是时间的终结，时间的终结就是遗忘，诗作为词的最佳的、最严密的组合，可以强化人的记忆，并最终战胜死亡。时间，于是成了曼德尔施塔姆最崇拜的概念，他将时间视为空间的三维之外的“第四维”。深受曼德尔施塔姆影响的诗人布罗茨基曾评论道，在曼德尔施塔姆的诗歌中，“时间的存在，是既作为实体又作为主题的存在”。布罗茨基还注意到，时间在曼德尔施塔姆诗中的“处所”就是诗中的停顿，曼德尔施塔姆总是采用一种颇多停顿的诗体，他使诗中的每一个字母，尤其是元音字母，几乎都成了可以触摸得到的时间的“容器”。另外，曼德尔施塔姆采用了一种密实、凝重的诗体，这一诗体既能呼应人的记忆节奏，又能以它与混乱的日常口语的区别来刺激人的记忆神经。借此，曼德尔施塔姆修筑了一条“时间的隧道”，他的诗，“即使不是时间的意义，也是时间的形式：即使时间没有因此而停止，那它至少被浓缩了”，说到底，曼德尔施塔姆的诗就是一种“重构的时间”。

总的看来，严谨的形式和严格的格律，滞重的古典韵味和凝重的雕塑感，深厚的文化味和深刻的道德感，冷静的个性意识和冷峻的诗歌意境，——这一切合成了曼德尔施塔姆诗歌的总体风格。

诗人阿赫马托娃认为，在20世纪的俄国诗人所写的自传中有两本最为出色，一本是帕斯捷尔纳克的《安全证书》，一本就是曼德尔施塔姆的《时代的喧嚣》。阿赫马托娃原打算自己也写一部自传，“一本作为《安全证书》和《时代的喧嚣》的表姐妹的书是应该出现的”，但是，已有的两部诗人自传是如此的杰出，竟使得阿赫马托娃担心，自己未来的自传，“与其出色的表姐妹们相比，它会显得像个脏孩子、老实巴交的女人、灰姑娘等等”，于是，女诗人最终放弃写作自传的计划，而只留下一些片段性的传记文字。[①]可以说，《时代的喧嚣》是曼德尔施塔姆所有作品中最重要的作品之一。

帕斯捷尔纳克的《安全证书》已由桴鸣先生译成中文（桴鸣先生将书名译为《安全保护证》），与乌兰汗先生所译帕斯捷尔纳克的另一部著名自传《人与事》结集出版。将《安全证书》与《时代的喧嚣》相比较，可以发现，这两部自传都是两位诗人在还比较年轻，似乎还没到写作自传的时候写下的，用阿赫马托娃的话说，“他们两人（鲍里斯和奥西普）都是在刚刚步入成熟时就写了自己的书。那时，他们所回忆的一切尚不那么遥远”。《安全证书》写于1929—1931年，当时帕斯捷尔纳克还不到40岁；曼德尔施塔姆则在34岁时完成了《时代的喧嚣》（1925）。所不同的是，帕斯捷尔纳克在自己的暮年又写出了《人与事》（1956），而过

① 阿赫马托娃《自传随笔》，刘文飞译，见《散文与人》第6辑，贵州人民出版社1996年版，第238—250页。

早地死在劳改营中的曼德尔施塔姆却来不及写作他的另一部传记，人们只能将他的绝唱“沃罗涅日诗抄”当作他的另一种自传来阅读。

每个人都会有自己的传记，哪怕他只写下过一行日记，但是，能被人们所广泛阅读的传记则必定出自各种各样的名家之手。名家的传记往往具有较为恒久的阅读魅力，这是因为，在名家的自传中不仅有他们的经历、交往和见闻，而且还有他们的感悟、思考和判断。当然，传记也是各式各样的，有卢梭的《忏悔录》那样的自我剖析，有托尔斯泰的《童年・少年・青年》那样的温情回忆，也有爱伦堡的《人・岁月・生活》那样的社会纪事，更多的则是政治家们对权力之争的喟叹，如托洛茨基的《回忆录》，军事统帅对战功的追忆，如朱可夫的《回忆与思考》，以及沙龙女主人式的人物对往事的梳理，如《巴纳耶娃回忆录》，等等。然而，曼德尔施塔姆的自传是与众不同的，抱着了解诗人生活掌故、猎奇文坛趣闻之阅读动机的读者在读了《时代的喧嚣》之后也许会感到失望，也许会觉得，《时代的喧嚣》中似乎也充满着作者混乱回忆的“喧嚣”。

俄国白银时代哲学家别尔嘉耶夫曾在他著名的自传《自我认知》的开篇写道：一般的自传中的“我”通常为一个进行着回忆和思考的“主体”，而他的自传中的“我”却为他之哲学思考的“客体”，作者是以一个“局外人”的立场来考察“我”的哲学成长过程的。“我在将我自己和自己的生活命运当成哲学认识的对象。”[1]《时代的喧嚣》也是这样一部“主客交融”的自传。在《时代的喧嚣》中，作者写了这样一段话：“我想做的不是谈论自己，而是跟踪世纪，跟踪时代的喧嚣和生长。我的记忆是与所有个人的东西相敌对的。如果由着我，那么在忆起过去时，我也只会做个鬼脸……在我和世纪之间，是一道被喧嚣的时代所充斥的鸿沟，是一块用于家庭和家庭纪事的地盘……我和许多同时代人都背负着天生口齿不清的重负。我们学的不是张口说话，而是讷讷低语，因此，仅仅是在倾听了越来越高的世纪的喧嚣、在被世纪浪峰的泡沫染白了之后，我们才获得了语言。”[2]写作自传，却意在“跟踪世纪”；获得语言，却是在倾听了“时代的喧嚣”之后。这段话使我们感觉到，作者之写作自传，似有“醉翁之意不在酒”之嫌，他的主要目的不是展示自我的成长历史或自己的成功经验，而是再现时代的氛围，以及时代氛围与个性（不仅仅是与作者自己的个性）形成之间的关系。曼德尔施塔姆在这里写的是自己的“前史”，从童年时的感受写到初涉文坛时的交往，但是，他最关注的却仿佛是文学之外的社会事件，虽然他只是通过童年和少年时凌乱的印象、朦胧的记忆来折射社会的。这些印象和记忆自然难以是整体的，但它们却恰好以其具体和真切而

① 别尔嘉耶夫《自我认知》，莫斯科书籍出版社1991年版，第8页。

② 曼德尔施塔姆《时代的喧嚣》，刘文飞译，见《世界文学》1997年第5期，第138—139页。

使人感到易于接受。作者在《时代的喧嚣》中较少提到自己，却着力写了几个人物，如谢尔盖·伊万内奇、尤里·马特维伊奇、西纳尼一家、弗·吉比乌斯等，但他们皆为“无名之辈”，至少算不得那一时代的风云人物，作者有意将笔墨集中于这些人物，也许同样是为了给出关于时代和社会的更朴实、更贴切的风俗图。曼德尔施塔姆在写作时所体现出的这种“客观性”和“非我性”，使《时代的喧嚣》有别于一般的诗人自传。

然而，这的确又是一部诗人的自传。首先，它使我们认识到了诗人个性形成的基础和过程，巴甫洛夫斯克的音乐，彼得堡的帝国风格，家庭中的犹太教气息，芬兰的异国情调，家中的书柜，捷尼舍夫学校的文学课，与社会民主党人的接近，等等，正是这一切，构成了诗人早年所处的社会和文化氛围，它们在诗人的个性乃至艺术风格的形成中无疑起到了很大作用。说实话，在阅读《时代的喧嚣》时我们最感兴趣的也恰恰是这些章节和片断。其次，无论从其结构还是从其语言上来看，《时代的喧嚣》都是一部地道的诗人传记。这部传记篇幅短小，结构灵活，没有清晰的线索和连贯的叙述，而充满细节和跳跃，从形式上看，更接近于诗的结构。在语言上，这部作品更是富有“诗意”的，一方面，作者的文字很简洁，在描写人物、介绍场景时多是三言两语式的，似乎总怕把话说得过于充分；另一方面，传神的、生动的形容和比喻在文中比比皆是，比如，在作者的笔下，老近卫军士兵“衰老得生出青苔”，举行阅兵式的广场是

“一片步兵和骑兵的间作耕地”，沙皇出游时站满街道的宫廷警察，“就像是些长胡子的红色蟑螂”，“像撒下了一把豌豆”，前来俄国做保姆却盲目自傲的法国姑娘有的是“脱臼的世界观”，面对新来的孙子而感到手足无措的爷爷和奶奶，“就像受到欺负的老鸟一样，竖着羽毛”，一个参加时髦音乐会的彼得堡人，“像一尾急速游动的鲤鱼，钻进了前厅的大理石冰窟窿，消失在为丝绸和天鹅绒所装备的火热的冰屋里”，而世纪之初的人们，“就像滚滚的玻璃灯罩下夏日的昆虫，整整一代人都在文学节日的火焰中被烫伤了，烤焦了，戴着隐喻的玫瑰花环”。这样的“奇喻”连续不断，营造出一种独特的阅读氛围。有时我们会感到，读着曼德尔施塔姆的这部自传，我们好像就是在阅读他的诗作。

“口齿不清”的个人声音和嘈杂的“时代喧嚣”需要我们更认真地分辨，诗一样的作品结构和语言风格需要我们更留意地揣摩，因此，《时代的喧嚣》需要我们做更细致的阅读。曼德尔施塔姆的研究者之一纳乌姆·别尔科夫斯基（1901—1972）早在他写于1929年的《论曼德尔施塔姆的散文》一文中，就曾针对《时代的喧嚣》一书指出：“曼德尔施塔姆的这本小书可能需要一种紧张的关注。”[①]在这样的阅读之后，我们也许不仅能对曼德尔施塔姆的生活和诗歌多一些了解，而且还能对曼德尔施塔姆所处的时代、对曼德尔施

① 曼德尔施塔姆《第四散文》，莫斯科国际印刷出版社1991年版，第202页。

塔姆同时代人的命运有一个具体的感知。

然而，一位诗人能否以极端个性化的作品结构和语言来“客观地”诉诸现实和社会，再者，一个自传作者如何在时代的喧嚣中保持住自己清晰的声音，这是我们在阅读《时代的喧嚣》后产生出的疑问。如果说，在《时代的喧嚣》中，曼德尔施塔姆相对成功地调和了主观和客观、自传与时代、个人与社会之间的关系和矛盾，那么在现实生活中，他的这一努力却是以悲剧告终的。这使我们意识到，个人的传记与时代的声响并不总是能产生共鸣的。

曼德尔施塔姆留下的书信并不多，到目前为止，收入曼德尔施塔姆书信最多的曼德尔施塔姆文集是国际文学协会1969年出版的《曼德尔施塔姆三卷集》（后扩充为四卷，司徒卢威和费里波夫主编）的第三卷。在该卷所收85封书信中，最后一封是曼德尔施塔姆1938年10月自符拉迪沃斯托克劳改营寄给家人的信，而倒数第二封则是他1937年5月7日写给妻子的信，这两封信之间有一个很大的间隔。在20世纪90年代出版的一部《曼德尔施塔姆选集》（莫斯科，1991）中，又首次以《最后的书信（1937—1938）》为题发表了曼德尔施塔姆在其生活最后一年多时间里写下的八封书信。

书信有可能是一个人最真诚的文字，它也许是最能使我们与作者产生亲近感的文字。读着这些书信，我们在了解到诗人一些生活细节的同时，也了解到了诗人的生活态度，不知不觉地，我们已与诗人进行了一次长谈。

在曼德尔施塔姆的书信中，最为感人的有两个部分。其一是他写给妻子的信，尤其是他在流放中写给妻子娜杰日达的信，十分相爱的曼德尔施塔姆夫妇很少分离，在他们分离的时候，曼德尔施塔姆几乎每天都要给妻子写一封信，表达自己的思念和爱，这种爱由于其经历了太多的磨难而使我们觉得更为感人。其二就是他最后的书信，这些书信对于我们了解曼德尔施塔姆后期的生活和创作、际遇和心境等是弥足珍贵的。诗人当时身体不好，又得不到治疗，他没有钱，又“同时失去了”工作和住房，他感到“非常疲惫”，不知道等待他的将是什么，但就是在这样的情况下他还是多次提到，他“非常想工作”：“我想活下去，我想工作”，“工作的中断……使治疗失去了所有的意义”。工作，也许是为了养家糊口，但更可能是一种本能的冲动、一种神圣的使命在诗人身上的体现。

三

在20世纪的俄语文学中，世纪初20余年的白银时代文学如今越来越为人们所重视；在白银时代的诗歌遗产中，阿克梅诗派的追求及其意义也似乎正在得到逐渐升高的评价；而在阿克梅派诗人中间，曼德尔施塔姆所受到的关注又似乎有超越其他诗人的趋势。帕斯捷尔纳克很早便在写作自传《人与事》时意识到，他曾长期对包括曼德尔施塔姆在内的四位诗人（另三位是古米廖夫、赫列勃尼科夫、巴格里茨基）的创作“估计不足”；而阿赫马托娃则在她的回忆录片断《关于曼德尔施塔姆》（1963）中，毫无保留地称曼德尔施塔姆为阿克梅诗派的“首席小提琴”。诺贝尔文学奖评奖委员会主席埃斯普马克在他的《诺贝尔文学奖内幕》一书中，承认没有及时地颁奖给曼德尔施塔姆这样的诗人是一个“遗憾”；1987年诺贝尔奖获得者布罗茨基更是在致答谢词时直截了当地说，曼德尔施塔姆比他更有“资格”站在受奖的位置上。这样的一些评价，能帮助我们对曼德尔施塔姆在文学史上的地位和影响做出某种判断。

再请看一看一些著名的俄国诗人在不同时期对曼德尔施塔姆的评价：古米廖夫在倡导其阿克梅主义诗学观念时欣然地观察到了曼德尔施塔姆的“建筑感”：“这种对有活力的、坚固的一切之挚爱，使曼德尔施塔姆走向了建筑。他之爱建筑物，一如其他诗人之爱山爱海。他详细地描绘建筑物，在它们和自身之间寻找相似，在它们的基础上构建世界的理论。我认为，这是对目前时髦的都市主义理论的一个最成功的态度。”[①]茨维塔耶娃发现了曼德尔施塔姆对词的珍重，她在一封致友人的信中写道：“词的选择，首先就是情感的选择和净化，但是，不是所有的情感都适用，哦，请您相信，这里同样需要工作。对于词的工作，这就是对于自身

① 古米廖夫《关于俄国诗歌的书信》，彼得格勒1923年版，第179页。

的工作。”[1]阿赫马托娃则说：“曼德尔施塔姆没有师承。这是值得人们思考的。我不知道世界诗坛上还有类似事实。我们知道普希金和勃洛克的诗歌源头，可是谁能指出这新的神奇的和谐，是从何处传到我们耳际的？这种和谐就是奥西普·曼德尔施塔姆的诗！”[2]布罗茨基为一本英文版曼德尔施塔姆诗集写下题为《文明的孩子》的序言，在文中，布罗茨基对曼德尔施塔姆与文化和文明的关系做了考察：首先，曼德尔施塔姆对世界文化怀抱着深刻的眷念。在流放沃罗涅日期间，曼德尔施塔姆曾被请去出席一次集会，会上有人问他“什么是阿克梅主义”，曼德尔施塔姆回答：“就是对世界文化的眷念。”曼德尔施塔姆关于阿克梅主义所下的这个定义同时也是他关于诗的定义，甚至是关于他本人的定义，因此，他不是一个一般意义上的“文明人”，“他更是一个献身文明和属于文明的诗人”；其次，曼德尔施塔姆的诗的源头是世界文明，反过来，“他又对赐予他灵感的东西做出了贡献”，他源于文明，是文明的受惠者，同时他又是文明的创造者，因此，“在本世纪，他或许比任何人都更有资格被称为属于文明的诗人”；最后，曼德尔施塔姆的悲剧性遭遇，似乎也是世界文化之当代命运的一种象征，诗与政治、文学与现代社会、文明与所谓“现代文明”的冲突，在曼德

① 司徒卢威、费里波夫编《曼德尔施塔姆四卷集》，华盛顿国际文学合作出版社1967年版，第1卷，第388页。

② 转引自《世界文学》1988年第1期，第255页，乌兰汗译文。

尔施塔姆的身上得到了典型的体现，作为文明的牺牲，他的悲剧也许是不可避免的，所以说，“他的生和他的死，均是这一文明的结果”。

这些大诗人的评价出现的时代不同，所取的角度也不同，但它们却都注意到了曼德尔施塔姆对“词”与“文化”的关注。也许，正是其创作中所充盈着的文化韵味，正是其作品所体现出的纯粹艺术精神，才使他的文学遗产像漂流瓶中的书信一样给后代读者带来了意外的惊喜。我们希望，曾被人称为“面向不多的人的诗人”（阿达莫维奇语）、“面向诗人的诗人”（伊瓦萨克语）的曼德尔施塔姆，能在今天赢得越来越多的知音。

（原载《世界文学》1997年第5期）

再遇马雅可夫斯基

1993年，在北京大学举行的纪念马雅可夫斯基诞生一百周年座谈会上，笔者曾以《马雅可夫斯基又与我们相遇》为题做过一个发言，如今，又逢他的120周年诞辰，作为一位俄国诗人的他又再一次与我们这些中国诗人、中国诗歌研究者和翻译者以及中国诗歌读者相遇，这一行为本身已经论证了马雅可夫斯基的不朽。与不朽的诗人每一次新的相遇，必然都是在新的时间和空间中实现的，每一次相遇也就或许能使我们对他有某种新的发现，或新的解读。

首先，马雅可夫斯基是一位“革命的歌手”“苏维埃诗人”，但他同时也是一位地道的现代派诗人。笔者先前在写俄国诗歌史时强调过马雅可夫斯基与俄国未来派的关系，笔者得出的一个结论是：“就某种意义而言，没有俄国未来主义，也就没有马雅可夫斯基。”“马雅可夫斯基起步于未来主义，得益于未来主义，但他又突破了未来主义的束缚，最终超越了未来主义。”（《二十世纪俄语诗史》）这一观点或许仍不过时，但笔者新近又意识到，马雅可夫斯基与20世纪世界范围内诗歌运动的渊源，可能远远不止于他与未来主义的干系。在整个俄国白银时代诗歌的大背景下看待他的诗歌创作，或许能更广泛、更充分地意识到他的诗歌史意义。

关于马雅可夫斯基作为诗人的创新意义人们谈论得已经太多，从他的革命性的诗歌立意和社会性的诗歌立场，到他的楼梯诗体在词汇、韵律、节奏、力度、张力等方面对20世纪世界诗歌的奉献和促进，不一而足。笔者在这里只想再强调一点，即他的诗歌民主化的理论主张和诗歌实践。如今一提起现代派，人们往往觉得它是小众的，阳春白雪的，隐秘朦胧的，小我的，这是对现代主义文学运动的重大误解之一，其实，现代主义文学从一开始就是哗众取宠的，富有攻击性的，力争深入人心的。在马雅可夫斯基这里的独特体现，便是将非诗的元素引入诗歌，扩大诗歌的容量和功能，换句话说，就是将日常生活诗意化，诗歌化，用诗意的态度来面对人人终日面对的柴米油盐。他不仅将音乐、绘画、小说等其他艺术门类的因素带入诗歌，甚至连政治和意识形态领域的概念，连人名和地名等专有名词，也都能成为他诗歌的抒情对象。在马雅可夫斯基这里，诗无所不包，无所不能，甚至连人们耳熟能详的标语口号、民间俗语、门牌号码，经马雅可夫斯基的诗歌之笔一点，便立即成为朗朗上口、令人过目不忘的佳句。关于他的这一化腐朽为神奇、让非诗成为诗、让一切都成为诗的本领和特色，什克洛夫斯基说过一段精彩的话："在马雅可夫斯基的新艺术中，先前丧失了艺术性的大街又获得了自己的语言，自己的形式……诗人并非透过窗户张望大街。他认为自己就是大街的儿子，而我们便根据儿子的容貌获悉了母亲的美丽，人们先前是不会、不敢打量这位母亲的脸庞的。"在这里，什克洛夫斯基强调马雅可夫斯基“新艺术”的核心，就在于他是“大街的儿子”。曼德尔施塔姆在回忆马雅可夫斯基时也说道，马雅可夫斯基解决了“大众诗歌而非精英诗歌”这样一个基本、伟大的问题。“大众诗歌”，这就是马雅可夫斯基诗歌的特征和价值所在。

随着时间的推移，马雅可夫斯基“革命诗人”的色彩渐渐有所消退，而现代派诗人的特征却越来越醒目。所谓“大众性”和“革命性”，往往就是形形色色的现代派之内在的驱动力之一，在马雅可夫斯基这里，就是其现代性的典型体现之一，因此，现在有人又将马雅可夫斯基称为“民主的现代派”，甚至“社会主义的现代派”，“革命诗人”和“现代派诗人”，这两种角色至少在马雅可夫斯基这里并不矛盾，在某种程度上是合二为一的。一部权威的《俄国作家传记辞典》这样写道：“马雅可夫斯基即便在苏维埃时期亦非社会主义现实主义作家，而始终是一位未来派诗人。”（见尼古拉耶夫主编《俄国作家传记辞典》）一部英文版的俄国文学史这样写道：“马雅可夫斯基在作诗法方面是象征主义者的继承者。”（见米尔斯基著《俄国文学史》）

其次，马雅可夫斯基一直被说成一位“无产阶级诗人”和“社会主义歌手”，这往往会使人们对其强烈的个性色彩乃至个人主义认识不足。其实，无论作为一个人，还是作为一位诗人，还是作为一名布尔什维克党员，马雅可夫斯基都是地地道道的个人主义者。研究苏联诗歌史的人很早就注意到，在十月革命之后，俄语诗歌中抒情主人公的身份发生了一个显著的变化，即从单数的“我”向复数的“我们”的过渡，诗歌呼应时代和社会体制的需求，用集体主义取代个人主义。在这一大背景下，作为十月革命首席歌手之一的马雅可夫斯基，其诗歌态度就显得十分“另类”了。如果编一部马雅可夫斯基诗歌用语字典，其中出现频率最高的词有可能就是“我”和“我的”。帕斯捷尔纳克对此有个说法，他在回忆第一次听马雅可夫斯基朗诵悲剧长诗《弗拉基米尔·马雅可夫斯基》时说道：“这一标题揭示出一个天才的朴实发现，即诗人并非作者，而是抒情诗的对象，他以第一人称诉诸世界。”看一看马雅可夫斯基用过的一些标题，这样的“个人主义”似乎无处不在，昭然若揭：他的第一部诗集题为《我》（1913，不算他在坐牢时写的第一本诗集，那个集子被狱警没收，后来不知下落），这部诗集后来发展成为悲剧长诗《弗拉基米尔·马雅可夫斯基》；他的第一部自传题目为《我自己》；他最著名的长诗之一题为《我爱》。他关于十月革命还有过一个著名的说法，即“我的革命”：“接受还是不接受？这个问题对于我（以及其他莫斯科未来派）而言并不存在。这是我的革命。”以前对这句话的理解完全是从“正面”角度做出的，其中有两点疏忽：一是没有注意到括号里的“以及其他莫斯科未来派”一句，也就是说，在马雅可夫斯基看来，未来派天然地会接受革命；二是没有注意到单数的“我的”，而非“我们的”。这句“我的革命”，不仅是马雅可夫斯基在十月革命之后公开的政治表态，其实还暗含着他的艺术追求。十月革命对于列宁等人而言是政治的、社会的革命，这是“他的革命”和“他们的革命”，或者是“我们的革命”；而对于马雅可夫斯基而言，“我的革命”则是艺术的革命，审美的革命，诗歌的革命。这不是一种武断的猜测，马雅可夫斯基之后的命运恰恰论证了这一设想：他创办《列夫》和《新列夫》，试图在艺术领域另立山头，与政治领域的列宁比肩而立。他将列宁的革命视为政治的、社会的革命，而将他自己的“我的革命”视为艺术的、诗歌的革命，这在俄苏文学史中早有定论，并被称为马雅可夫斯基的“迷误”和“错误”。这其实是他真实心迹之流露，也是他必然失宠之前提，甚至是他死亡的原因之一。十四五岁就入了党的马雅可夫斯基，在政治表现方面却始终很难让党放心，其原因恐怕就在于他过于强烈的个人主义。真正的诗人恐怕总是不合群的，他与任何一个政治集团或利益集团恐怕都难以长久地合作，或相安无事，因为放弃了个人主义的诗人，恐怕也就放弃了自我，放逐了自己的诗。我们可以预言，马雅可夫斯基如果不在1930年自杀，以他的个性和个人主义，他很难熬过1937年的大清洗。其实，在他死后，他也的确一度销声匿迹，直到斯大林在马雅可夫斯基女友的呈文上写下“马雅可夫斯基过去和现在都是我们苏维埃时代最优秀、最有天赋的诗人”的批语后，马雅可夫斯基才在苏联文学中突然赢得了一人（高尔基）之下、万人之上的崇高地位。

最后，马雅可夫斯基与当时那一时代、那一时代的政治以及那一时代政治领袖的亲近，其实盖出于他的“真诚”，出于他身为一位诗人的赤子之心。他的天真和纯真，是他歌颂革命和革命领袖的真实动机，他的宣传鼓动并非出于任何功利目的，溜须拍马，也正是因此，他和他的诗歌才能更为持久地保持魅力。有一种说法：马雅可夫斯基服务于当局并非出自恐惧而是出于良心，也就是说，他所歌唱的是他衷心愿意歌唱的，的确是他内心深处的理想。从这样一些具体的行文中我们可以揣摩出马雅可夫斯基的心迹：①他对社会主义的认识，首先在于其“自由”，其次在于其有“诗”，他写道，将来的社会里“没有官员，而有很多的诗与歌”，那里有的是“自由聚集起来的人们之自由的劳动”。②他在长诗《列宁》中歌颂列宁，但他的出发点却在于，列宁是“一个最人性的人”。③他的长诗《好》的题目，根据如今俄国学者的考证，应该源自《圣经》的开篇，上帝创世之后感到很自得，于是有这么一句：“上帝看着是好的。”也就是说，马雅可夫斯基将十月革命看成是另一场开天辟地的创世运动，因此才有了他的政治立场。总之，在马雅可夫斯基的心目中和诗歌里，革命是浪漫的，社会主义是充满诗意的。

我们如今在反思苏联文学史时需要注意的一个重要问题就是，在替许多被错误镇压的天才作家恢复名誉的同时，也要留心不要重蹈苏联文学史家们的覆辙，将过于强烈的意识形态色彩强加于文学和作家，把苏维埃色彩浓重的作家全都不问青红皂白地一棍子打死，要注意区分有天才的苏联作家和无天才的苏联作家，区分有良心的苏联作家和没有良心或昧着良心的苏联作家，后者我们要将其逐出20世纪的俄国文学史，而前者，则要尽量还原其文学创作原貌，确定其文学史地位。真正的文学大师则是我们永恒的亲近对象，我们今后还将一次又一次地与不朽的马雅可夫斯基相遇，不断地获得我们心目中新的马雅可夫斯基。

（选自文集《文学的灯塔》，花城出版社2015年版）

帕斯捷尔纳克的诗

一

帕斯捷尔纳克似乎生来就注定会成为一位诗人。

1890年2月10日，鲍里斯·帕斯捷尔纳克出生在莫斯科一个犹太人家庭，父亲列昂尼德·帕斯捷尔纳克是一位著名画家，他为列夫·托尔斯泰的作品所画的插图十分著名，他做过莫斯科绘画、雕塑和建筑学院的教授；母亲罗莎莉娅·考夫曼是一位钢琴家，是著名钢琴家鲁宾斯坦的学生。帕斯捷尔纳克家经常高朋满座，列维坦、斯克里亚宾等都是这家的常客，未来的诗人就是在这样一种浓郁的家庭艺术氛围中成长起来的。

青年时期的帕斯捷尔纳克曾跟著名音乐家斯克里亚宾学习作曲，后借口听力不好放弃；考入莫斯科大学法律系后不久，他又赴德国马堡大学研习哲学，试图揭开生活的秘密，在得到著名哲学家科恩教授的高度肯定之后，他却突然决定回国："别了，哲学！"因为他已经感觉到诗歌或许更易于用来破解生活之谜。不过，青少年时代学习音乐和哲学的背景，却无疑在形式和内容两个方面为帕斯捷尔纳克之后的诗歌创作奠定了基础。

帕斯捷尔纳克爱上诗歌并开始写作诗歌的年代，恰逢俄国文学史上的白银时代，那是一个辉煌灿烂的诗歌时代。他比以象征派诗人为主体的白银时代第一批诗人要年幼一些，又几乎是白银时代诗人中最后一位离世的；他最初接近的是以马雅可夫斯基为首领的未来派，可他却和茨维塔耶娃一样，是白银时代极为罕见的独立于任何诗歌流派之外的大诗人。更为重要的是，帕斯捷尔纳克的诗歌创作呈现出对白银时代各种诗歌流派的开放性，他的诗中有象征派诗歌的音乐性，也有阿克梅派诗歌的造型感；有未来派诗歌的语言实验，也有新农民诗歌对自然的亲近，帕斯捷尔纳克的诗歌创作似乎是白银时代诗歌经验的集大成者，就这一意义而言，帕斯捷尔纳克是真正意义上的俄国白银时代的诗歌之子。

二

在世界范围内，提起帕斯捷尔纳克的名字，普通读者最先想到的可能还是他的长篇小说《日瓦戈医生》，因为这部小说已被译成世界上数十种语言，因为这部小说被改编成了好莱坞影片，因为这部小说引起了一场加剧东西方冷战的国际事件，很多人都认为，正是《日瓦戈医生》使帕斯捷尔纳克获得了1958年的诺贝尔文学奖，殊不知，当年瑞典皇家学院决定授予帕斯捷尔纳克诺贝尔文学奖的理由是："因为在当代抒情诗歌方面的杰出成就以及对伟大俄国散文传统的继承。"也就是说，主要的奖掖对象还是帕斯捷尔纳克的抒情诗创作。

帕斯捷尔纳克一生写过一部长篇小说、若干中短篇小说、两部自传、四部长诗和数部译作，但他创作中数量最多的还是抒情诗集，有九部之多。这些诗集像一道珠串，把帕斯捷尔纳克延续半个世纪之久的诗歌创作联结为一个整体；它们又像九个色块，共同组合出帕斯捷尔纳克诗歌的斑斓图画。

1913年，帕斯捷尔纳克开始在刊物上零星发表抒情诗，次年推出第一部诗集《云中的双子星》，尽管帕斯捷尔纳克自己对这部处女作不太满意，评论家也认为这部诗集并非成熟之作，但是，帕斯捷尔纳克后来曾多次修改其中的诗作，这反过来表明了诗人对自己最早一批抒情诗作的眷念和重视，更为重要的是，帕斯捷尔纳克的这第一批诗作其实奠定了他的诗歌风格，将这部诗集中的诗作与他后来的诗作相比，似乎也看不出过于醒目的差异，相反，这部诗集的第一首诗《二月》后来几乎成了帕斯捷尔纳克任何一部诗歌合集的开篇之作。1917年，帕斯捷尔纳克出版第二部诗集《超越街垒》，其中的许多诗作其实引自其第一部诗作，但这部诗作的书名却不胫而走，不仅是关于当时时代的一种形象概括，同时也构成帕斯捷尔纳克人生态度的一种隐喻。当然，让帕斯捷尔纳克赢得广泛诗名的，还是他的第三部诗集《生活是我的姐妹》（1922）。诗集中的诗写于俄国的历史动荡时期，可这些诗作却令人惊奇地充满宁静和欢欣，对叶莲娜·维诺格拉德的爱恋，与俄国大自然的亲近，使得诗人在残酷的年代唱出了一曲生活的赞歌。在诗集《主题与变奏》（1923）之后，帕斯捷尔纳克一度转向历史题材的长诗和散文写作，直到20世纪30年代初才相继出版两部诗集《历年诗选》（1931）和《再生》（1932），后者的题目曾被当时的诗歌评论家解读为诗人对其所处“巨变”时代的诗歌呼应，但其写作动机实为帕斯捷尔纳克对济娜伊达·涅高兹的热恋以及格鲁吉亚主题在诗人创作中的渗透，“再生”当然也暗示诗人的返回诗歌。1943年，帕斯捷尔纳克出版诗集《早班列车上》，这部在二战正酣时面世的诗集与《生活是我的姐妹》一样，帕斯捷尔纳克诗歌世界中的安详与宁静与外部世界中的动荡和震撼构成了独特的对比。战后十年，帕斯捷尔纳克将主要精力用于写作小说《日瓦戈医生》，但这毕竟是一部诗人写作的诗性小说，帕斯捷尔纳克用假托为小说主人公日瓦戈所作的25首诗构成小说的最后一章，所谓《日瓦戈的诗》也应该被视为帕斯捷尔纳克的一部独特诗集。20世纪50年代末，帕斯捷尔纳克因为“诺贝尔奖事件”在苏联国内遭到批判，成为千夫所指的对象，人们曾经以为，帕斯捷尔纳克当时情绪低落，不久便郁郁而终。然后，帕斯捷尔纳克的最后一部诗集《天放晴时》（1956—1959）呈现了一个更真实的帕斯捷尔纳克，或曰帕斯捷尔纳克当时更真实的心境，在与伊文斯卡娅的夕阳恋中，在与以佩列捷尔金诺为代表的俄罗斯大自然的共处中，帕斯捷尔纳克获得了向死而生的欣悦和释然，这部诗集也因而成为帕斯捷尔纳克整个抒情诗创作、整个文学创作乃至整个人生的一个完美总结。

三

帕斯捷尔纳克已被公认为20世纪最伟大的俄语诗人之一，其抒情诗创作的价值或曰意义，我们或许可以从这样几个方面来加以理解：

首先是帕斯捷尔纳克诗歌中别具一格的隐喻系统。帕斯捷尔纳克的诗素以“难懂”著称，在中国也曾被视为“朦胧诗”，这主要因为，他的诗大多具有奇特的隐喻、多义的意象和复杂的语法。在帕斯捷尔纳克的诗中，复杂的句法和满载的意义与抒情主人公情绪的明澈和抒情诗主题的单纯往往构成强烈对比，而这两者间的串联者就是无处不在的隐喻。与大多数善用隐喻的诗人不同，帕斯捷尔纳克的隐喻不是单独的而是组合的，叠加的，贯穿的，不断推进的，与此相适应，帕斯捷尔纳克的隐喻往往不单单是一个词，或一句诗，而是一段诗，甚至整首诗，在俄语诗歌中，同样具有此种风格的还有茨维塔耶娃和曼德尔施塔姆，或许还有后来的布罗茨基。这些组合隐喻会演变成一个个意象，扩大成一个个母题，甚至丰富成一个个“时空体”，俄国最新一部《帕斯捷尔纳克传》的作者德米特里·贝科夫就归纳出帕斯捷尔纳克诗中这样六个“时空体”，即“莫斯科”、“佩列捷尔金诺”、“南方”、“高加索”、“欧洲”和“乌拉尔”。

其次是帕斯捷尔纳克诗歌的亲近自然、感悟人生的主题内涵。1965年，帕斯捷尔纳克的诗被列入著名的“诗人丛书”出版，该书序者安德列·西尼亚夫斯基在其长篇序言中写道：“帕斯捷尔纳克抒情诗中的中心地位属于大自然。这些诗作的内容超出寻常的风景描绘。帕斯捷尔纳克在叙述春天和冬天、雨水和黎明的同时，也在叙述另一种自然，即生活本身和世界的存在，也在诉说他对生活的信仰，我们觉得，生活在他的诗中居于首要位置，并构成其诗歌的精神基础。在他的阐释中，生活成为某种无条件的、永恒的、绝对的东西，是渗透一切的元素，是最为崇高的奇迹。”对自然的拥抱，对生活的参悟，的确是帕斯捷尔纳克抒情诗中两个最突出的主题，而这两者的相互抱合，更是构成了帕斯捷尔纳克诗歌的意义内核。在帕斯捷尔纳克的诗中，作为抒情主人公的“我”往往是隐在的，而大自然却时常扮演主角，成为主体，具有面容和性格，具有行动和感受的能力，诗中的山水因而也成为了“思想着的画面”；置身于大自然，诗人思考现实的生活、人的使命和世界的实质，试图在具体和普遍、偶然和必然、瞬间和永恒、生活和存在之间发现关联，这又使他的抒情诗成了真正的“哲学诗歌”。

最后是帕斯捷尔纳克诗歌创作的象征意义。帕斯捷尔纳克的创作纵贯20世纪俄语诗歌半个多世纪的发展历史，到20

世纪下半期，他和阿赫马托娃成为白银时代大诗人中仅有的两位依然留在苏联并坚持写诗的人，他们的存在本身就标志着一种强大的诗歌传统的延续，无论就创作时间之久、创作精力之强而言，还是就诗歌风格的独特和诗歌成就的卓著而言，帕斯捷尔纳克都是20世纪俄语诗歌中的佼佼者。帕斯捷尔纳克悲剧性的生活和创作经历，也折射出20世纪俄国知识分子，乃至俄罗斯文化的历史命运。他在《日瓦戈医生》中展示出的20世纪俄国知识分子之命运，几乎就是他本人的一幅历史自画像。帕斯捷尔纳克的诗歌自身也具有很高的文化品位和文化价值，在几十年的创作历史中，无论社会风气和美学趣味如何变化，帕斯捷尔纳克始终忠于自我的感觉，忠于诗歌的价值，而这在某种意义上又恰恰表现为对生活真理的忠诚，就总体而言，他的诗歌创作，就像曼德尔施塔姆对阿克梅主义所下的定义那样，也是一种“对世界文化的眷念”。

（原载《帕斯捷尔纳克的诗》，商务印书馆2018年版）

茨维塔耶娃和她的诗歌

一

茨维塔耶娃是俄国白银时代最重要的诗人之一，也被布罗茨基称为“20世纪的第一诗人”。

玛丽娜·茨维塔耶娃（1892—1941）生于莫斯科，她的父亲伊万·茨维塔耶夫是莫斯科大学艺术学教授，是莫斯科美术博物馆（今莫斯科普希金造型艺术博物馆）的创建人；她的母亲玛丽娅·梅因具有波兰、德国和捷克血统，曾随著名钢琴家鲁宾施坦学习钢琴演奏。茨维塔耶娃后来在自传中写道：“我对诗的激情源自母亲，对工作的激情源自父亲，对自然的激情则源自父母双方……”由于身患肺结核病的母亲需出国治疗，童年的玛丽娜和妹妹曾随母亲到过德、法、意等国，并在那里的寄宿学校就读，这使玛丽娜·茨维塔耶娃自幼便熟练掌握了德语和法语。1906年母亲去世后，姐妹俩回莫斯科上学。1910年，刚满18岁的玛丽娜·茨维塔耶娃出版了她的第一部诗集《黄昏纪念册》，诗集得到勃留索夫、古米廖夫、沃罗申等当时著名诗人的肯定，茨维塔耶娃从此走上诗坛。1911年，茨维塔耶娃应沃罗申之邀前往后者位于克里米亚科克捷别里的“诗人之家”别墅，在那里与谢尔盖·埃夫隆相识并相恋，1912年1月，两人在莫斯科结婚。同年，茨维塔耶娃出版第二部诗集《神灯集》，这部诗集由于较多的“自我重复”而遭冷遇。主要由头两部诗集中的诗作构成的第三部诗集《两书集》（1913）出版后，其影响也远逊于《黄昏纪念册》。此后数年，茨维塔耶娃紧张写诗，佳作频出，但没有诗集面世，编成的诗集《青春诗抄（1913—1915）》并未正式出版。抒情女主人公的不羁个性及其真诚诉说，躁动感受及其复杂呈现，构成了茨维塔耶娃早期诗作的主题和基调。

1916年标志着茨维塔耶娃诗歌创作中一个新阶段的开始，此年编成、但直到1921年方才出版的诗集《里程碑》，就是标志她的诗歌成熟的一座“里程碑”。从诗歌主题上看，一方面，诗人的极端情绪化有所冷静，转向固执的自我中心主义，这一时期的抒情诗成了她“灵魂的日记”；另一方面，作者所处的时代和社会开始发生剧烈动荡，一战、革命、内战等社会事件相继爆发，与近乎坐以待毙的家庭生活一同，都在日复一日地强化诗人紧张的内心感受，她因此写出《天鹅营》等“现实题材”诗作，尽管茨维塔耶娃从来都不是一个关注现实的政治诗人。从调性上看，茨维塔耶娃的诗歌在这一时期出现一个转向，即歌唱性和民间性的强化。她描写莫斯科和塔鲁萨的抒情诗作，她在这一时期因接近莫斯科戏剧界而创作的一些诗体剧作和长诗等“大型体裁”，都具有较强的民间文学特征。关于茨维塔耶娃诗歌创作“民间性”的来历，后来的研究者们大惑不解，因为茨维塔耶娃之前从未生活在俄国乡间（除了在父母的别墅所在地塔鲁萨，除了在沃罗申的别墅所在地科克捷别里），她也没有熟悉俄罗斯童话的奶娘和外婆，但对俄语诗歌中“俄罗斯性”的探寻，却使她掌握了“歌唱性”这一典型的诗歌手法。俄文版七卷本《茨维塔耶娃作品集》的编者在题为《诗人玛丽娜·茨维塔耶娃》的后记中写道：“她1916年的诗就实质而言大多为歌。其女主人公其实是在歌唱自我，歌唱自己的忧伤、大胆和痛苦，当然，也在歌唱自己的爱情……”

1922年夏，获悉丈夫流亡国外，在布拉格上大学，茨维塔耶娃带着女儿阿丽娅经柏林前往布拉格。在逗留柏林期间，茨维塔耶娃出版两部诗集，即《致勃洛克》和《离别集》。在柏林的两个多月时间里，茨维塔耶娃写了20多首诗，这些诗作后多收入诗集《手艺集》，它们体现出了茨维塔耶娃诗风的又一次“微调”，即转向隐秘的内心感受以及与之相关联的更为隐晦的诗歌形象和诗歌语言，茨维塔耶娃自己所说的“我了解了手艺”这句话，自身也似乎具有某种隐喻性质。1922年8月，茨维塔耶娃来到捷克，在布拉格及其郊外生活了三年多。茨维塔耶娃在捷克时期一刻也不曾停止写诗，写下百余首诗作。在布拉格，茨维塔耶娃与她丈夫在查理大学的同学罗德泽维奇热情相恋，留下许多诗歌杰作，其中最著名的要数长诗《山之诗》（1924）和《终结之诗》（1924）。1923年，她还出版了两部抒情诗集，即《普叙赫》和前面提到的《手艺集》。流亡捷克时期，外在生活的沉重压力和内心生活的极度紧张构成呼应，被迫的孤独处境和主动的深刻内省相互促进，使得茨维塔耶娃诗歌中关于“生活和存在”（быт и бытие）的主题不断扩展和深化。流亡捷克的三年多，是茨维塔耶娃诗歌创作的巅峰期之一。

1925年10月，仍旧是出于物质生活方面的考虑，茨维塔耶娃全家迁居巴黎，但是在法国，他们仍旧生活在贫困之中。由于茨维塔耶娃的桀骜个性，由于她丈夫与苏联情报机构的合作，也由于她对马雅可夫斯基等苏维埃诗人的公开推崇，她与俄国侨民界的关系相当紧张，几乎丧失发表作品的机会。在这一时期，茨维塔耶娃也将大部分精力投入散文创作，写下许多回忆录和评论性质的文字，但在流亡法国的近14年时间里，她却只写了不到一百首诗作，她曾在给捷克友人捷斯科娃的信中感慨：“流亡生活将我变成了一位散文作家。”但是，1928年面世的《俄罗斯之后》作为茨维塔耶娃生前出版的最后一部诗集，作为她流亡时期诗歌创作的集大成者，其中也收有她“法国时期”的最初诗作。除抒情诗外，茨维塔耶娃在流亡期间还写作了大量长诗，除前面提到的《山之诗》和《终结之诗》外，还有《美少年》（1922）、《捕鼠者》（1925）、《自大海》（1926）、《房间的尝试》（1926）、《阶梯之诗》（1926）、《新年书信》（1927）、《空气之诗》（1927）等。在茨维塔耶娃流亡法国时期的诗歌中，怀旧的主题越来越突出，悲剧的情绪越来越浓烈，但怀旧中也不时闪现出片刻的欢乐，悲剧中往往也体现着宁静和超然，比如她在《接骨木》中用顽强绽放、死而复生的接骨木作为自我之投射，在《故乡的思念》等诗中将花楸树当作故土的象征，在《致书桌》中将书桌当作毕生最忠诚的告白对象（其实她在很多租住地甚至连一张书桌都没有）。1938年9月，纳粹德国吞并捷克斯洛伐克，茨维塔耶娃写下激越昂扬的组诗《致捷克》，这组诗构成了她诗歌创作的“天鹅之歌”。

1937年，茨维塔耶娃的丈夫埃夫隆因卷入一场由苏联情报机构组织的暗杀行动而秘密逃回苏联，他们的女儿在稍前也已返回莫斯科。两年之后，生活拮据又饱尝非议和敌意的茨维塔耶娃被迫带着儿子格奥尔基（小名穆尔）返回祖国，可迎接茨维塔耶娃的却是更加严酷的厄运：女儿和丈夫相继被苏联内务部逮捕，女儿坐牢15年，丈夫最终被枪毙。1941年8月31日，因为战争被从莫斯科疏散至鞑靼斯坦小城叶拉布加的茨维塔耶娃，担任作家协会食堂洗碗工的申请也被拒绝。她在与儿子发生了一场争吵之后，在租住的木屋中自缢。1945年，她的儿子也牺牲在卫国战争的战场上。回到苏联之后，茨维塔耶娃更无发表作品的可能，只能搞一点文学翻译，但她还是有一些零星诗作存世，我们所知的她的最后一首诗《我一直在重复第一行诗句》写于1941年3月6日，此时距她离世尚有五个多月，而在这五个多月时间里，作为一位伟大诗人的茨维塔耶娃却很有可能始终不曾动笔写诗。

二

无论在生活中还是在诗歌创作中，茨维塔耶娃都展现出了十分鲜明的个性。在她刚刚登上诗坛后不久，当时的诗界首领勃留索夫在肯定她的第一部诗集之后却对她的第二部诗集有所微词，茨维塔耶娃立即连续写出两首以《致勃留索夫》为题的诗作，予以反驳和讥讽；1921年2月，她曾在莫斯科一场诗歌晚会上公开朗诵她的组诗《顿河》，歌颂“像白色的鸟群飞向断头台”的白军，而台下的听众主要是红军士兵，当时国内战争已基本结束，苏维埃政权得到巩固，在这样的背景下，身为失踪白军军官之妻的茨维塔耶娃居然敢在大庭广众之下朗读她的白军“颂歌”；1928年，马雅可夫斯基访问巴黎时遭到俄国侨民界的冷遇和敌意，茨维塔耶娃却出面接待马雅可夫斯基，并在报上发表题为《致马雅可夫斯基》的文章，称“真理”和“力量”都在马雅可夫斯基那一边，在茨维塔耶娃保留下来的这张报纸上有她的一行批注：“为此我立即被赶出了《最新消息报》。”《最新消息报》是巴黎最重要的俄侨报纸，茨维塔耶娃因此基本丧失了在俄侨报刊上发表诗文的机会。这就是茨维塔耶娃的个性，无论何时何地，她总是显得“不合时宜”。这种个性或许是家族的遗传，是天生的性格，也或许是颠沛流离的童年生活、父母的早亡等生活经历所导致的后果，但更可能的是，她的个性和她的诗歌是互为因果的，是相互放大的。独树一帜的个性是成为一位优秀诗人的必要前提之一，而诗歌作品，尤其是一首抒情诗作，也可能成为个性的最佳表达方式，成为个性的塑造手段。

在茨维塔耶娃自由、孤傲的个性中，积淀着这样两个基本的性格因素，即真诚和不安。诗贵在真诚，一个好的诗人首先必须是一个真诚的人。真正的诗容不下、也藏不住虚假，因此，认真的诗人们在现实生活中往往表现得像个大孩子。茨维塔耶娃的为人和作诗都体现着真诚，她仿佛不想隐瞒什么，不想装扮自己，只求把原本的个性真实地表现出来。茨维塔耶娃对爱情主题的诉诸就颇具典型意义，布罗茨基因此称茨维塔耶娃是“最真诚的俄罗斯人”。1908年，勃洛克曾在《库利科沃战场》一诗中写道：“我们在梦境里才有安宁。”这一名句几乎成了大多数俄国诗人的谶语，尤其是对于白银时代的俄语诗人而言，尤其是对于白银时代最为“不安”的诗人茨维塔耶娃而言。她将“生活与存在”当成她的主要诗歌命题，或者说，当成她的诗歌创作中主要的思索对象，在这一总的命题之下，她思索苦难以及面对苦难的态度，思索诗人以及诗人的身份认同问题，思索爱以及爱的本质和意义。或是由于内心激情的涌动和生存状态的刺激，或是关于个人的和文化的命运的担忧，她的诗始终贯穿着一种不安的情绪主线。对这种焦虑感的真诚表露，构成了她诗歌的主要风格特征之一。茨维塔耶娃的诗像是一种“独白的诗”，这分明是一个个体在吐露心曲，但这一个体是一个深刻体验过多种生活的天才演员，因此她的诉说就不再仅仅是一个个体的声音；她分明是在面向众人诉说，却又像是在自言自语，并不关心听众的反应。茨维塔耶娃的长诗情节性不强，但她的抒情诗却因充满细节和情节而具有戏剧性；诗人真诚的天性，使她不能不吐出内心的一切，而焦虑的人生态度，又让她难以以表现自我为满足。于是，才有了这种充满内心冲突的抒情主人公以及她时而为自我忏悔、时而为醒世之言、时而是激动的、时而是苦闷的独白。布罗茨基在茨维塔耶娃的诗中听出了这种独特的调性：“在她的诗歌和散文中，我们经常听到一个独白；但是这不是女主人公的独白，而是由于无人可以交谈而作的独白。这一说话方式的特征，就是说话人同时也是听话人。民间文学——牧羊人的歌——就是说给自己听的话：自己的耳朵倾听自己的嘴。这样，语言通过自我倾听实现了自我认知。”茨维塔耶娃本人在《终结之诗》中也有过相似的表达，即：“生活全在肋骨！/它是耳朵，也是回音。”“耳朵”（ухо）和“回音”（эхо）构成一对意味深长的韵脚。

三

茨维塔耶娃诗歌个性的首要表达方式，就是其独特的诗歌语言。茨维塔耶娃的诗中充满隐喻，而且，她的一首诗，甚至是一部长诗，往往就建立在一个大隐喻之上，自身就是一个拉长的隐喻，组合的隐喻。比如《接骨木》一诗，从春天里淹没花园的绿色波浪写起，写到接骨木花朵像火焰、像麻疹的盛开，然后是冬季，它的浆果像珊瑚，像鲜血，这意味着接骨木被处决，意味着“一切血中最欢乐的血：/心脏的血，你的血，我的血……”，“一丛孤独的接骨木”，“能代替我的艺术宫”，“我想把世纪的疾病称作/接骨木……”窗外历经一年四季的接骨木树丛，由此成为“我”的生活和人类存在的象征物。在《山之诗》中，茨维塔耶娃将布拉格的佩伦山文学化，用来象征她与罗德泽维奇那场刻骨铭心的爱情。另一部长诗《终结之诗》也建立在一个巨大的隐喻之上。在俄语原文中，《终结之诗》这一标题中的“终结”（Конец）一词是以大写字母开头的，这是在暗示我们，“终结”本身就是长诗中另一个隐在的主人公，它作为一个硕大的象征，构成“爱情苦路”这一整体隐喻的核心。

茨维塔耶娃诗歌的突出特征之一，就是其他文学和艺术体裁的因素在她诗歌中的渗透。首先，茨维塔耶娃的诗不论长短，都写得十分酣畅，虽然随意却不显零乱，虽然自然却不失精致，带有一种明显的“散文风格”。布罗茨基在评论茨维塔耶娃的散文时曾说：“散文不过是她的诗歌以另一种方式的继续。”其实，在她转向散文写作之前，散文因素早已渗透进了她的诗歌，她将散文的因素融合进诗歌，又将诗歌的因素带入散文。她的诗有散文风，是散文化的诗；

她的散文更具诗味，是诗化的散文。诗与散文的界限在她的创作中被淡化了，模糊化了。作为其结果，她的诗与散文均双双获益。其次，是戏剧因素在茨维塔耶娃诗歌中的显著作用。茨维塔耶娃的诗很有画面感，而这些画面又时常是流动的，就像是不断变幻的戏剧舞台。茨维塔耶娃同时是一位杰出的剧作家，在1918—1920年，她一度与瓦赫坦戈夫剧院等莫斯科的剧院关系密切，创作出一系列浪漫主义剧作；“诗剧”也一直是她心仪的文学体裁之一。更为重要的是，她的诗作无论长短，往往都有着紧张的冲突、剧烈的突转和激烈的对白，似乎稍加扩充，就会变成一部舞台剧本。《终结之诗》无疑就是男女主人公的一出对手戏，诗中不时出现两位主人公的直接引语，就像剧本中的台词。而且，长诗中还多次出现被置于括号内的舞台提示，如“（鹰一样环顾四周）”“（断头台和广场）”等。广义地说，《终结之诗》整部长诗就是两位主人公的舞台对白。此外，长诗中的舞台“背景音”也此起彼伏，如汽笛、雷霆、笑声、交谈、手指的鼓点、耳朵的轰鸣、厂房声音洪亮、红色过道的哗啦声、空心的喧嚣、锯子穿透睡梦、脚掌的叹息、接缝的崩裂、妓女的笑声等等。这些声响与主人公简短的对话形成呼应，也是长诗舞台效果的重要来源之一，这使我们联想到茨维塔耶娃说过的一句名言：“帕斯捷尔纳克在诗中是看见，我在诗中是听见。”最后，茨维塔耶娃的诗作又是高度音乐性的，她曾自称她继承了母亲对“音乐和诗”的爱好，这种“爱好”是融化在血液中的。她的篇幅较长的诗，多具有交响乐般的结构，具有呈示、发展和再现等不同阶段；她的短诗则如歌曲，具有前文提及的浓烈的“歌唱性”。在俄语诗人中，茨维塔耶娃是最受作曲家青睐的诗人之一，肖斯塔科维奇等著名音乐家曾将她的许多诗作谱成歌曲，这并非偶然。

茨维塔耶娃的诗歌语言是别具一格的，具有很高的识别度，这种茨维塔耶娃式诗语呈现出这样一些特征：

第一，是多种格律的混成。俄国学者伊万诺夫在对茨维塔耶娃《终结之诗》的格律和节奏进行细致研究后发现，诗人在这部长诗中采用了十余种格律，如常用的抑扬格、扬抑格、抑抑格、抑扬抑格和扬抑抑格，还有比较罕见的混合格（логаэды）和三音节诗格变体（дольник），也就是说，茨维塔耶娃在一部诗歌作品中几乎运用了俄语中所有的诗歌格律形式，而且，所有这些格律还与不同的音步搭配，即分别搭配两音步、三音步和四音步，从而组合出变化多端的诗歌格律。不过，伊万诺夫同时也发现，《终结之诗》尽管存在“格律的多样”，却又神奇地具有“节奏的一致”。即便在茨维塔耶娃的短诗中，也时常会出现不同的格律。

第二，是诗节的创新。所谓“诗节创新”，是第一部研究茨维塔耶娃的专著的作者赛蒙·卡尔林斯基提出的，指的是茨维塔耶娃与众不同的诗节构成方式，即她写诗不再遵守一句一行、若干行一段的传统诗节定式，而是依据情感的涨落来进行诗节的划分，在规范中插入不规范。俄语诗歌的形式较为传统，一般为一句一行，四句（或六句、八句）一节，押严格的韵脚，这一传统一直持续到茨维塔耶娃开始创作的20世纪初。当时，虽然不是每一个诗人在每一首诗中都严格遵循传统的诗律，但如茨维塔耶娃这样大胆的诗节划分诗还是比较少见的，她有近一半的诗均未自始至终保持一成不变的诗节。

第三，是断句移行。在茨维塔耶娃的诗中，移行可能出现在任何地方，即她并不永远在标点符号处移行，而是依据内在的韵律和停顿来断句，这样的做法不仅凸显了作者的主观感受，而且还以一个强加的停顿去刺激读者，同时，这种做法还能极大地扩大诗语的可能性，为韵脚的选择和音步的安排提供更大的自由。有时，茨维塔耶娃甚至将某一个词拦腰截断，分别置于上行的末尾和次行的开端，这大约就是布罗茨基在评论茨维塔耶娃的语言风格时所言的“语义移行”。

第四，是别出心裁的词法。斯洛宁说：“她喜欢采用追溯词根的方法。她通过去掉前缀，改变词尾及一二个元音或辅音（有点像法国的超现实主义者）而成功地解释各种词语的原始意义。她巧妙地运用了语音学，从声音的接近中得到词语的新意义。”[①]她喜欢使用最高级形容词，有些还是她自造的最高级形容词，如“超无意义的词汇”“最基督的世界”等；她会用一个连字符来关联两个单词，或拆开某个单词，以凸显新的含义。顺便说一句，茨维塔耶娃的这种“构

① 斯洛宁《苏维埃俄罗斯文学》，浦立民、刘峰译，毛信人校，上海译文出版社1983年版，第277页。

词法”，似乎很难在任何一种语言的译文中获得等值的再现。

第五，是跳跃式的省略。语言的简洁和意象的跳跃，是茨维塔耶娃诗歌的一大特色，急促的节奏间布满一个又一个破折号，使人感觉到，茨维塔耶娃似乎永远来不及写尽她的思想和感受。布罗茨基注意到茨维塔耶娃诗歌中的这个标点符号，并说她的这一“主要的标点符号”，“不仅被她用来说明现象的类同，而且还旨在跳过不言自明的一切”，“此外，这一符号还有一个功能：它删除了20世纪俄国文学中的许多东西”。[①]面对这由一个又一个破折号造成的意义的空白，置身于由各种跳跃所形成的语义停顿，读者感受到了一种阅读的刺激和挑战，他被迫用积极的思考和想象来还原作者的情感过程，这大约就是茨维塔耶娃所说的“阅读是创作过程的同谋”一语的含义吧。需要说明的是，由于汉语与俄语在语法上存在巨大差异，茨维塔耶娃原作中破折号所表达的语法意味，甚至被省略的含义，在汉译中往往是需要添加进去的，因此，在汉译中继续保持原文中的每一个破折号，或许就是画蛇添足了。

多变的格律和急促的节奏，洗练的句法和陌生化的词法，紧张的对话和戏剧化的冲突，所有这些诗歌手法合为一体，共同营造出一种极度的紧张感和不和谐感。一位《终结

---

① 布罗茨基《小于一》，英文版，纽约法拉尔、施特劳斯、基罗克斯出版社1986年版，第182页。

之诗》的研究者将这部长诗的总体美学风格定义为“临界诗学”，这个说法似乎也可以用来概括茨维塔耶娃的整个诗歌创作。

四

作为诗人的茨维塔耶娃，她在俄国文学史中的价值和意义至少体现在这样几个方面：首先，她是白银时代最为杰出的诗人代表之一。19世纪末、20世纪初的白银时代是俄国文学史中继黄金时代后的又一个文学繁荣期，俄国再度出现“天才成群诞生”的壮观景象。白银时代是俄国的“文艺复兴”，是一个文化的时代，更是一个文学的时代，诗歌的时代，在这一时期，象征派、阿克梅派、未来派等诗歌流派相继崛起，各领风骚，每一流派均推出了其代表诗人，如象征派的勃洛克和勃留索夫，阿克梅派的阿赫马托娃和曼德尔施塔姆，未来派的马雅可夫斯基和帕斯捷尔纳克等，而唯一一位从未加入任何诗歌流派、却又成为白银时代最杰出诗歌代表的诗人，就是茨维塔耶娃，她鲜明的个性和独特的诗风就像一面鲜艳的旗帜，孤独地飘扬在白银时代的诗歌巅峰之上。

其次，茨维塔耶娃是俄国文学史中最早出现的女性大诗人。在茨维塔耶娃之前，俄国文学主要是一种“男性文学”，黄金时代的一流作家和诗人中间很少看到女性的身影，直到白银时代，一大批女性作家和诗人，如阿赫马托娃、吉比乌斯、苔菲等，才突然涌现，使俄国文学成为真正的男女声重唱。茨维塔耶娃几乎与阿赫马托娃同时登上诗坛，阿赫马托娃的第一部诗集《黄昏集》出版于1912年，而茨维塔耶娃的第一部诗集《黄昏纪念册》出版于1910年。这两位伟大的女诗人不仅以女性的身份步入俄国诗坛，更把女性的情感、女性的主题、女性的立场带进了俄语诗歌。两人的早期抒情诗大多为爱情诗，抒写爱情给抒情女主人公带来的悲剧感受。但是，如果说阿赫马托娃形式严谨的诗作主要是用细节来传导女主人公细腻的内心活动，茨维塔耶娃则更多地用奔放的诗句直接道出女主人公的执意，甚至决绝，因此可以说，较之于阿赫马托娃，茨维塔耶娃的诗似乎更具“女性主义”意识。试比较一下她俩各自的一首名诗，即阿赫马托娃的《最后一次约会的歌》（1911）和茨维塔耶娃的《我要收复你》（1916）。阿赫马托娃在诗中写道：“胸口无助地发冷，/但我的脚步还算轻快。/我在用我的右手，/把左手的手套穿戴。//楼梯仿佛很漫长，/而我知道它只有三级！/秋风在槭树间低语：/‘求求你，和我一同死去！’/……/这就是最后一次约会的歌。/我打量黑暗的房间。/只有几支冷漠的蜡烛，/在卧室抖动昏黄的火焰。”此诗用“我在用我的右手，/把左手的手套穿戴”这一著名“细节”，绝妙地体现了女主人公内心的慌乱，它与后面送别的“楼梯”、痛苦的“秋风”和卧室的“烛光”相叠加，透露出一位与爱人（爱情）分手的女性深刻的悲伤；但是，此诗也表达了女主人公的克制，分手时她并未忘记戴上手套，面对一切她试图表现得从容和坦然一些。对痛苦内心的深刻体验和体验之后的努力克制，是阿赫马托娃这首诗，乃至她整个早期诗歌总的情绪特征。和《最后一次约会的歌》一样，茨维塔耶娃的《我要收复你》大约也是一首“失恋诗”，但女主人公的态度却大相径庭：“我要收复你，从所有土地，所有天空，/因为森林是我的摇篮，坟墓是森林，/因为我站在大地，只用一条腿，/因为我为你歌唱，只为你一人。//我要收复你，从所有时代，所有夜晚，/从所有金色的旗帜，所有的宝剑，/我扔掉钥匙，把狗赶下台阶，/因为在尘世的夜我比狗更忠诚。//我要收复你，从所有人，从某个女人，/你不会做别人的夫，我不会做别人的妻，/我要从上帝那里夺回你，住口！——/在最后的争吵，在夜里。//但我暂时还不会为你送终，/哦，诅咒！你依然留在你的身边：/你的两只翅膀向往天空，/因为世界是你的摇篮，坟墓是世界！”此诗中的女主人公坚定自信，声称要从“所有土地”“所有天空”“所有时代”“所有夜晚”收复你，“要从上帝那里夺回你”，而且，“我暂时还不会为你送终”！显而易见，茨维塔耶娃的“女性立场”是更为激进的。茨维塔耶娃的诗歌创作在当年就引起了众多女性读者的共鸣和崇尚，在她以及阿赫马托娃等女性诗人出现之后，一代又一代俄罗斯女性仿效她俩，拿起笔来写诗，从此之后，女性声音便成了俄国文学，尤其是俄语诗歌中一个水量丰沛的潮流，一种硕果累累的传统。

最后，茨维塔耶娃的一生构成了20世纪俄国诗人悲剧命运的一个象征。茨维塔耶娃的一生，是饱经磨难的一生：她很早就失去父母；她成为一位成熟诗人之时，恰逢俄国革命爆发，她的生活一落千丈，丈夫失踪，小女儿饿死，孤女寡母相依为命；她“俄罗斯之后”的流亡生活持续长达17年，其间始终居无定所，在极度的贫困中度日；返回苏联后，她和她的家人又无一例外地遭遇厄运……她似乎在用她真实的生活际遇，图解她自己给出的一个关于诗人和诗歌创作的定义：诗人就是犹太人，就是永远被逐的人；写诗就是殉道，就是一种受难的方式。

（原载《茨维塔耶娃的诗》，商务印书馆2019年版）

茨维塔耶娃的孤独

在所有关于茨维塔耶娃的文学史叙述中，谈论最多的或许就是她的“孤独”，这位女诗人也的确构成了俄罗斯文学中一个空前孤独的形象。

她的孤独是传记意义上的，是她的亲身遭际，也就是说，是命运的强加：母亲患肺结核去世的时候，茨维塔耶娃只有14岁。数年之后，父亲也去世了，从此，“孤儿”的感觉就始终伴随着她；她不满50岁的一生里，就有近20年的流亡生涯，而且，其中还充满着颠沛、敌意、贫穷，甚至饥饿；她先后生下两女一男，但由于战乱，小女儿饿死在保育院，她长期与大女儿阿里阿德涅相依为命，与丈夫埃夫隆一直是聚少离多；她激情满怀，几乎把与她同时代的俄国男性诗人都轮流地爱了一遍，但她那过于炽热的爱情，却一次又一次地吓跑了他们；卫国战争期间，她被疏散到鞑靼共和国的一座小城叶拉布加，在那里，她就连当一名洗碗工的要求都遭到拒绝，唯一的儿子也疏远了她，孤独中的她最后选择了上吊。没有人来给她送葬，甚至连她的坟墓的准确位置至今都无人知道，在叶拉布加公墓的一角现在只立有这样一块牌子：“玛丽娜·茨维塔耶娃葬于墓地此隅。”

茨维塔耶娃的孤独也往往是一种自我放逐，是她主动、有意的行为方式所导致的结果：茨维塔耶娃的创作开始于俄国诗歌的白银时代，当时，各种诗歌流派和团体蜂拥而起，然而，茨维塔耶娃自始至终却从未接近过任何一个流派或团体，这在白银时代的大诗人中是绝无仅有的；俄国国内战争期间，在丈夫当了白卫军之后，茨维塔耶娃居然还敢在一次面对红军士兵的诗歌晚会上高声朗诵歌颂白卫军的诗，将白卫军比喻成“天上的天鹅群”；1928年，在马雅可夫斯基访问巴黎遭到俄国侨民界的冷遇和敌意的时候，茨维塔耶娃却挺身而出，公开表达了对“苏维埃诗人”的好感和赞扬，因此得罪了俄侨界，甚至丧失了发表作品的机会。无论何时何地，茨维塔耶娃似乎都显得有些不合时宜。不羁的个性和真诚的良心，使她从不随波逐流，从不去迎合什么。当然，在茨维塔耶娃的孤独之中，个性的选择和命运的强加也许又是互为因果的。

其实，茨维塔耶娃的孤独还有更深层次上的体现，只有理解了这些孤独，才能对茨维塔耶娃创作的价值和意义有一个更为充分的理解。

首先，是地域诗歌文化上的孤独。俄国只有两个大城市，即莫斯科和彼得堡，俄国人习惯将它们并称为“双都”，两座城市也的确都做过俄国的首都。自彼得一世改革起，彼得堡不仅成了俄国的政治、经济中心，也迅速成长为文化和文学的首都，普希金、莱蒙托夫等人虽然都在莫斯科住过，但他们主要的创作活动还是在彼得堡展开的，俄国文学的“黄金时代”以及随后的“白银时代”，其主要的舞台都是彼得堡，因此，布罗茨基曾将彼得堡称为“俄国诗歌的摇篮”。面对强大的“彼得堡诗歌传统”，莫斯科的女儿茨维塔耶娃孤军奋战，决心在诗歌中为自己这座“被彼得推翻的城市”重新赢得荣耀，就像她那位为莫斯科建起一座辉煌的艺术博物馆的父亲一样。了解了这个背景，我们就不难理解，茨维塔耶娃的诗中为何有如此多的莫斯科形象和莫斯科主题，而莫斯科人为何又如此珍重茨维塔耶娃的创作。而茨维塔耶娃对各种诗歌流派的疏远，她在风格上有意与同时代诗人拉开距离，她在创作中对古代和民间的斯拉夫神话因素的汲取等等，与她的弘扬莫斯科诗歌传统的愿望也许是不无关联的。

其次，是诗歌美学上的孤独。茨维塔耶娃的诗歌风格是极为独特的，其澎湃的情感，急速的思绪，口语化的词汇，大刀阔斧的诗体，共同组合成一种前无古人的诗歌形式，在俄语诗歌发展史上独树一帜。这里仅举茨维塔耶娃诗歌中两个很小的具体手段为例：其一，是前文所述的“断句移行”。其二，就是她独具特色的标点符号。茨维塔耶娃喜欢使用惊叹号、问号、省略号等具有强烈效果的标点，而破折号又是她最钟爱的符号，她的破折号除了传统的释义和同位语等功能外，还能表达意义和节奏的揳入、动作和事物的省略以及形象和情绪的跳跃等。

最后，是面向后代的孤独。与普希金同时代的俄国诗人巴拉丁斯基有一次曾在诗中感慨：生活中的朋友易得，诗歌中的知音却难觅，所以，他只指望“后代里的读者”。茨维塔耶娃所能指望的，恐怕也只能是“后代里的读者”了。她旁门左道的诗歌出身，卓尔不群的诗歌天赋，桀骜不驯的诗人个性以及独具一格的诗歌文本，都给其诗作的广泛传播设置了一定的障碍，更不用说那些由政治、语言等因素造成的隔阂了。因此直到1979年，在为茨维塔耶娃的一本英文版散文集所写的序言中，布罗茨基还在抱怨：“直到今天，无论是在她使用其语言写作的国家，还是在这个国家之外，都不存在茨维塔耶娃的多卷文集。”20多年又过去了，情况如今已发生了变化，在俄国已有数种茨维塔耶娃的多卷文集面世，其中就包括1995年出版的一部七卷集。而“在她使用其语言写作的国家之外”，恐怕至今仍只有中国出版了她的多卷集（《茨维塔耶娃文集》，5卷本，汪剑钊主编，东方出版社2003年版）。茨维塔耶娃面对后代的孤独，还表现为她的后继无人，她很难拥有继承者和模仿者。同一位布罗茨基就曾坦言：“我从未模仿过她的声音。她是我无意与之一争高下的唯一诗人。”要想像茨维塔耶娃那样写诗，首先就得像她那样生活，而这对于绝大多数人，甚至是绝大多数诗人来说，都是很难做到的。

对于一个诗人而言，孤独也许不是坏事，从未体验过孤独反而更可怕。在茨维塔耶娃这里，孤独既是一种生活逆境，也是一种写作氛围，既是带给她苦难、导致她灭亡的一个原因，也是其诗情、诗才得以升华、结晶的必要前提之一。

茨维塔耶娃孤独得就像旷野中一棵野性的树，大海中一叶飘零的帆。如今，读出了茨维塔耶娃之孤独的我们，已经没有机会去消弭她的孤独了。但是，我们却有可能用她的孤独来慰藉许许多多个灵魂的孤独。

（选自文集《别样的风景》，人民文学出版社2008年版）

茨维塔耶娃的布拉格

一

我乘坐的HU7937航班经过十个小时飞行，于7月16日清晨抵达布拉格；将近一百年前，1922年8月1日，茨维塔耶娃自柏林抵达这座城市，她乘坐的是火车，当时的航空交通还不发达，逃亡中的茨维塔耶娃也买不起机票，她一生从未坐过飞机，她说她害怕飞机，害怕一切高速运动的东西，她在布拉格的友人回忆，她从来不敢独自一人过马路，而总要紧紧抓住同行者的手，东张西望、脚步急促地穿过马路，嘴里还不停地嘀咕："汽车可真是个怪物！"茨维塔耶娃对运动和速度的恐惧，似乎与她永远激荡的内心生活、与她诗歌中无处不在的跌宕和跃进形成了巨大反差。

步出登机桥，看到航站楼上的一行大字："瓦茨拉夫·哈维尔机场。"这可能是世界上唯一以文学家的名字命名的国际机场，不过，我想象着茨维塔耶娃就走在我们身边的人群中，她提着寒酸的行李，牵着十岁的女儿阿丽娅，高傲地昂着诗人的头颅，看到哈维尔的名字后她摇了摇头，有些不屑地说道："还不是因为这位文学家后来当上了总统。"

此番应《十月》杂志社和徐晖、韩葵夫妇邀请来十月布拉格作家驻地小住，主要目的就是寻访茨维塔耶娃留在布拉格的痕迹。1922年8月至1925年10月，茨维塔耶娃在布拉格生活了三年多。这是她生活中颠沛流离、捉襟见肘的三年，后来却被她视为一生中最幸福的时光。当年30多岁的茨维塔耶娃风华正茂，在异国他乡顽强生存，在持家、恋爱、生子的同时不懈地写作，登上了她创作的高峰。三年三个月的时间里，茨维塔耶娃共写下139首长短诗作，平均每周一首，显示出旺盛的文学创造力，可以说，正是在布拉格，茨维塔耶娃成长为了一位世界级的大诗人。

二

布拉格最著名的去处或许就是查理大桥，桥面上终日人流如织，人们踩着古老的石头桥面散步，或凭栏欣赏伏尔塔瓦河两岸的风光，或端详桥上鳞次栉比的巨大雕塑，却很少有人注意到大桥靠近古城堡一端的一尊骑士雕像。这雕像不知为何竟被置于桥墩之上，需俯视方能看见，这便是茨维塔耶娃的“布拉格骑士”。

雕像上的人物是捷克民间传说中的英雄布隆茨维克，石质雕像上的武士头戴盔甲，左手扶着放在脚边的正方形巨大盾牌，右手持一把笔直细长的利剑，黑色的石头与金色的宝剑构成强烈的明暗对比，一如静立的雕像与其背后流动的河水构成的静动反差。来到布拉格后不久的茨维塔耶娃，一次在友人斯洛宁的陪伴下游览查理大桥，斯洛宁把藏在桥下的骑士雕像介绍给茨维塔耶娃，女诗人看到后兴奋不已，惊呼道：他太像我了！

把茨维塔耶娃布拉格时期的照片与这位骑士的面容做比较，老实说，我们很少能看到两者的相像。布拉格骑士脸庞瘦削，眉清目秀，表情安静，而茨维塔耶娃却是宽脸庞，浓眉大眼，五官都洋溢着冲动和激烈。但茨维塔耶娃坚持认为这位骑士像她，一定有着她的逻辑：首先，这位骑士的面容倒是与茨维塔耶娃的丈夫埃夫隆的相貌十分接近，而埃夫隆毕竟是年轻的茨维塔耶娃一见钟情并以身相许的男人，茨维塔耶娃在布拉格疯狂爱上的另一位男人罗德泽维奇，长得也很像这尊雕像，也就是说，布拉格骑士长着一副茨维塔耶娃喜欢的男性面容；其次，茨维塔耶娃一贯欣赏女人身上的男性特征和男人身上的女性特征，这位富有阴柔韵味的布拉格骑士，在茨维塔耶娃看来或许就是男女两种性别特征的结合，或曰矛盾组合，是不协调的协调，是对立的统一，这是会让茨维塔耶娃心动的一种组合状态；最后，在茨维塔耶娃对这位骑士的情感中，无疑掺杂着某种同情和怜悯，这位骑士毕竟只是一位骑士，比不上查理大桥栏杆上的高大雕塑，那些雕塑形象不是神话人物、宗教圣人，便是帝王将相，而一位普通的骑士是难以与他们平起平坐的，因此被放在了桥墩上。那些大型雕像需要仰视，即便你不仰视它们，它们也会俯视你，而这位骑士却被所有人俯视着，或者说被忽略着，他的这种处境一定会引起茨维塔耶娃的同情。

在与斯洛宁一同散步查理大桥后不久，茨维塔耶娃写出一首题为《布拉格骑士》的诗：

苍白的脸庞，
世纪水声的守卫——
骑士啊，骑士，
紧盯着河水。

（哦，我能否在河里找到
嘴唇和手的宁静？！）
守——卫——者，
在离别的岗位。

誓言，戒指……
是啊，但石头扔进河，
我们这样的人有过多少，
在四个世纪！

进入河水的自由
通行证。让玫瑰开放！
他扔出，我冲过去！
就这样报复你！

我们不累——
激情至今尚存！
用大桥复仇。
张开翅膀吧！

向着泥潭，
向着锦缎般的河水！
桥面的错，
如今我不哭！

“从命定的桥上
跳下，别怕！”
我身高与你相同，
布拉格骑士。

无论甜蜜还是忧郁，
你都看得更清楚，
骑士啊，你在守护
岁月的河。

“我身高与你相同”，茨维塔耶娃就这样写出了她与布拉格骑士本质上的相像；在对岁月的河的守护中，在对跃入河水的冲动的不断抑制中，在对命中注定的守护角色既不认同、又无法逃避的痛切感受中，她深刻地理解了这位布拉格骑士，或者说，她把自己流亡捷克时的内心感受一股脑儿地投射到了这位布拉格骑士的身上。这首写于1923年9月27日的诗，因此成为茨维塔耶娃最著名的诗作之一，而查理大桥一端的布拉格骑士也由此成为20世纪俄语诗歌中的一处“名胜”。

离开捷克后，茨维塔耶娃始终惦记着查理大桥上这位“守护着河水的小伙子”，在寄往布拉格的书信中，她一遍又一遍地重复着：“我的骑士”，“我的布拉格兄弟”，“我命中注定的同貌人”，“我在布拉格有位男朋友，他的脸长得很像我”……她数次求人给她往巴黎邮寄布拉格骑士的照片或肖像：“有没有一幅他的画像，更大一些，更清楚一些，比如版画？我会把它挂在书桌上方。如果我有一位护佑天使，就应该带有他的面孔，他的狮子，他的宝剑。”茨维塔耶娃的捷克友人捷斯科娃后来果真给她寄去了一幅布拉格骑士的画，这幅画被茨维塔耶娃视作最珍贵的艺术品，在颠沛流离的生活中一直带在身边。

三

布拉格十月作家驻地的窗户正对着一座山，即布拉格著名的佩伦山。佩伦是斯拉夫原始宗教中的雷神，这座不高的山因为这个高贵的名称而具有了特别的含义。无论是在茨维塔耶娃的心目中，还是在布拉格的文学地图中，这座并不高大的山都有着超越它自身的海拔高度。

茨维塔耶娃有一部题为《山之诗》的长诗，写的就是这座山，也写于这座山上（此山南坡的一幢小楼），在《山之诗》开篇的“献诗”中茨维塔耶娃写道：

颤抖，山从肩头卸下，
心却在爬山。
让我来歌唱痛苦，
歌唱我的山！

无论现在还是往后，
黑洞我都难以封堵。
让我来歌唱痛苦，
在山的顶部。

这是一部“山之诗”，也是一部“爱之诗”，它记录了茨维塔耶娃一生中最刻骨铭心的一场爱情。1923年8月，来到布拉格刚好一年的茨维塔耶娃疯狂地爱上了康斯坦丁·罗德泽维奇（1895—1988），这位风度翩翩的男人是茨维塔耶娃的丈夫埃夫隆在布拉格查理大学的同学。罗德泽维奇生于彼得堡，比茨维塔耶娃小三岁，大学未毕业他便参军，成为黑海舰队水兵，十月革命期间两次转换身份，先成为红军，后随白军流亡海外，在20年代初来到布拉格，获捷克政府奖学金，成为查理大学法律系学生。1926年底，罗德泽维奇来到法国，在巴黎大学继续学习法律，同时接近法国左翼政党；1936年他投身西班牙内战，在国际纵队任军事专家；二战时期他参加法国抵抗运动，曾被关进纳粹集中营，战后留在法国，据说身为苏联特工。晚年，罗德泽维奇成为一位艺术家，曾创作一尊茨维塔耶娃的木雕头像。

罗德泽维奇保存了茨维塔耶娃写给他的所有书信，并在1960年把它们转交给茨维塔耶娃的女儿阿丽娅，后者把这些信原封不动地封存起来，但其中两封（9月22日、23日）被转交者私自复印，因而流传开来，通过这两封信中的只言片语，我们不难感觉出茨维塔耶娃当时的情感之炽烈：

> 我第一次爱上有福的人，或许是第一次寻求幸福而非伤害，想获得而非给予，想生存而非毁灭！我在您身上感受到一种力量，这是我从未有过的体验。
>
> 您在我的身上创造了奇迹，我第一次感觉到了天和地的统一。
>
> 啊，您多么深沉，多么实在！您无比优雅，又极其淳朴！您是教会我人性的游戏高手。我和您在相遇之前似乎不曾活在世上！对于您，我就是灵魂；对于我，您就是生命。
>
> 离开您，抑或您不把我放在心上，我就难以活下去。只有通过您，我才能热爱生活。您如果放开手，我

就会离开，不过会更加痛苦。您是我第一根、也是最后一根支柱！

您是我的救星，让我把生死置之度外吧，您就是生命！（上帝啊，因为这幸福饶恕我吧！）

我把您黑发的脑袋揽入怀中。我的眼睛，我的睫毛，我的嘴唇。

朋友，记住我吧。

茨维塔耶娃改称爱人的姓氏，称他为“拉德泽维奇”（Радзевич）而非“罗德泽维奇”（Родзевич），因为“拉德泽维奇”有“欢乐之子”的意思。然而，就像茨维塔耶娃一生中所有火一般的爱情一样，这段始于秋天的罗曼史也仅持续数月，在冬季便开始暗淡了。后来，罗德泽维奇娶俄国宗教哲学家谢尔盖·布尔加科夫的女儿玛丽娅为妻，茨维塔耶娃则留在了丈夫身边。不过，作为这场爱情之文学结晶的《山之诗》（以及另一部长诗《终结之诗》和抒情诗《嫉妒的尝试》等作品），却构成茨维塔耶娃布拉格时期诗歌创作，乃至她整个文学创作的巅峰。在茨维塔耶娃与罗德泽维奇热恋的这段时间，茨维塔耶娃租住在佩伦山坡上的一户人家，两人经常一起爬山，佩伦山于是就成了他俩热烈爱情的见证人，也成了茨维塔耶娃心目中爱情的等价物。

在《山之诗》中，茨维塔耶娃将佩伦山写成情感的高峰，将她与罗德泽维奇的爱情比喻成登山之旅。在长诗的开头，“那山像新兵的胸口，/新兵被弹片击中。/那山渴望少女的唇，/那山在希求/盛大的婚礼”，这座山“不是帕那索斯，不是西奈，/只是兵营似的裸丘”，“为何在我眼中/……/那山竟是天堂？”然而，激情、爱和幸福都像山一样，终归是有顶峰的，“据说，要用深渊的引力/测量山的高度”，于是，“山在哀悼（山用苦涩的黏土/哀悼，在离别的时候），/山在哀悼我们无名的清晨/鸽子般的温柔”；“山在哀悼，如今的血和酷暑/只会变成愁闷。/山在哀悼，不放走我们，/不让你爱别的女人！”“痛苦从山开始。/那山像墓碑把我压住”，但是，这座山又是“火山口”，蕴藏着愤怒的熔岩，这将是“我”“记忆的报复”！

爱情是一座山，需要两个人携手攀爬，但爬到山顶之后却面临两种选择：要么原路返回，这就意味着注定要走下坡路，越来越低；要么追求更高，这就意味着从山头跃起，短暂地飞向高空。如此一来，佩伦山在茨维塔耶娃的诗中便从爱情之山转化为存在之山，构成了关于人类存在之实质的巨大隐喻。或许正因为如此，茨维塔耶娃才在《山之诗》中运用了这对令人震惊的韵脚：山/痛苦（гора/горе）。

傍晚，当夕阳渐渐西沉，或粉或金的云彩会在佩伦山背后的天空汇聚成一幅缓慢流动的水彩画；待天完全黑下来，山就会显得雄伟起来，黑压压一片绵延在地平线上，而山坡上此起彼伏的灯火则像一只只不知疲倦的眼睛，看向我们住处的窗口；夜深之后，山的轮廓线才渐渐隐去，与夜幕融为一体，于是，山坡上的零星灯火也就与天上的繁星连成了一片。

四

佩伦山南坡瑞典街51/1373号，是茨维塔耶娃在布拉格市区的故居。1923年9月2日，茨维塔耶娃一家租住此处，直到1924年5月。茨维塔耶娃住进这幢房子后心情愉悦，她在给友人的信中写道："我在布拉格一切都好：一扇巨大的窗户敞向整个城市，敞向整个天空，阶梯构成的街道，远方，火车，雾。"

如今这里像是布拉格的富人区，沿着整洁的坡道向上走去，路边是一幢接一幢风格各异的别墅，绿树掩映着庭院，门前和露台上鲜花盛开，身边不时有几辆高级轿车静静地驶过。茨维塔耶娃一家住了近一年的这幢两层小楼，从外貌上看与当年留下的照片并无二致，绿色的铁皮屋顶像是给小楼扣上一顶硕大的钢盔，淡黄色的外壁与四周的绿树构成色彩上的呼应，房子侧面有一道长长的阶梯，阶梯的末端消失在一片幽静的树林中。房子正中有一个露台，露台四周围着半圆形的铁栏杆，房屋立面的左侧有两个门牌号，较小的蓝色号牌上标明"51"，稍大的红色号牌上却写有"1373"，据说蓝牌上写的是街道编号，而红牌上写的是布拉格第五区的编号。正门的右侧悬挂着一面纪念铜牌，铜牌右上角有茨维塔耶娃的头像浮雕，浮雕的左侧和下方镌刻着这样几行捷克文字：

致捷克

人民，你不会死去！
上帝在将你护佑！
让石榴石成为心脏，
让花岗岩成为胸膛。

俄国诗人
玛丽娜·茨维塔耶娃
1923—1924年曾在此生活和创作

纪念牌上的诗句引自茨维塔耶娃的组诗《致捷克》。1939年3月，纳粹德国吞并捷克斯洛伐克，当时侨居法国的茨维塔耶娃闻之义愤填膺，很快写出对捷克人民饱含深情的组诗《致捷克》。布拉格人为茨维塔耶娃的故居设置纪念牌，并引用此诗，显然是对茨维塔耶娃的“捷克情结”的一种回报。

看到这幢“豪宅”，人们往往会惊叹于茨维塔耶娃当年流亡生活的舒适和惬意，殊不知茨维塔耶娃一家仅仅租住了这幢房子阁楼上的一个房间，即便如此，茨维塔耶娃当年也满意得不得了；尽管在莫斯科市中心长大的“城里人”茨维塔耶娃曾将这幢小楼所处的区域称为“郊外”，可这幢小楼实际上却是她整个捷克流亡期间在布拉格市区的唯一固定住处，其余时间她都落脚在距布拉格数十公里远的真正的“郊外”；看到这幢房子前的纪念铜牌，人们不禁为布拉格人对茨维塔耶娃的怀念而心生感激，但楼前高高的栏杆和铁门上崭新的电子门锁，以及停在楼前的几辆豪华轿车，却又形成一种拒斥，似乎在有意与茨维塔耶娃当年的生活构成反差，划清界限；楼前有一条路，左拐向山上延伸，这大约就是茨维塔耶娃和罗德泽维奇“登山”时常走的路，而楼的一侧那道通向树林的漫长阶梯，则有可能是茨维塔耶娃独自下山的必经之路，据说她在接到书信后便会走下阶梯，在树林深处找一个地方坐下来仔细地阅读。

茨维塔耶娃住在这幢楼里的时候，自柏林到布拉格的纳博科夫曾来此造访茨维塔耶娃。看来，纳博科夫对这幢小楼很满意，他后来出资租下这套住宅，让他侨居布拉格的母亲和姐妹住在了这里。

五

布拉格旧城木炭市场1号是幢三层小楼，这里曾是俄国侨民文学杂志《俄罗斯意志》编辑部的所在地。《俄罗斯意志》由流亡布拉格的俄国社会革命党人创办，起初是日报，后改成周报，到茨维塔耶娃来布拉格时它已为月刊。十月革命之后，大批俄国知识分子流亡境外，他们在异域坚守俄国文学传统，或不懈写作，或创办刊物，使得俄语文学在俄国境外继续开花结果，构成“20世纪俄国侨民文学”这一文学奇观。在所谓“第一浪潮”俄国侨民文学中，布拉格与巴黎、柏林以及我国的哈尔滨等地一样，也是一座重镇，而《俄罗斯意志》则是布拉格俄侨文学生活的中心，与这家杂志的合作，是茨维塔耶娃布拉格时期文学生活的主要内容，而她在《俄罗斯意志》上不间断发表的作品，则不仅塑造了她布拉格第一俄侨诗人的身份，也奠定了她最优秀俄侨诗人，乃至20世纪最优秀俄语诗人的文学史地位。

茨维塔耶娃与《俄罗斯意志》的关系，得益于该刊文学主编斯洛宁。马克·斯洛宁（1894—1976）生于敖德萨，先后就读于佛罗伦萨大学和彼得堡大学，后加入社会革命党，十月革命期间前往南俄活动，再经海参崴到日本，从日本到欧洲，1922—1927年侨居布拉格，后去法国，并于1941年定居美国，在纽约劳伦斯学院教授俄国文学，成为美国最重要的俄国文学研究家，他出版多部俄国文学论著，其中的《苏维埃俄罗斯文学》（1977）一书译成中文后在我国影响很大。作者在这部文学史性质的书中写道：“茨维塔耶娃是在她创作的全盛时期到欧洲的。在17年的流亡生活中，她创作了她的最佳诗歌和散文。旅居捷克斯洛伐克的那几年，是她创作最旺盛的时期，也证实了她是有创新天才的诗人。”“她像所有真正的诗人一样，致力于使现实理想化，并把最微不足道的小事变为激动人心的事件，变为一种令人振奋、经常是神话式的东西。她把客观的事实、感情和思想加以扩大，不论当时什么样的东西占据她的思想和心灵，她都以非常强烈的手法，用诗歌或者甚至简单的对话来表达它们，使她的读者和听众都能全神贯注。”“无论在东方或西方，人们都普遍地认为茨维塔耶娃是本世纪最伟大的俄罗斯诗人之一。”就是在这部文学史著中，在提及《俄罗斯意志》时，作者还加了这样一个注脚：“作为该月刊的文学编辑，笔者在1922—1932年连续发表了茨维塔耶娃的大量诗作、论文和诗剧。”作为《俄罗斯意志》文学编辑的斯洛宁，从未拒绝发表茨维塔耶娃的作品，茨维塔耶娃布拉格时期创作的诗文大多首发于《俄罗斯意志》，这家杂志开出的稿费也成了茨维塔耶娃一家布拉格时期生活的重要经济来源之一，甚至可以说，没有《俄罗斯意志》和斯洛宁的关注和帮助，茨维塔耶娃布拉格时期的生活和创作都是难以想象的。

斯洛宁写有一篇题为《忆玛丽娜·茨维塔耶娃》的长篇回忆录，回忆了他与茨维塔耶娃的交往和合作。斯洛宁写了他与茨维塔耶娃的“布拉格散步”，也谈到他对茨维塔耶娃及其创作的理解和认识：

1922年末，尤其是1923年，我常对茨维塔耶娃说，我们的友谊是行走中的友谊。我俩一边在街道和花园漫步，一边相互交谈，我们的散步注定会在咖啡馆结束。茨维塔耶娃曾对安娜·捷斯科娃说，她由于我而熟知了数十家咖啡馆。不过，她也同样熟悉了布拉格。我当年和现在都十分喜爱这座十分出色的、带有几分悲剧色彩的城市，我常领着茨维塔耶娃走过现已成为大学的克莱门特学院附近的胡同，走过布满宫殿和神话的小城，走过狭窄的黄金小巷，传说在15—17世纪，小巷两旁的低矮房屋曾是炼金术师和占星学家的居所，我们还一起漫步于壮观的洛布科维茨宫和华伦斯坦宫，在这些宫殿建筑中，崇高的文艺复兴风格转变成了巴洛克。

在1922年至1925年末的这三年间，我与茨维塔耶娃经常见面，一连数小时地谈话和散步，我们很快亲近起来。文学方面的一致很快转变成私人友谊。这种友谊持续17年之久，它并不平缓，有些复杂，伴有争执与和解，高潮与低落。有一点我却始终不渝，即我认为她是一位大诗人，非凡的诗人，堪与帕斯捷尔纳克、马雅可夫斯基、曼德尔施塔姆和阿赫马托娃并列，早在1925年我就写道，在侨民界仅有霍达谢维奇可与她比肩。我至今仍持这一看法。

从斯洛宁的文字中不难看出，在布拉格期间，他是茨维塔耶娃诗歌天赋的赏识者，他力排众议，发表了茨维塔耶娃交给他的所有作品。在布拉格时期之后，斯洛宁仍在继续研究和宣传茨维塔耶娃，为茨维塔耶娃文学史地位的确立做出了突出贡献，反过来说，斯洛宁后来成为一位杰出的俄国文学研究家，他与茨维塔耶娃在布拉格的相识或许也发挥了一定的作用。

斯洛宁与茨维塔耶娃的亲近甚至一度超出了友谊的范畴，斯洛宁在回忆录中不无遮掩地写道：茨维塔耶娃在与罗德泽维奇分手后需要“一个友善的肩膀”，她仿佛觉得“我”能够给她这种精神支持，“我”当时与第一任妻子的分手也使两人生出同病相怜的感觉，但两人在个性、激情和追求等方面的差异构成障碍，使“我”最终意识到，“我既不能接受那种暴风雨，也不能接受她那种导致拒绝生活、拒绝自己本人、拒绝自己的道路的绝对现象”。“我知道，我们的生活道路无法汇合，只是有时相互交叉，我俩的命运完全不同。她由此得出错误的看法，似乎我在推开她，而且还看上了一些卑微的女人，我宁肯要‘石膏的碎屑，而非卡拉拉的大理石’（她在《嫉妒的尝试》一诗中就是这样写的）。”在《嫉妒的尝试》一诗中，茨维塔耶娃的确曾向离她而去、娶了另一个女子的负心汉发出了嫉妒的质问：“在卡拉拉的大理石之后，/您与石膏碎屑过得如何？”然而，斯洛宁在这里多少有些自作多情了，因为，无论是茨维塔耶娃的同时代人，还是当今的茨维塔耶娃研究者，大多认为《嫉妒的尝试》一诗的矛头还是指向罗德泽维奇的。

斯洛宁第一次向茨维塔耶娃约稿时曾告诉她，《俄罗斯意志》编辑部所在的木炭市场1号曾是莫扎特的下榻之处，据说在1787年，莫扎特在楼上一间阳台朝向内院的房间里写成了歌剧《唐璜》，茨维塔耶娃闻之大为振奋：“如果是这样的话，我答应与你们合作。”斯洛宁在他的回忆录中一本正经地写道："我直到如今依然坚信，正是莫扎特影响了她的决定。"在这幢小楼的墙面上，如今可以看到一尊不大的莫扎特头像浮雕。

六

在茨维塔耶娃布拉格时期的生活中，如果说斯洛宁在创作上对她帮助最大，那么在生活上对她搀扶最多的人，无疑就是捷斯科娃。

安娜·捷斯科娃（1872—1954）生于布拉格，两岁时便随父母迁居莫斯科，父亲在莫斯科一家啤酒厂任厂长，安娜·捷斯科娃在莫斯科上学，在她12岁时，父亲在一场车祸中丧生，她和母亲、妹妹后来被迫返回布拉格，中学毕业后成为教师。她终身未嫁，却将情感投向俄国文学，将包括索洛维约夫、陀思妥耶夫斯基、托尔斯泰等人作品在内的大量俄国文学、哲学著作译成捷克语。茨维塔耶娃来到布拉格时，捷斯科娃是捷俄友好协会负责人，对俄国和俄国文化充满友好感情的捷斯科娃，为在布拉格接待和安置俄国侨民做了大量工作。她对茨维塔耶娃的帮助更是无微不至，她张罗举办茨维塔耶娃诗歌晚会，亲自翻译茨维塔耶娃的作品，对茨维塔耶娃有求必应，提供接济，送去食品和衣物，在茨维塔耶娃离开捷克去巴黎之后，她仍为诗人着想，甚至发起成立了一个“帮助茨维塔耶娃委员会”。

茨维塔耶娃这样描写捷斯科娃的相貌：“头发花白，举止端庄，没有欲望的叶卡捷琳娜，不，比叶卡捷琳娜更好！内在的威严。两只平静如水的眼睛像两汪天蓝色的湖水，中间的鹰钩鼻子像是山脊，头发像银色的皇冠（冰川，永恒），高耸的脖子，高耸的胸口，一切都是高耸的。”照片上的捷斯科娃的确相貌端庄，圆圆的脸庞与茨维塔耶娃倒有几分相像。捷斯科娃年长茨维塔耶娃20岁，她对茨维塔耶娃的关照几乎是带有母性意味的，而茨维塔耶娃对捷斯科娃的态度也十分坦诚，甚至不无撒娇和任性。她们两人的关系能完整地呈现在我们面前，得益于捷斯科娃保留下了茨维塔耶娃写给她的140封信，捷斯科娃在去世之前将这些书信捐给了布拉格的国家文字博物馆。1969年，这些书信部分面世；2009年，它们被悉数编辑成书，书名为《感谢长久的爱的记忆：茨维塔耶娃致捷斯科娃书信集》，由莫斯科“俄罗斯道路”出版社出版。茨维塔耶娃给捷斯科娃的第一封信写于1922年11月2日，是对捷斯科娃要求她前来参加文学晚会所做的回应，最后一封信则写于1939年6月12日，是她在返回苏联之前对捷斯科娃的告别，她们两人的通信持续近17年，而17年正是茨维塔耶娃流亡生活的总长，也就是说，她俩的通信伴随了茨维塔耶娃流亡生活的始终。

茨维塔耶娃致捷斯科娃的书信如今已成为最珍贵的茨维塔耶娃研究资料，茨维塔耶娃布拉格时期的生活状况和心理活动，茨维塔耶娃离开布拉格之后对这座城市的眷念和“神化”，都集中地体现在这些书信中。在离开布拉格前夕，她在给捷斯科娃的信中这样写道：

您来和我们告别吧。我温柔地爱着您。您来自另一个世界，那里只有灵魂才有价值，是梦境或童话的世界。我很想和您漫步在布拉格，因为布拉格就本质而言是那样的城市，那里只有灵魂才有价值。我爱布拉格，仅次于莫斯科，并非因为“亲缘的斯拉夫血统”，而是因为我自己和她的亲缘关系：因为她的混合性和多灵魂性。我想我会在巴黎写布拉格，不是因为感激，而是出于喜爱。（1925年10月1日）

去往法国之后，茨维塔耶娃对布拉格的情感却逐渐增强，她在给捷斯科娃的信中一次又一次地写到布拉格，“布拉格之后”的“布拉格主题”始终贯穿在她的书信中，一如她在“俄罗斯之后”（她一部诗集的名称，也是她生前出版的最后一部诗集）对于俄罗斯的眷念：

布拉格是一座神话般的城市：那里是礼物的世界，是枞树的世界。（1925年12月19日）

我还是更喜欢布拉格，更喜欢它的宁静，尽管有嘈杂，或许是透过嘈杂的宁静。（1925年12月30日）

我非常想去布拉格。您或许能在捷俄友协举办一场我的晚会，把我介绍给我完全不认识的捷克人，我们可

以在布拉格漫步，总之，那该有多么美妙啊。（1926年9月24日）

您会来车站接我，想想吧，多么美妙啊！让我们一起来实现这个梦想吧。任何一片海洋都不会让我如此高兴，如同我此刻想到了布拉格。（1927年10月4日，复活节）

布拉格！布拉格！我从未挣脱她的怀抱，我始终在扑向她。……有人（不是您，是其他人！）会对我说："您的布拉格。"而我将狡猾地、却又内心坦荡地回答："是的，我的布拉格。"（1927年11月28日）

今天我想起了布拉格，花园。花园和桥。夏日的布拉格。这座城市给了我什么，使得我如此地爱她？（1929年6月19日）

哦，我多么思念布拉格啊，我当初为什么要离开她呢？！原以为只是离开两个星期，可是却离开了13年，到11月1日就整整13年了……（1938年10月24日）

我经常在电影中看到布拉格，始终觉得她是我的故乡城，我更经常地收听她的T.S.F.（电台），永远能听到亲切的话语和音乐。这个地方比地图上任何一个地方都更令我激动。（1939年1月23日）

颠沛流离、居无定所的茨维塔耶娃，自然无法像捷斯科娃那样完整地保存对方的信件，捷斯科娃写给她的信仅留存11封。茨维塔耶娃应捷斯科娃之邀参加她来到布拉格后的第一场文学晚会，时间在1922年11月20日，地点在哈尔科夫街35号的“俄罗斯恳谈会”，这个地方离十月布拉格作家驻地仅百步之遥。茨维塔耶娃和捷斯科娃大约就是在这个地方首次见面的。

七

到布拉格之前，徐晖便说要介绍我认识一位布拉格的茨维塔耶娃研究专家，在布拉格一家名叫“雾”的中餐馆里，我终于见到了她。她名叫加琳娜·瓦涅奇科娃，是一位80多岁的俄国老太太，但刚一见面，她就让我们用俄语中的爱称称她“加里娅”。中餐馆的老板菲利普是加里娅的学生，在查理大学跟她学过俄语，菲利普也曾留学中国，说一口流利的中文。对于“茨维塔耶娃的布拉格”这一话题同样很感兴趣的菲利普，便在他的“文学咖啡馆”里安排了一场报告会，邀请加里娅和我发言。

加里娅兴致勃勃，滔滔不绝，先说起她来到布拉格的原因。当年，在加里娅的故乡乌拉尔，还是少女的她遇见一位留学苏联的捷克小伙子，小伙子生有一双蔚蓝色的眼睛，所学的专业又是不无浪漫色彩的地质学，这两样东西迷倒了加里娅，她便义无反顾地跟随捷克小伙子来到了布拉格。加里娅在发言中多次重复“蔚蓝色的眼睛”和“地质学家”这两个词组，同时把微笑的目光投向听众席里一位满头银发的老头儿，老头儿也每每用微笑的目光做出回应，他的眼睛眯成了一道缝，已很难断定其中的颜色。这就是加里娅的“地质学家”，查理大学地质系教授米尔科·瓦涅切克。

来到捷克后，加里娅一直在查理大学教俄语，直到退休。到布拉格后不久，她在查理大学图书馆偶然读到一部茨维塔耶娃诗集，深感震撼，而她之前在苏联居然对这样一位杰出的俄语诗人一无所知。从此，除了地质学家及其蔚蓝色的眼睛之外，她又有了另一个迷恋对象。在捷克的数十年间，她不懈地搜寻一切与茨维塔耶娃的生活和创作相关的资料，遍访茨维塔耶娃的遗迹，研究茨维塔耶娃的创作。她策划了捷克国家博物馆的茨维塔耶娃诞辰一百周年纪念展（1992）、圣因德里赫教堂的“天上的拱门——里尔克、帕斯捷尔纳克和茨维塔耶娃的通信”特展（2003）、斯拉夫图书馆的“捷克人致茨维塔耶娃”特展（2004）、捷克美术学校学生茨维塔耶娃作品插图展（2004）以及“茨维塔耶娃的布拉格”图片展（2012），她发起成立了捷克茨维塔耶娃学会（2001），茨维塔耶娃在布拉格两处故居的纪念铜牌的设立也都有加里娅的功劳。前文提及的《茨维塔耶娃致捷斯科娃通信集》一书，也是加里娅编辑和资助出版的；她还编了一本“旅游手册”，题为《茨维塔耶娃的布拉格旅游指南》。加里娅的作为令人动容，她几乎以一己之力描绘出了茨维塔耶娃的布拉格生活史，也奠基了捷克的茨维塔耶娃学。加里娅还经常参加世界各地与茨维塔耶娃相关的活动，我回到北京后不久接到她的一封电子邮件，说她刚去了一趟俄罗斯，参加在茨维塔耶娃最后的长眠之地叶拉布加举行的一场国际学术研讨会，并在会上荣获俄方颁发的茨维塔耶娃研究贡献奖。

我在加里娅之后发言，称加里娅有一位“布拉格的茨维塔耶娃”，我们同样也有一位“中国的茨维塔耶娃”。我介绍了中国的茨维塔耶娃译介情况，如汪剑钊先生编选的五卷本《茨维塔耶娃文集》、谷羽先生翻译的三卷本《玛丽娜·茨维塔耶娃：生活与创作》、我翻译的《三诗人书简》等，也谈及茨维塔耶娃在中国诗人和普通读者心目中的地位，以及中国学者的茨维塔耶娃研究成果和现状。

加里娅把她编的指南带到会上，标明200捷克克朗一本，我们赶紧多买了几本。在我们分手时，加里娅主动提出要领我们去看茨维塔耶娃在布拉格郊外的住处。

八

一个晴朗的日子里，在加里娅的带领下，我们驱车前往弗舍诺雷。这是位于布拉格西南方的一个村庄，它和周围的若干村庄连成一片，原是布拉格市民的别墅区，布拉格人会在周末或假期来此度假。在茨维塔耶娃来到布拉格时，这里已成为俄国侨民的聚居地。

沿着并不宽敞的高速公路驶向郊外，四周风景如画，公路两边一个接一个的广告牌上千篇一律地张贴着巨幅捷克国旗，开车的小伙子解释说，公路管理部门担心驾驶员开车时看广告分心，从而引发交通事故，便决定用国旗来覆盖所有广告，如此一来，倒是营造出了一片浓烈的爱国主义氛围。

俄国十月革命后，大批俄国贵族、白军和知识分子及其家属流亡境外，当时刚刚摆脱奥匈帝国而独立的年轻的捷克斯洛伐克共和国，却向俄国流亡者敞开了热情的怀抱，1921年，捷克斯洛伐克政府展开著名的“俄国救助行动”，由国家财政拨出大量资金，即所谓“马萨里克奖学金”（马萨里克是当时的捷克斯洛伐克总统），资助对象不仅有生活困难的难民，也有青年学生，捷克政府甚至在布拉格创办了好几所用俄语教学的大学，使得布拉格一时竟有“俄国的牛津”之别称。据统计，当年约有三万五千名俄国流亡者获得工作机会，四千名俄国大学生获得奖学金，数百名俄国文化人士按月领取津贴，茨维塔耶娃也是其中之一。捷克政府的“俄国救助行动”使布拉格成为俄国流亡者心向往之的福地，而布拉格郊外的弗舍诺雷，则因为相对低廉的生活开支吸引来大量俄国侨民。

茨维塔耶娃一家的第一个落脚点是诺维德乌尔，1922年8月3日，也就是抵达捷克后的第三天，茨维塔耶娃和女儿被埃夫隆领到这里，住在一位护林员的农舍里。加里娅领我们走近院门，敲打木栅栏，院里响起狗吠声，女主人应声而出，与加里娅热情拥抱，加里娅显然来过这里多次，与房东已成为熟人。房东就站在栅栏旁与加里娅交谈，不时呵斥一下身边那条黑狗；与女主人交谈的间隙，加里娅也不时转身朝向我们，她指了指正对栅栏的窗户："茨维塔耶娃当年就住那间房。"她指了指远处的山崖："茨维塔耶娃最喜欢爬这座悬崖。"她指了指小村四周的树林："茨维塔耶娃喜欢到林中散步，一走就是好几个小时。"最后，她指了指栅栏门口的一棵树，这棵歪脖子树的根部紧贴着地面，像是一张木凳："茨维塔耶娃经常坐在这里看书写作。"她俩谈了许久，女房东却丝毫没有让我们进屋的意思，其实，如果茨维塔耶娃当年就难以在这间农舍里拥有一条木凳，一张书桌，那么如今那里面也就的确不会再有她的任何痕迹了。

我们乘车驶向弗舍诺雷车站，沿一条狭窄的道路穿过这座很大的村庄。即便在今天，这座村庄也显得有些萧条，房屋低矮，墙面斑驳，庭院很小，在茨维塔耶娃的时代这里可能更破落，倒是能与俄国侨民的落魄处境构成呼应。加里娅左顾右盼，不停地"导游"："茨维塔耶娃在这里住过，但是房子已经毁了。""快看，就是那间房子，山坡上的那间，茨维塔耶娃在那儿生下了儿子，生下了穆尔！""这就是著名的博仁卡别墅，奇里科夫和安德列耶娃当年的住处，茨维塔耶娃常来这里参加文学晚会。"来到弗舍诺雷车站，加里娅在下车之前又说："我们刚才走的这段路，就是茨维塔耶娃母女每周送埃夫隆返回布拉格时走过的路。"茨维塔耶娃的丈夫当时在查理大学哲学系学习，每个周末来这里与妻女团聚，周一早晨返回布拉格，茨维塔耶娃和女儿总要把他一直送到车站。我们车行这条路用了十多分钟，茨维塔耶娃母女当年徒步来回，大约要走一两个小时，那时，茨维塔耶娃的女儿阿丽娅只有十岁。

阿丽娅是爱称，她的全名是阿里阿德涅·埃夫隆（1912—1975）。阿里阿德涅是希腊神话中克里特王的女儿，她先后与忒修斯和狄奥尼索斯相爱，均遭遗弃，她曾赠忒修斯以线团，帮他逃出迷宫。茨维塔耶娃给女儿取了此名，没想到女儿后来果真在一定程度上重复了那位克里特公主的命运。阿丽娅继承了母亲的文学艺术天赋，很早就开始写诗、记日记。茨维塔耶娃曾在组诗《给女儿》中写道："我是你的第一位诗人，/你是我最好的诗。"阿丽娅与母亲相依为命，从莫斯科到柏林，再从布拉格到巴黎。她在巴黎学习绘画和艺术史，成为一名美术编辑，后在1937年返回苏联，不久被捕，坐牢20年，20世纪50年代获得自由后，她以整理、宣传母亲的文学遗产为使命，并撰写了大量回忆文字。在回忆录《缅怀玛丽娜·茨维塔耶娃：女儿的回忆》中，阿丽娅在描写了当年她和妈妈一起送爸爸去车站的场景之后深情地写道：

> 我想，在玛丽娜到过的所有车站中，在她送过人或接过人的所有车站中，她最称心的就是这一座，弗舍诺雷小站，这是一座整洁的郊外车站，人很少，遮阳棚下有几个小花坛，花坛里是微微垂首的金莲花；站台两端有两个路灯；信号灯；铁轨。

玛丽娜常乘火车去布拉格。等车的时候，她站在路灯旁在内心与帕斯捷尔纳克交谈。她的思绪随着奔驰的列车飞向病榻上的里尔克，或飞向相距不远、却难以抵达的魏玛。

在这个站台上，玛丽娜在心中推敲着她的长诗。两条铁轨把她的思绪引向远方。那里是俄罗斯。

令人惊讶的是，眼前的铁路小站与阿丽娅的描写、与当年的老照片几乎如出一辙，时间在这座铁路小站上几乎停顿了，就连阿丽娅见过的金莲花也依然在“微微垂首”地开放，似乎就这样一直开放了将近一百年。突然，一列崭新的双层客运列车从我们身边隆隆驶过，丝毫没有减速，列车就像一道彩色的拉链，把茨维塔耶娃的时代和我们所在的站台拉合了起来。

紧挨着车站，就是弗舍诺雷村的图书馆，与图书馆馆长熟悉的加里娅经多方努力，把她的“茨维塔耶娃博物馆”设在了这里。所谓“博物馆”不过是一间十平方米的小屋，看模样像是这家小图书馆的门卫室。走进小屋，墙上的茨维塔耶娃肖像让人震撼，这幅占据一面墙一半的照片因为小屋之小而显得更加巨大，茨维塔耶娃的目光似乎充斥着小屋的所有空间。加里娅一一打开巧妙地悬挂在墙上的多个展板，指着上面的照片，向我们介绍茨维塔耶娃的一生，尤其是茨维塔耶娃在弗舍诺雷的生活和创作。若将那些展板同时展开，小屋就绝无任何人的立足之地了。小屋的上方有几层搁架，摆放着加里娅从世界各地收集来的茨维塔耶娃的作品或关于茨维塔耶娃的研究著作，其数量之少也令人心酸。这无疑是世界上最小的茨维塔耶娃博物馆，也极有可能是世界上最小的一家文学博物馆！

加里娅打开留言簿让我们留言，我用俄语在上面写道：

尊敬的加里娅：

请允许我以茨维塔耶娃的名义向您致敬，感谢您为她所做的一切！

——一位中国的茨维塔耶娃译者

我们在弗舍诺雷的最后一个节目，是去拜谒茨维塔耶娃在这里居住最久的一个住处。茨维塔耶娃一家在这片区域也同样是颠沛流离的，三年时间里租住过的地方就不下七八处，这处故居离车站不远，沿一道山坡上行，也就两三百米。如今这里的住户可能也不喜欢被打扰，加里娅轻轻敲了敲院门，无人应答，她竟然有些如释重负地对我们说："没人！"于是，我们便将所有注意力投向了悬挂在斑驳院墙上的那块纪念铜牌，铜牌上刻着一幅线条画，画着一头狮子和一只猞猁，这是茨维塔耶娃留给丈夫埃夫隆的一张便条，因为他俩相互为对方取了"狮子"和"猞猁"的绰号。纪念铜牌上用捷克语写着："玛丽娜·茨维塔耶娃1923年曾生活于此。"

乘车返回布拉格市区，汽车的轰鸣声中，耳边却响起了茨维塔耶娃在给捷斯科娃的最后一封信（1939年6月12日）中所说的话。当时，茨维塔耶娃已决定返回苏联，在离开法国前夕，她却在向捷克、向布拉格道别：

> 17年的生活就要结束了。当时我是多么的幸福啊！我一生中最幸福的时光——请您记住这一点！——就是莫科罗普西和弗舍诺雷，还有我那座亲爱的山。

九

布拉格是一座享誉世界的文学城，这里的“文学纪念碑”随处可见：旧城广场上有捷克民族语言文学的奠基人胡斯的巨大雕像，我们住处附近的查理广场上也坐落着多位作家和诗人的造像；大街小巷里，以哈谢克的小说《好兵帅克》命名的连锁餐馆随处可见，赫拉巴尔与克林顿见过面的金虎酒吧人满为患；1984年诺贝尔文学奖获得者塞弗尔特就出生在布拉格的日夫科夫区，由哈维尔、昆德拉、克里玛组成的“捷克文坛三驾马车”自20世纪下半期起更让布拉格成为世界文学的中心之一。在布拉格，一些非捷克语作家也同样受到推崇，其中最突出的就是卡夫卡，卡夫卡几乎成了文学布拉格的符号和象征，这里有卡夫卡博物馆、卡夫卡书店、卡夫卡咖啡馆，各种各样带有卡夫卡头像的旅游纪念品几乎出现在每一家商店，每一个商铺。另一位德语诗人里尔克也在布拉格得到怀念，在他就读过的德语学校旧址的墙壁上就镶嵌着一座他的雕像。

里尔克的这尊雕像，是捷克茨维塔耶娃协会提议建造的，然而，在文学的布拉格，作为诗人的茨维塔耶娃却似乎是被低估的。与里尔克和卡夫卡相比，茨维塔耶娃的确只是布拉格的匆匆过客，里尔克和卡夫卡虽然只用德语写作，但他俩毕竟都是土生土长的布拉格人。早在1916年，茨维塔耶娃的一首诗就被译成了捷克文，这也是茨维塔耶娃的诗作第一次被译成外文；1927年，茨维塔耶娃写给里尔克的《你的死》一文被捷斯科娃译成捷克文，这也是茨维塔耶娃的散文首次被译成外文。然而，茨维塔耶娃似乎始终没有成为一位被捷克读者广泛接受的诗人。或许，茨维塔耶娃的“俄国诗人”身份在一定程度上构成了妨碍。在茨维塔耶娃来到布拉格时，捷克人对俄国是充满好感的，“俄国救助行动”的开展就是一个例证。捷克作为一个中欧小国，却是斯拉夫主义的倡导者和践行者，18—19世纪之交的捷克语言学家约瑟夫·东布罗夫斯基（1753—1829）被公认为“斯拉夫学之父”，19世纪与20世纪之交的捷克画家慕夏（1860—1939）的巨幅组画《斯拉夫史诗》曾风靡东欧，捷克国家图书馆中的斯拉夫图书馆直到目前仍是世界上最好的斯拉夫学资料库。但是，地处欧洲中部的小国捷克，毕竟像是一个在拉丁文化和斯拉夫文化之间来回摆动的钟摆，时而倾向俄国，时而亲近德国。在被德国吞并之后，德语和德国文化在布拉格占据统治地位，像茨维塔耶娃这样的俄语诗人自然会被排斥；而在捷克斯洛伐克于二战后再次赢得独立之后，受苏联体制影响，茨维塔耶娃所属的俄侨文学也不可能在社会主义的捷克斯洛伐克得到官方认可。东欧剧变之后，捷克社会中生发出的仇俄情绪似乎也连累到了茨维塔耶娃。我在网上读到查理大学一位俄国文学专业研究生的学位论文，题为《玛丽娅·茨维塔耶娃与捷克文学界》，论文作者就对茨维塔耶娃没有学习捷克语、不愿接近捷克文学而颇有微词。我在查理大学的一间酒吧与捷克科学院斯拉夫研究所的两位研究人员交谈，他们无意之间流露出的对于茨维塔耶娃的态度也让我大吃一惊，他们认为：茨维塔耶娃看不起捷克，认为这里是乡下，她有些居高临下；她在捷克的生活其实不太困难，捷克政府的救济足够他们一家生活，只是茨维塔耶娃不会过日子；茨维塔耶娃离开捷克后还一直在领取捷克政府的救济金；茨维塔耶娃在创作中也很少写到捷克人……我忍不住提醒他们：可是她在她的诗歌中写到了布拉格！

是的，单凭茨维塔耶娃写下的《山之诗》和《终结之诗》，她就有权被称为“布拉格诗人”，单凭她的组诗《致捷克》以及她写给捷斯科娃的书信，我们就不难判断出她对捷克和布拉格的一片深情。就对布拉格的文学呈现而言，茨维塔耶娃做了与里尔克、卡夫卡、昆德拉等人相同的事情，只不过布拉格人尚未意识到，或暂时还不愿承认这一点。茨维塔耶娃毕竟在布拉格留下了深刻的痕迹，茨维塔耶娃毕竟也让布拉格在她的诗歌中留下了深刻的痕迹，在布拉格的文学神话中，在将布拉格文学化的神话中，茨维塔耶娃也应该占有一席之地。

十

捷克人的斯拉夫乌托邦意识或多或少也体现在市中心一家咖啡馆的名称上，即斯拉维亚咖啡馆，因为“斯拉维亚”就有“斯拉夫大地”或“斯拉夫国”之意。这座咖啡馆开张于1881年，据说一直保持原样，已成为布拉格最古老的咖啡馆。咖啡馆开在最繁华的商业街，又紧邻布拉格最重要的文化场所——民族剧院，离查理大学和科学院也不远，因而成为布拉格世代知识分子、文化人和艺术家的聚会场所。

这座呈“L”形的咖啡馆位于民族大街与斯美塔那滨河街交会处，一面正对着富丽堂皇的民族剧院，一面敞向风景秀丽的伏尔塔瓦河，而河对岸就是佩伦山，这里无疑是看山看河的绝佳地方。不过，对于一家“咖啡馆”来说，这里似乎过于宽敞明亮、过于色彩缤纷了，巨大的玻璃窗就像一幅幅活动的画面，远处的红顶古堡建筑群和苍翠的佩伦山在近处的伏尔塔瓦河河面上留下斑斓的倒影，河上的几座大桥像是摆在镜面上的积木，隆隆驶过的有轨电车的红色车身不时切割着民族剧院的巨大立面，剧院的绿色屋顶和屋顶上的金色雕塑也会在窗玻璃上留下复调般的反光，每个窗口上方悬挂的红色遮阳伞更使咖啡馆内洋溢着一派喜庆，散落的红色光斑似乎随着乐手奏出的钢琴曲在忘情地舞蹈。

茨维塔耶娃当年也来过这里，斯洛宁在他的回忆录中就写到他与茨维塔耶娃在这间咖啡馆里一连聊了两个小时。我们坐在咖啡馆里喝啤酒，吃冰激凌，只见不远处临窗的座位上坐着一位中年妇女，她正与对面的中年男性交谈，神情有些激动，幅度很大地做着手势，男子指了指墙上悬挂的哈维尔造访这家咖啡馆的大幅照片，那女子略微转过身来，面容竟有些像布拉格时期的茨维塔耶娃，只见她摇了摇头，似乎在有些不屑地说："还不是因为他后来当上了总统。"

（原载《十月》2019年第2期）

茨维塔耶娃的布拉格之恋与《终结之诗》

1926年3月的一天，帕斯捷尔纳克偶然读到茨维塔耶娃的长诗《终结之诗》，他在3月26日写给茨维塔耶娃的信中详细描述他阅读这部作品时的感受，还引用了诗中的许多诗句，称“这些诗句都是有生命力的，这些天来一直萦绕在我的耳畔”，在信中，五体投地的帕斯捷尔纳克不禁向茨维塔耶娃发出这样的赞叹：“你是一个巨人，一个恶魔般巨大的演员，玛丽娜！”数年后，帕斯捷尔纳克在写给里尔克的《一封作为跋的信》中再次提及《终结之诗》：“那天早晨，我第一次读了《终结之诗》。我偶然得到了这部长诗的一份莫斯科手抄本，毫无疑问，长诗的作者对于我来说意义重大，许多信息来往于我们之间或正在半途中。然而，在那天之前，我竟然对这部长诗一无所知，也不知道后来接到的《捕鼠者》。因此，早晨读完长诗后，我仿佛仍处于这部长诗扣人心弦的戏剧性力量所造成的迷惘中。此刻，我激动地读着父亲的信，知道了您的50诞辰，知道您高兴地接受了父亲的祝贺并回了信，突然我意外地读到了当时还令我不解的一个附笔，说我不知怎么竟为您所知。我站起身来，离开了桌子。这是一天里的第二个震撼。我走到窗边，哭了起来。”[①] 茨维塔耶娃的《终结之诗》和里尔克的认可，构成了帕斯捷尔纳克一天里受到的“两次震撼”，使他意识到了他作为一个诗人继续存在下去的理由和意义。

一

《终结之诗》与茨维塔耶娃的另一部长诗《山之诗》一样，是茨维塔耶娃“布拉格之恋”的诗歌结晶。作为一位个性独特、激情四射的诗人，茨维塔耶娃自然会引起许多人的爱慕，而她自己更是飞蛾扑火式地投入过一场又一场的恋爱，比如她对勃洛克和沃尔康斯基的近乎恋父情结的爱，她与里尔克和帕斯捷尔纳克的三角书信罗曼史，她与曼德尔施塔姆的“莫斯科漫步”、与马雅可夫斯基的“巴黎漫步”、与米尔斯基的“伦敦漫步”、与维什年科（“赫利孔”）的“柏林漫步”，她与巴赫拉赫的姐弟恋，她与帕尔诺克的同性恋，等等。然而，她一生中最刻骨铭心的一场恋爱，可能还是她与罗德泽维奇的布拉格之恋，能让我们做出这一判断的，就是“有诗为证”的《终结之诗》以及作为其姐妹篇的《山之诗》。

---

① 帕斯捷尔纳克、茨维塔耶娃、里尔克《抒情诗的呼吸——一九二六年书信》，刘文飞译，上海译文出版社2011年版，第376页。

康斯坦丁·罗德泽维奇（1895—1988）是茨维塔耶娃的丈夫埃夫隆在布拉格查理大学的同学。他的确是一个风度翩翩的男子，他的长相与茨维塔耶娃的丈夫埃夫隆有些相似，甚至与帕斯捷尔纳克和里尔克也有些相似，这些男性的面容都很接近布拉格查理大桥上那尊令茨维塔耶娃念念不忘的“布拉格骑士”雕像，即那种带有阴柔成分的男性面孔，但与茨维塔耶娃深爱的那几位不无腼腆、犹豫甚或羞怯的男性不同，罗德泽维奇据说是个拼命三郎，他对茨维塔耶娃的诱惑在很大程度上可能就是他“阳刚”的一面。这段始于1923年8月的罗曼史也仅持续数月，在冬季便开始暗淡了。

一场失败的爱情催生出一部成功的诗作，当然，我们在阅读《终结之诗》时也要注意到茨维塔耶娃的生活文本与诗歌文本之间的差异。茨维塔耶娃的《终结之诗》是对她与罗德泽维奇“最后一次约会”的描写，但这又是一位诗人关于人类情感的深刻体验和形象归纳；《终结之诗》的确是茨维塔耶娃个人的忧伤和痛苦的抒发，但这更是她用诗歌诉诸人类存在之悲剧命运的艺术尝试。正是在这个意义上，布罗茨基曾说道：“就拿《山之诗》或《终结之诗》来说吧，她写的就是广义的分手，而不是和现实中某个人的分手。”[①]就像不应把《终结之诗》的抒情女主人公完全等同于茨维塔耶娃一样，我们也不能把诗中的“他”完全等同于茨维塔耶娃布

① 布罗茨基、沃尔科夫《布罗茨基谈话录》，马海甸、刘文飞、陈方译，东方出版社2008年版，第45—46页。

拉格之恋中的罗德泽维奇。茨维塔耶娃的传记作者安娜·萨基扬茨就提供了这样一个附注：“玛丽娜·茨维塔耶娃创作这部长诗的时候，继续跟康斯坦丁·罗泽维奇（即罗德泽维奇。——引者按）保持联系。”①

二

我们现在就来读一读这部长诗，全诗分十四章，共734行。

第一章（10节，40行）给出男女主人公最后一次约会的场景：下午6点，天空“比铁皮还锈”，街边的电线杆像十字架，赴约的女主人公远远地看到男主人公“就像命运”一般站起身来。这一章中的关键词是“过度”，起初这个词以副词形式出现，在男主人公的举止和神态中有太多的“过度”（преувеличенно）：“过度地平稳”，“过度地恭敬”；他吻了我，像吻女皇的手，像吻死人的手，周围响起的汽笛声也“过度地单调”，像“狗叫”；最后，副词变成名词（преувеличенность），状态变成本质，女主人公感觉到周围的一切就是“在死亡的时刻，/生活的过度”。而站直身体的“命运”及其“过度”给出一种不祥的紧张感，预示着即

① 萨基扬茨《玛丽娜·茨维塔耶娃：生活与创作（中）》，谷羽译，广西师范大学出版社2011年版，第503页。

将给出的艰难决定，即将到来的“终结”。

第二章（8节，33行）是关于“家”的讨论，一句“回家”激发了无家可归，或有家难归、有家不愿归的女主人公关于“家”的强烈感受，在这一章的30余行诗中，“家”（дом）和“回家”（домой）这两个单词先后出现达10次之多！而诗人给出的结论却是：“家，就意味着离家/入夜。”第三章（6节，27行）写两人走在滨河街上，河水像厚布，像铁的条带，像死人的面容，女主人公却依偎着它，像歌手依偎乐谱，盲人依偎墙角，梦游者依偎屋檐，但走在身边的恋人却像死神，于是，“我的右侧似已麻木”。在第四章（5节，45行），诗节被拉长，从之前的四行一节拉长至八行一节，最后一节多达13行，营造出一种嘈杂和凌乱的感觉，因为这一节的场所是两人坐下来交谈的咖啡馆。“话已说尽”的他俩还在尝试交谈，每一小节的结尾都重复出现的“商业的……”和“舞会的脂粉”，构成一种由庸俗的声音和浓烈的气味交织而成的场景。第五章（13节，58行）、第六章（34节，124行）是交谈的继续，在爱与不爱的质问中，两人的爱情观开始产生冲突：“殿堂”（храм）和“伤疤”（шрам）这一对韵脚的对峙让人震撼，一如茨维塔耶娃在《山之诗》中用“山”（гора）和“痛苦”（горе）构成的那对韵脚。男主人公认为爱情是“肉体和血”，是“一张床”，女主人公却认为爱情是“拉满的弓”，是“深渊”，是“欲望的山顶”，其结果必然导致分手和死亡，而“死亡不需要任何装置”，包括“毒药”“铁轨”“子弹”等等。

第六章是全诗篇幅最长的章节，也是情节发展的高潮，是冲突的顶点，是摊牌的时刻。男主角送给女主角“悲伤的离别荣誉”，像举起高脚杯；送给她“血腥的分手荣誉”，像送上花束，于是，他俩“彼此已是灵魂”，“彼此已是幽灵”。紧张急促的简短对话依然继续，在这一章的中部，规整的四行诗节突然被三行诗节所打断，使得横亘在两位主人公之间的不和谐感在诗中同时获得了视觉上和听觉上的呈现。女主人公强忍着“不哭泣”所体现出的决绝，反而更加重了分手时的悲剧氛围。第七章（8节，33行）以“然后是滨河街”开头，滨河街再次出现，这应该是两人的返程了，是“最后的滨河街”。路还是那条路，人还是那两个人，但两人的行走已经“像相互躲避的邻居”，“像吓人的犯罪同伙”，眼泪像“咸水银”，反射着“所罗门的大月亮”，路边的柱子引诱脑袋去撞击，相挽的手像电流，“他像灵魂躺在我手上”，“他像手躺在我灵魂上”。

第八章（21节，79行）写“桥”，这座“桥”位于这部长诗的中心，将长诗的上下两部分割裂开来，或曰联系起来，单独构成一个诗节的“桥”（мост）一词具有画龙点睛的意义。男女主人公一同走上的桥既是一种联结也是一种阻断，既是一种过渡也是一种分界，“是假定，一连串的居中”。走在桥上，像是乘船渡过忘川，扔进河水的硬币没有声音，没有反光，像沉入梦境。桥构成一个特殊的舞台，男女主人公紧贴着走在桥上，肋骨贴着肋骨，上帝造人的传说于是重新浮现，两人依偎，“像蛋黄紧贴蛋白，/像极地人紧裹毛皮”，像双胞胎，像攀援的藤蔓，像寄生的虱子，但愿桥永远没有终结。第九章（9节，38行），过桥后的两人走上人行道，相互已经“离得真远”，布拉格街道上用黑白石块铺成的人行道就像国际象棋的棋盘，“我们就是棋子！/有人在把我们挪动”一句已成为名句，爱情在这里被降低至宿命论的低谷，同时也被提升至存在主义的高处。在第十章（24节，82行），漫长的分手在持续，两人路过一间牛奶铺，生出“共同的、拼合的/颤抖”，因为这也是两人经常碰面的地方，是“我们的岛屿，我们的殿堂”，每天清早来约会，就像“一起来做晨祷”。两人的分手，也包括向这间牛奶铺的分手，走过牛奶铺，抒情主人公在思考“分手”这个“超无意义的词汇”，“超自然的废词”：“分手，是头顶的雷霆”，“分手，就是下坡”，“分手，就是分开走，//我们，原本连体出生……”第十一章（18节，56行）开始将“终结”具体化，城市与郊区的界限是一种终结，因而出现了“最后的路灯”；但与前面出现过的“伤疤”（шрам）一词构成头韵的“接缝”（шов）一词，却成为一个关于“分手”的新意象，象征一种人为的切割，同时也隐喻一种藕断丝连的痛苦，“爱情就是接缝”，是“伤口”，但“不是绷带，不是盾牌”，更像是坟墓。第十二章（12节，48行）继续“郊外”的主题，诗人将焦点置于“外”字，即诗人在生活中的外在身份和另类处境，诗人像茨冈人，像犹太人，具有流浪的天性和被逐的宿命。这一章的突出之处，就是频繁出现、几乎每一小节都有的“警句”诗行，如“继母不是母亲！”“生活就是城郊”“到处都是郊外！”“生活就是无法生活的地方”“生活，就是犹太大屠杀”“只有皈依者才能存活！”“诗人，就是犹太人！”这些当年曾对帕斯捷尔纳克等人产生强大冲击的诗句（它们与帕斯捷尔纳克的《生活是我的姐妹》等诗显然也具有互文关系），早已成为俄语诗歌中的名句。

在第十三章（9节，38行）出现的男人的泪水代表“终结的终结”，女主人公的委屈和怨恨因此似乎有所淡化，她开始意识到她可能并“没有损失”，因为，“你的泪水”就意味着“我的胜利”，“我已拥有一切”。作为结尾的第十四章（8节，33行）中却突然出现一个谐谑场景：三位妓女看到男主人公流泪后发出爽朗的笑声。男人的泪是“伤痕”，是“战士/勋章上的耻辱”，却是“我/皇冠上的珍珠”，“因为共同的哭泣/胜过梦境”。在一个表示分割（分手）的破折号之后，全诗的最后一节写“他”的消失：“没有痕迹和声响，/像一艘沉没的航船。”

三

茨维塔耶娃这部长诗题为《终结之诗》，其关键词自然就是“终结”。诗中所写的“终结”，自然就是男女主人公的分手，是他俩爱情的终结。茨维塔耶娃和罗德泽维奇的布拉格之恋是一场失败的爱情，是一场爱情的悲剧，诗中的女主人公因而就像古典悲剧中的女主人公，在反复地体味、品尝爱情的痛苦，在执拗地诉说、展示她的悲伤。但是，在用诗歌诉诸爱情悲剧这一传统主题时，茨维塔耶娃却运用了诸多独特的艺术方式，体现出诸多独特的文学风格。

《终结之诗》全诗都建立在一个巨大隐喻的基础上。这部长诗共十四章，这可不是一个偶然的数目，而是茨维塔耶娃有意为之的设计。她在关于此诗的写作计划中直截了当地写道："在写一部分手之诗（另一部）。完整的十字架之路，展示每个阶段。"[①]立陶宛诗人温茨洛瓦在他的《茨维塔耶娃的〈山之诗〉〈终结之诗〉与〈旧约〉〈新约〉》一文中对茨维塔耶娃的这一设计做了更为具体的说明："在最终文本中，长诗分作十四章。这个初看上去并不具宗教含义的数字，实际上包含这一意义：它恰好是与十字架之路、即天主教传统中苦路的十四个阶段相呼应的。"[②]也就是说，茨维塔耶娃在诗中把她道别爱情的过程比作耶稣背负十字架走向他各条的苦路。尽管《终结之诗》中十四个章节的内容并不完全与苦路十四站的情景一一对应，但背负十字架一步步走向受难地的耶稣，却无疑就是长诗中一步步走向分手的抒情主人公的象征，她的十字架就是她的恋爱对象，更确切地

① 茨维塔耶娃《未刊作品选》，莫斯科1997年版，第282页。

② 温茨洛瓦《宴席上的谈伴》，巴尔托斯·兰科斯出版社1997年版，第220页。

说，就是她的爱情。茨维塔耶娃在给巴赫拉赫的信中曾这样定义爱情：“爱情，就是受难。”在茨维塔耶娃给罗德泽维奇的一封信中，她也说她“也许是头一次寻求幸福，而不是伤害，想索取，而不是给予，想生存，而不是毁灭”，也就是说，在她的意识中，爱情往往不是幸福、索取和生存，而是伤害、给予和毁灭。在同样是写这场不幸爱情的另一部长诗《山之诗》中，茨维塔耶娃将她经常与罗德泽维奇一同攀登的布拉格佩伦山当作爱情的象征，将她与罗德泽维奇的相爱比喻成登山，但在携手登上爱情之山的峰顶之后，相爱的人却面临两种选择：要么原路返回，这就意味着注定要走下坡路，越来越低；要么追求更高，这就意味着从山头跃起，短暂地飞向高空。或许正因为如此，茨维塔耶娃才在《山之诗》中让“山”与“痛苦”押韵，才一遍又一遍地写到“山的痛苦”：“据说，要用深渊的引力/测量山的高度”，“山在哀悼（山用苦涩的黏土/哀悼，在离别的时候），/山在哀悼我们无名的清晨/鸽子般的温柔”；“山在哀悼，如今的血和酷暑/只会变成愁闷。/山在哀悼，不放走我们，/不让你爱别的女人！”“痛苦从山开始。/那山像墓碑把我压住。”在《终结之诗》中，茨维塔耶娃继续着、强化着“爱即痛苦”的命题，她通过一个个场景，一个个细节，一个个心理感受，反复地描写分手的痛苦，如她自己所言是在展示受难途中的“每个阶段”：街边的约会处，滨河街，咖啡馆，桥，河，人行道，牛奶铺，山，郊外……她在诗中聚焦众多场景和细节，使它们成为内涵饱满的意象，比如：比铁皮还锈的天空，伸出指头的柱子像十字架，挂着挑衅的睫毛，比冰更绿的恐惧，厚布似的水流，笑声像廉价的铃鼓，爱情是伤疤中的伤疤，爱情是拉满的弓，拳头里攥着的破手帕像一条鱼，离别的手势像从我的骨头上撕下肉，最后的话语像铅弹击中胸口，编成发辫的手势，滴落的咸水银，像蛋黄紧贴蛋白一样依偎，像藤蔓和虱子一样依附，人行道像棋盘，我们是被挪动的棋子，分手是空心的喧嚣，是夜莺和天鹅的呻吟，是头顶的雷霆，是下坡，是两个沉重脚掌的叹息，爱情就是接缝，命运的靴子踩踏液体的黏土，最后的路灯，雨像稠密的马鬃抽打眼睛，诗人就是犹太人，最后的泪水，最后的路灯，最后的滨河街，他消失像一艘沉没的航船……诗人受虐般地品味着爱情苦路上的痛苦，把她的忧伤注入她遇见的每一个对象，从而营造出一个拉长的、复杂的组合隐喻。如此一来，一部描写失恋的诗作便上升为一部关于人类情感，乃至整个人类存在之悲剧性实质的形象概括。但是，与《山之诗》中女主人公发誓要进行“记忆的报复”的结尾不同，《终结之诗》的最后却突然出现了男女主人公“共同的哭泣”，而且还“透过雨”，雨水和泪水构成关于大洪水的联想。茨维塔耶娃在开始写作这部长诗时曾设想过多个题目，如《分手之诗》《最后一面之诗》等，但她最终选定了“终结”这个更具概括意义和象征性质的词。与“终结”构成呼应的，是诗中大量出现的形容词“最后的”，如“最后一颗钉子”“最后一个请求”“最后的话语”“最后的滨河街”“最后一趟”“最后的桥”“最后一笔过路费”“最后的血”“最后的路灯”“最后的泪”等。需要说明的是，在俄语原文中，《终结之诗》（Поэма Конца）这一标题中的“终结”一词是以大写字母开头的，这是在暗示我们，“终结”本身就是长诗中另一个隐在的主人公，它作为一个硕大的象征，构成“爱情苦路”这一整体隐喻的核心。这对恋人分手途中的每一个阶段都是朝向“终结”的迫近，同时也是对“终结”的消解；“终结”既指爱情的终结，世俗生活的终结，甚至世界的终结，但“终结的终结”也意味着新的开端，亦即灵魂的净化、爱的复活，乃至存在的无垠。

为了构建《终结之诗》中的这个整体隐喻，茨维塔耶娃采用了一整套独特的诗歌语言。首先是多变的格律和节奏。俄国研究者伊万诺夫在题为《玛丽娜·茨维塔耶娃〈终结之诗〉的格律和节奏》的论文中细心地梳理出《终结之诗》中所采用的十余种格律，如常用的抑扬格、扬抑格、抑抑格、抑扬抑格和扬抑抑格，还有比较罕见的混合格和三音节诗格变体，也就是说，茨维塔耶娃在一部诗歌作品中几乎运用了俄语中所有的诗歌格律形式，而且，所有这些格律还与不同的音步搭配，即分别搭配两音步、三音步和四音步，从而组合出变化多端的诗歌格律。不过，伊万诺夫同时也发现，《终结之诗》尽管存在“格律的多样”，却也具有“节奏的一致”[①]。

① 维·伊万诺夫《茨维塔耶娃〈终结之诗〉中的格律和韵律》，载其《诗歌理论》，科学出版社1968年版，第178页。

这种“节奏的一致”在很大程度上就来自独特的句法和词法。《终结之诗》一如茨维塔耶娃的绝大多数诗作，诗行简短，一般不会超过四音步，诗节也很洗练，诗人甚至会用一个单独的词来构成一个完整的诗行，甚或一个完整的诗节，比如第六章中的“那些书”（книг）和“回头”（глядеть）。茨维塔耶娃别具一格的移行形式也在《终结之诗》中得到充分展示，她常常把一句诗、甚至一个单词一分为二，这大约就是布罗茨基在评论茨维塔耶娃的语言风格时所言的“语义移行”。这些句法手段相互呼应，使得全诗自始至终保持着进行曲式的运动感和近乎迫不及待的跳跃感。布罗茨基这样评说茨维塔耶娃的诗歌句法：“我首先指的就是她句法上的空前绝后，这种句法允许她，更确切地说，是强迫她在一行诗中把所有的话都彻底倾诉出来。”“很难找到另一位诗人，能如茨维塔耶娃这般巧妙、高超地运用停顿和截断的音步。”与独特的句法相互配合的，是茨维塔耶娃别出心裁的词法。斯洛宁说：“她喜欢采用追溯词根的方法。她通过去掉前缀，改变词尾及一二个元音或辅音（有点像法国的超现实主义者）而成功地解释各种词语的原始意义。她巧妙地运用了语音学，从声音的接近中得到词语的新意义。”[①]她喜欢使用最高级形容词，有些还是她自造的最高级形容词，如“超无意义的词汇”“超自然的废词”“在这

① 斯洛宁（斯洛尼姆）《苏维埃俄罗斯文学》，浦立民、刘峰译，上海译文出版社1983年版，第277页。

最基督的世界”等；她会用一个连字符来关联两个单词，或拆开某个单词，以凸显新的含义，如第十章中出现的两个单词：сквозь-сном，茨维塔耶娃将“сквозь сон”（睡梦中）这个词组用连字符连成一个名词，而且使其以第五格的形式出现；рас-стаемся，茨维塔耶娃把“分手”这个动词分解开来，以突出其中的“一次”和“一百”的附加意义，因此在这个词后面才有了“我是百分之一？”的问句。顺便说一句，茨维塔耶娃这些如帕乌斯托夫斯基所说的“像饱满的谷粒一样生动而又沉甸甸的俄语”[①]，很难在任何一种语言的译文中获得等值的再现。

布罗茨基在《悲伤与理智》一书中曾称弗罗斯特的长诗《家葬》为“一段芭蕾”，是“双人舞”，茨维塔耶娃的《终结之诗》无疑也是这样一出对手戏。戏剧因素对于长诗的渗透，在茨维塔耶娃的《终结之诗》中有明显的表现。长诗中不时出现两位主人公的直接引语，就像剧本中的台词，而且，“这种对话酷似网球比赛，词句像来回飞舞着的网球”（斯洛宁语）；长诗中还多次出现被置于括号内的舞台提示，如“（鹰一样环顾四周）”“（断头台和广场）”等。广义地说，《终结之诗》整部长诗就是两位主人公的舞台对白。此外，长诗中的舞台“背景音”也此起彼伏，如汽笛、雷霆、笑声、交谈、手指的鼓点、耳朵的轰鸣、厂房声

① 帕乌斯托夫斯基《文学肖像》，陈方译，敦煌文艺出版社2015年版，第174页。

音洪亮、红色过道的哗啦声、空心的喧嚣、锯子穿透睡梦、脚掌的叹息、接缝的崩裂、妓女的笑声等等。这些声响与主人公简短的对话形成呼应，也是长诗舞台效果的重要来源之一，这使我们联想到茨维塔耶娃说过的一句名言："帕斯捷尔纳克在诗中是看见，我在诗中是听见。"[①]

多变的格律和急促的节奏，洗练的句法和陌生化的词法，紧张的对话和戏剧化的冲突，所有这些诗歌手法合为一体，共同营造出一种极度的紧张感和不和谐感。一位《终结之诗》的研究者将这部长诗的总体美学风格定义为"临界诗学"，这既是就诗中澎湃着的极端情感而言的，也是就表达这种情感的极端语言手段而言的。使全诗始终保持这种张力的，还有无处不在的矛盾对立。列夫济娜在题为《茨维塔耶娃〈终结之诗〉语义结构探微》的论文中详细罗列了这些对立面，如"男性与女性""右与左""高与低""干与湿""自我与他者""近与远""主与次""封闭与开放""内与外""幸福与不幸""爱与不爱""水平的爱和垂直的爱""生与死""灵与肉"等等，并考察了它们相互之间对应、倒错和中和的复杂关系。可以说，正是这些对立面的冲突和转换，构建并阐释了《终结之诗》中的"生活与存在"的总命题。

茨维塔耶娃在《终结之诗》中运用的诗歌语言表现手法

---

① 《茨维塔耶娃七卷集》，埃里斯·拉克出版社1994年版，第6卷，第366页。

是有意为之的，是符合此诗的特定主题的，但它们却又并非完全是专为这一部作品量身打造的，我们注意到，这些语言特征在茨维塔耶娃这一时期的其他作品中也有所体现，甚至贯穿茨维塔耶娃一生创作的始终，只不过，在《终结之诗》这部长诗中，她的这些高度个性化的诗歌手法终于找到了最恰当的题材，获得了最充分的体现。

四

《终结之诗》写成之后发表在布拉格的俄国侨民文学辑刊《方舟》1926年第一期上，《方舟》的发行量很小，这部长诗因而在当时并未引起大的反响，但随着时间的推移，《终结之诗》的价值和意义却逐渐凸显出来，获得了越来越多、越来越高的评价。布罗茨基在开始写诗时偶然读到以地下出版物形式流传的《山之诗》和《终结之诗》，他在与沃尔科夫的谈话中说道：“从那个时候开始，在我读到的俄语作品中，再没有谁能像玛丽娜那样给我留下如此深刻的印象了。”[①]温茨洛瓦也说：“茨维塔耶娃布拉格时期的两部长诗，几乎可以说是她创作的一个峰顶。它们位于20世纪俄

① 布罗茨基、沃尔科夫《布罗茨基谈话录》，马海甸、刘文飞、陈方译，东方出版社2008年版，第29页。

语长诗的最高杰作之列。”[①]斯洛宁在其《苏维埃俄罗斯文学》一书中写道：“她的两首长诗《山岳之诗》（即《山之诗》——引者按）和《末日之歌》（即《终结之诗》——引者按）都是描写爱情、爱情的错综复杂、不同情感的对比，以及遭受分离折磨的痛苦。它们措辞剧烈，感情深沉，辞藻华丽……无可置疑，这些都是20世纪俄国诗歌中最优秀的作品。”帕斯捷尔纳克则更是语气坚决地称《终结之诗》为“全世界抒写爱情的最佳长诗”。

如今，在我们看来，茨维塔耶娃《终结之诗》的价值和意义至少体现在这样几个方面：

首先，它是茨维塔耶娃本人诗歌创作的巅峰之作。茨维塔耶娃一生的创作大致可以划分为这么几个阶段，即由《黄昏纪念册》（1910）和《神灯集》（1912）构成的起步期，以《里程碑》（1916）和《俄罗斯之后》（1922）两部诗集为头尾的成熟期，流亡境外的“捷克时期”（1922—1925）和“法国时期”（1925—1939），以及返回苏联后的短暂时光（1939—1941）。在她的一生中，“捷克时期”被认为是她创作的高峰期。茨维塔耶娃于1922年8月1日来到布拉格，1925年10月26日前往巴黎，她在捷克生活了三年多时间。在捷克的生活曾被茨维塔耶娃视为放逐和磨难，然而在到了法国之后她才渐渐意识到，“捷克时期”原来是她一生中“最

① 温茨洛瓦《茨维塔耶娃的〈山之诗〉、〈终结之诗〉与〈旧约〉、〈新约〉》，刘文飞译，《世界文学》1998年第4期，第142页。

幸福的”时光。当然，茨维塔耶娃在捷克的三年生活是颠沛流离的，捉襟见肘的，但当年30多岁的茨维塔耶娃风华正茂，在不断搬家和操持家务的同时，在恋爱和生子之余，她却一刻也不曾停止写诗，在三年三个月时间里共写下139首长短诗作，平均每周一首，显示出旺盛的文学创造力，可以说，“捷克时期”是茨维塔耶娃创作中成果最为丰硕的时期，而在她捷克时期诗歌创作的最高峰，则正是这部《终结之诗》。布罗茨基称茨维塔耶娃为“20世纪第一诗人”，而《终结之诗》或可称为“20世纪第一诗人的第一长诗”。

其次，《终结之诗》是一部地道的“20世纪长诗”。所谓“20世纪长诗”，是比照传统的“19世纪长诗”而言的。以拜伦的《唐璜》、普希金的《叶夫盖尼·奥涅金》等为代表的“19世纪长诗”大多表现为“诗体的叙事”，其中有着统一的情节和统一的格律，而到了茨维塔耶娃写作《终结之诗》的20世纪20年代，世界诗歌中却突然出现一种新的长诗形式，或曰长诗写作的新范式，其特征总体说来，就是篇幅和体量的缩减，故事情节的淡化，抒情性和主观性的加强，作品呈现出碎片化、印象式、象征性等趋向。温茨洛瓦在对茨维塔耶娃的长诗进行分析时曾对这种新型长诗做过这样的归纳：“典型的20世纪长诗没有一个发展的情节，而由一系列的片断（且常常是自传性的）构成，它时常是韵律交错的，其极端的形式近似组诗，就像在库兹明作品中那样。各种不同的、复杂的手法，其中包括一致的、虽说时而是非常隐蔽的潜台词，赋予了这种长诗以语义上的统一。”[①]前文提及的伊万诺夫的论文，其对《终结之诗》的格律和节奏进行研究的目的也就是证明：“茨维塔耶娃的《终结之诗》是一部属于20世纪的俄语长诗，它通篇用相互交替的不同格律写成。这种结构在普希金、莱蒙托夫的长诗和其他19世纪的长诗中十分罕见，19世纪的长诗（除少数例外，比如涅克拉索夫的长诗）大多只用一种格律。”我们注意到，在茨维塔耶娃写作《终结之诗》的前后，勃洛克写出《十二个》（1918）和《报复》（1921），马雅可夫斯基写出《穿裤子的云》（1916）和《关于这个》（1923），帕斯捷尔纳克写出《施密特中尉》（1925—1927），T. S.艾略特也写出《荒原》（1922）。茨维塔耶娃在写作《终结之诗》之前肯定读过《十二个》，因为勃洛克是她最喜爱的诗人之一，而帕斯捷尔纳克的长诗则是在《终结之诗》的直接影响下写成的；虽没有证据表明茨维塔耶娃在写作《终结之诗》时对《关于这个》和《荒原》有所耳闻，但这三部长诗在结构和基调上的相近却常被研究者提起。众多杰出诗人在长诗写作范式方面这种“不约而同”的尝试，可能更应引起我们的关注和思索，而且，长诗体裁自身的这一变化也是与世界范围内现代派诗歌的生成密切相关的，理解了这一点，便不难理解茨维塔耶娃的《终结之诗》在世界诗歌发展史中显明的“路标转换”意味。

① 《世界文学》1998年第4期，第142页。

最后，在布拉格的文学历史中，《终结之诗》和茨维塔耶娃布拉格时期的其他诗作一样，也应占有一席之地。这部长诗的情节发生地是布拉格，也写于布拉格，就某种意义而言它也是布拉格这座城市的文学产物之一。茨维塔耶娃在《终结之诗》中描绘过的“终结之路”如今也已被辟为一条旅游线路，引来许多文学朝圣者重走。在翻译《终结之诗》的过程中，笔者曾多次漫步于《终结之诗》中描写过的滨河街，那里的路灯和桥、咖啡馆和牛奶铺，就像道路两侧的佩伦山和伏尔塔瓦河一样，近百年来几乎原封未动。茨维塔耶娃的长诗《终结之诗》将长久地留存于布拉格的文学神话中，一如布拉格的滨河街长久地留存于这部长诗中。

（原载《世界文学》2019年第3期）

“你是我最好的诗”：茨维塔耶娃和她的女儿

茨维塔耶娃女儿的回忆录《缅怀玛丽娜·茨维塔耶娃：女儿的回忆》（谷羽译，广西师范大学出版社2015年版）在一定程度上修正了我心目中的茨维塔耶娃的形象。我曾在博士论文中探讨茨维塔耶娃的创作个性对布罗茨基的影响，也翻译过她的诗文，自认为还比较了解她，尤其是对她作为主角之一的《三诗人书简》（再版时更名为《抒情诗的呼吸》）一书的翻译，更让我得以一窥她的内心世界，不知不觉中，我形成了这样一种关于茨维塔耶娃的印象：她特立独行，激情似火；她敢作敢为，粗犷豪放。然而，在女儿笔下，茨维塔耶娃却显示出了她从外形到内心、从个性到举止的另一侧面。

我们见过许多茨维塔耶娃的照片，从年轻时的美貌高雅到年老时的不修边幅，但无论哪个年龄段的照片，她不知为何都给我留下了壮实厚重、甚至颇为剽悍的感觉，可是《女儿的回忆》一开头便这样写道：

> 我母亲，玛丽娜·伊万诺夫娜·茨维塔耶娃，个子不高，只有一米六三，体形跟埃及男孩子相像，肩膀宽阔，胯骨窄小，腰身纤细。少女时的圆润，很快就发生

> 了变化，变得结实、消瘦，有贵族气质；她的踝骨和脚腕部位又硬又细，走起路来，步子轻快，举手投足动作频率极快，但是并不猛烈。当着人的面，感觉有人在看她，甚至频频注视她的时候，她会有意识地放慢脚步，尽力显得更温和。那时候，她的手势会变得小心谨慎，有所节制，但是从来不会拘谨呆板。

这里的“纤细”“消瘦”“温和”“谨慎”“节制”等词，于我而言都具有某种颠覆意义，它们折射出了茨维塔耶娃婉约细腻的一面。

茨维塔耶娃的传记作者往往都会提及茨维塔耶娃像阿赫马托娃一样不善家务，生活能力较弱，对孩子的关注似乎不如寻常的母亲，可是通过她女儿的眼睛我们却看到，茨维塔耶娃同样是一位忍辱负重、含辛茹苦的伟大母亲。作为杰出诗人的茨维塔耶娃，本可以靠诗歌为生，她五岁开始同时用俄、法、德三种语言写诗，18岁时出版的诗集《黄昏纪念册》赢得古米廖夫、沃洛申、勃留索夫等众多大诗人的齐声喝彩。在很长一段时间里，诗歌创作也的确成了她的生存方式，即便在国内战争的严酷环境里她都能靠朗诵自己的诗挣钱。（听众常常有红、白双方的士兵！）但在自流亡至离世的近20年时间里，茨维塔耶娃在生活方面始终捉襟见肘。茨维塔耶娃的同时代人在回忆她时，大多都会提到她“极度的贫困”。女儿也写到了家庭的窘境，字里行间处处渗透着辛酸，她写到茨维塔耶娃“很早就出现了白发”

（《她是个什么样的人？》），“玛丽娜对于时髦服饰看都不看一眼，原因很简单：昂贵，高不可攀……她已经永远脱离了时尚！”（《柏林》）茨维塔耶娃的女儿在回忆录中引用了瓦连金·布尔加科夫的文字：“玛丽娜·伊万诺夫娜家里的环境，不是一般的困苦，简直就像贫民窟一样。”她还引用了萨洛梅娅·安德罗尼科娃-加尔佩恩的话：“我从来没有见过任何人像茨维塔耶娃那样贫困。”但与此同时，女儿也让我们看到了一位在逆境中拼尽全力养家糊口的母亲。长期与丈夫分离的茨维塔耶娃独自抚养三个孩子（小女儿后来不幸夭折）：她会提着口袋去向熟人或邻居乞讨几个土豆；她被迫变卖最后的物品，却因为“不会卖东西，总是受人欺骗，要不她就可怜人家，把想卖的东西白白送人”（《给叶·奥·沃洛申娜的信》）；她去旧书摊卖书，却总是卖掉的书少，买回来的书多；她曾给人织毛衣，尽管她其实并不擅长此活……在女儿的记忆中，母亲只做两件事：操持家务和写诗。女儿记得母亲的双手：“日常生活的操劳使她的双手永远是那么粗糙。”（《萨莫特拉斯胜利女神》）茨维塔耶娃一生无业（如果写诗不算一项“职业”的话），她1918年在民族事务人民委员会的短暂逗留，“是她一生当中唯一供职的单位，或者说是她尝试上班的一次失败经历”（《1919年5月1日》），但在生命的最后几天，她却给疏散至鞑靼共和国的作协机构写下了这样一份申请：

文学基金会理事会：

我请求担任即将开设的文学基金会食堂洗碗工工作。

玛·茨维塔耶娃

1941年8月26日

茨维塔耶娃要求获得这份工作，就是为了养活儿子穆尔（格奥尔基·埃夫隆）。两天后，茨维塔耶娃在叶拉布加小镇自缢身亡，原因之一据说就是没能获得这份“洗碗工工作”！这张字条奇迹般地被保存下来，后来落到丽季娅·楚科夫斯卡娅手里。这几行文字饱含着辛酸和血泪，散发着时世的残忍，同时也渗透着茨维塔耶娃伟大的母爱。

关于茨维塔耶娃的情感生活，很多人也颇有微词。有人说她曾把她同时代的男性诗人“轮流”爱了一遍，有“研究者”津津乐道于她的同性恋私生活。作为女儿的阿里阿德涅自然不便过多涉略这一话题，甚至会刻意回避或掩饰，但是在她的笔下，我们毕竟能看到她关于父母情感生活的真实描述。茨维塔耶娃比丈夫谢尔盖·埃夫隆大两岁，在女儿眼中，父母的关系更像一场姐弟恋，不仅是年龄上的，而且也是精神上的。但这份感情是纯真的，恒久的。女儿写到父母当年的爱情信物“红玛瑙”：在科克捷别里的海滩，两情相悦的玛丽娜和谢尔盖在一起挑选好看的石子，“玛丽娜心中暗想：如果他能找到一块红玛瑙宝石，我就嫁给他！说来也巧，这样的红玛瑙他立刻就找到了，是用手摸索到的，因为他那双灰色眼睛一直凝视着她绿莹莹的明眸，他把挺大的一颗红玛瑙宝石放到她的手心里，粉红色的玛瑙晶莹剔透，她一辈子带在身边，留传至今，堪称神奇……”（《她的丈夫。他的家庭》）这枚玛瑙后被镶嵌在茨维塔耶娃一直戴着的那枚戒指上。女儿还满怀深情地写到父母当年在莫斯科的戏剧活动（《瓦赫坦戈夫剧院》），两人别离后在柏林车站的动人相拥（《柏林》），全家三口在捷克乡间一起阅读文学作品的温情场景：“让人难忘的还有那些夜晚，有时候我们一家人在一起，吃过晚饭，把桌上的食品和碗碟全都端走，用湿抹布把桌子擦得干干净净，庄严的煤油灯摆放在中央，透过玻璃罩释放出柔和而明亮的光，圆形的白铁灯罩——就像反光板，我们舒舒服服坐在桌子旁边；谢廖沙给我们大声朗读从布拉格带回来的书籍。”（《搬上阁楼》）茨维塔耶娃当初出国，是为了追随丈夫，一部俄国作家辞典中的“茨维塔耶娃”词条的作者就这样写道：“她的流亡不是一个政治举动，而是一位爱恋丈夫的女子之行为。”她后来的回国，也同样是为了与丈夫和女儿团聚。茨维塔耶娃的不幸，在一定程度上可以说就源自她对丈夫和家庭的忠诚。而她的那些情感逸事，则更多是柏拉图式的，至少从初衷和本质上看是柏拉图式的，比如她1926年与里尔克和帕斯捷尔纳克间的书信罗曼史。我们赞同谷羽先生在《玛丽娜·茨维塔耶娃：生活与创作》[①]一书的译后记中所说的这样一段话：“茨维塔耶娃每次恋爱，最终都转化为真挚的诗篇，因此可

① 安娜·萨基扬茨著，谷羽译，广西师范大学出版社2011年版。

以说她向缪斯无私地奉献出了自己的心灵。”

阿里阿德涅认为母亲“天生具有双重性（绝非两面性）”（《搬上阁楼》），她的回忆录就更多地让我们在特立独行的茨维塔耶娃之外又看到一个温良恭俭让的女诗人。女儿的视角是独特的，或许是不无偏袒的，但我们无疑更愿意相信女儿眼中的茨维塔耶娃性格的真实性，更愿意接受由阿里阿德涅塑造出的这个温情细腻、忍辱负重的茨维塔耶娃形象。

《女儿的回忆》一书的扉页上印有茨维塔耶娃的这样四行诗：

> 在严酷的未来，
> 你要记住我们的往昔：
> 我是你的第一个诗人，
> 你是我最好的诗。

这是茨维塔耶娃当年为年幼的女儿阿里阿德涅写下的诗句。这里的“第一个诗人”和“最好的诗”固然是诗的隐喻，可它们同时也是写实的，是茨维塔耶娃母女一生关系的真实写照。换句话说，茨维塔耶娃始终像写诗一样养育孩子，或者说，她始终像养育孩子一样写诗。

阿里阿德涅是茨维塔耶娃的长女，茨维塔耶娃在20岁时生下她这第一个孩子，母女俩出生在同一个月，即9月（而茨维塔耶娃与丈夫埃夫隆则出生在同月同天，即俄历9月26日）。茨维塔耶娃给孩子取名“阿里阿德涅”，这个名字取自古希腊神话中的人物阿里阿德涅。阿里阿德涅是克里特王弥诺斯的女儿，她帮助雅典英雄忒修斯杀死半人半牛怪（忒修斯用阿里阿德涅给的线团边走边“放线”，后沿此线原路返回，成功逃出迷宫），之后却被忒修斯遗弃；她后与酒神狄俄尼索斯的爱情也无果而终。母亲在给女儿取名时，大约没料到她也会把这个名字的“悲剧性”带给女儿。阿里阿德涅一生不幸，四五岁时便遭遇革命和内战，后又随母亲流亡，漂泊异乡；1937年返回苏联后不久，她便因“间谍罪”被捕，先后两次被流放，直到1955年才获自由。自出生起直到返回苏联，除了在捷克上寄宿学校的短暂数月，阿里阿德涅与母亲几乎形影不离，她分担着母亲的重负，与母亲相依为命，搀扶着母亲走过了最艰难的岁月。1942年，身在劳改营的阿丽娅在茨维塔耶娃离世一年后才得知母亲的死讯，她在给友人的一封信中内疚地写道：“如果我跟妈妈在一起，可能她就死不了。我们一起生活，她背负沉重的十字架，我能跟她分担，苦难再深重，也不至于压垮她……”

阿里阿德涅无疑继承了母亲的天赋，甚至可以说，阿丽娅的才气并不亚于母亲，她自幼聪明过人，四岁识字，五岁便开始“写作”，即写诗写日记。爱伦堡在其著名回忆录《人，岁月，生活》中写道，他去茨维塔耶娃家做客，却见“一个十分瘦削而苍白的小姑娘走到我面前，信任地紧靠着我低声地说：‘多么苍白的衣服！多么奇异的宁静！

怀中抱着百合花，而你正在漫无目的地瞧着……’我吓得浑身冰凉：茨维塔耶娃的女儿阿丽娅当时才五岁，可她却朗诵起勃洛克的诗来了。”阿里阿德涅曾说茨维塔耶娃在任何情况下都会写诗，都必须写诗，因为对于母亲来说，“写诗是**难以更改的习惯**（黑体为原文所有——引者按）”（《柏林》），母亲显然也把这个习惯遗传给了女儿，或者说，她让女儿也养成了这个习惯，甚至可以说，她把这个习惯强加给了女儿。《女儿的回忆》收录了阿里阿德涅幼时的一些笔记，这是六岁的她写下的两段文字：

> 我的母亲完全不像母亲。母亲总是欣赏自己的孩子，通常也喜欢别人家的孩子，可是玛丽娜不喜欢小孩子。……她常常发愁，动作敏捷，爱好诗歌和音乐。她写诗。她能忍耐，往往忍耐到极限。她也爱生气。她总是匆匆忙忙出门去什么地方。她心胸博大。声音温柔。走路步子很快。玛丽娜的手一直戴着戒指。玛丽娜夜晚读书。她的眼睛几乎总有一种嘲笑的眼神儿。（《我的母亲》）

> 我们沿着一条灰暗的小路走向一座山丘。山顶上有座大教堂，在蓝天和白云衬托下，教堂显得很美。走到教堂跟前，我们才发现，教堂上了锁。我们朝教堂画了十字，然后坐在台阶上。玛丽娜说，我俩就像坐在台阶上的乞丐。……四周很辽阔，但是远处的景物看不清

楚，因为有一层雾。我想跟玛丽娜说说话，可是她说，希望我不要打扰她，我就走到一边去玩了。（《四叶草》）

这些笔记所体现出的观察力和文字表达力让人惊叹，这种能力的养成自然要部分地归功于母亲的教育和影响。可以构成旁证的是，茨维塔耶娃十分看重女儿的“创作”，曾精心抄录这些笔记，甚至设法将它们发表出来。茨维塔耶娃1923年在柏林出版诗集《普叙赫》时，曾收入七岁女儿所写的20首诗；她还将女儿少时的笔记与自己的散文编在一起，组成文集《尘世特征》。也就是说，从很早的时候起，茨维塔耶娃就把女儿当成了自己的文学知音和写作伴侣。《女儿的回忆》记录下了茨维塔耶娃与年幼女儿的这样一段对话，茨维塔耶娃当时试图对七岁的女儿解释什么叫作“化身”：

“爱是概念，爱神就是化身。概念是一般化的，概括性的；化身是有锋芒的，尖锐的，具体的！把所有东西汇聚到一点。你明白吗？”

“哦，玛丽娜，我听明白了！”

“既然听明白了，你就给我举个例子。”

“我怕说不准。两个词都很难理解。”

“没关系，没关系，你说吧。说得不准确，我就告诉你。”

“音乐是概念，声音就是化身。玛丽娜，多么奇妙啊！功勋是概念，英雄就是化身。”

《女儿的回忆》一书的序者将这对母女形容为“两个势均力敌的交谈者”，她还这样再现了茨维塔耶娃母女捷克流亡时期的“日常生活”：“她们母女俩的日常作息时间是铁定不变、雷打不动的。阿丽娅跟妈妈一样，很早就起床，她知道，她该做什么事。母亲做早饭的时候，阿丽娅要收拾房间，拿‘房东的扫帚’扫院子，打水，取牛奶。吃完早饭，她要刷锅洗碗。做午饭之前一段时间，母亲坐下来写作。‘我也写自己的日记，哪怕只写几行也好……’母亲打开她的‘捷克’草稿本，阿丽娅翻开属于她的日记本。”想当年，在革命后饥寒交迫的莫斯科，母女俩就曾身披毛毯坐在屋里“写作”，茨维塔耶娃在当时的日记中写道：“精神生活有进展，我写诗，写剧本。阿丽娅写她的笔记。”巴里蒙特因此感叹说：“这母女俩，更像是两姐妹，生就的诗人心灵，力图摆脱平庸的现实，在幻想之中自有生活。”写作，成了茨维塔耶娃母女在艰难时世的主要生活内容，也是她俩最佳的精神交流方式。正是就这一意义而言，阿里阿德涅在回忆录中写道：“是的，我是妈妈的心灵之子，是她的精神寄托，在爸爸不在家的岁月，我代替了谢廖沙（即阿里阿德涅的父亲埃夫隆——引者按），是她真正的支柱。在各种各样的天分当中，我被赋予了最为罕见的一种，妈妈需要什么样的爱，我就能用那样的方式爱她。我从一出生就知道应该懂得的那些知识，不用教，光凭听，就知道草怎么样生长，

星星怎样在夜空中成熟，我能猜出妈妈的痛苦以及最初的源泉。”（《搬上阁楼》）

可以说，女儿阿里阿德涅就是母亲茨维塔耶娃的某种自我投射或自我复制，是茨维塔耶娃创作出的又一部艺术作品。茨维塔耶娃当初教女儿识字背诗，让女儿写诗记日记，或许未必一准有着明确的目的，即将女儿培养成一位大诗人，但她无疑是在千方百计地让女儿成为一个懂诗、爱诗的人，更有可能的是，茨维塔耶娃完全是在凭借她诗人的本能教育孩子，塑造女儿，把自己强大的诗人情感和艺术个性投射给阿里阿德涅，从而让女儿成了真正意义上的“茨维塔耶娃二世”，茨维塔耶娃诗歌精神的继承人。阿里阿德涅在捷克上寄宿学校时所写的一篇作文曾令校长万分感动，校长一把抱起她来，大声喊道：“我不知道妈妈写得怎么样，女儿——简直就是普希金！”（《搬上阁楼》）茨维塔耶娃把女儿塑造成一首诗，塑造成了一位真正意义上的诗人，即对文学和文化拥有挚爱和忠诚的人。

阿里阿德涅成人后，也一度想摆脱母亲的巨大阴影，这其中既有同样具有天赋的名人之后代往往会有的那种难以充分显露自我的无形压力，也有茨维塔耶娃强大个性给始终任劳任怨的女儿造成的束缚，阿里阿德涅当初不顾母亲反对毅然返回苏联，其中一定有着谋求自己物质和精神独立的内在心理动机。但在劳改营里度过十几年岁月而终于获得真正的自由之后，女儿却把自己的所有时光和精力都献给了母亲和母亲的诗歌。如果说，茨维塔耶娃在阿里阿德涅返回苏联之前的25年间始终在不懈地按照她自己的方式塑造诗意、诗性的阿里阿德涅，那么，在1955年获释后直到去世的1975年，阿里阿德涅却始终在顽强不屈地为复活她的诗人母亲而奋斗。她广泛搜集母亲留下的一切文字以及与母亲相关的所有资料，她与母亲生前的友人通信，撰写关于母亲的回忆录，编辑母亲的作品集，为出版母亲的作品四处奔波，《女儿的回忆》一书的序者在谈到阿里阿德涅时公正地指出：“实际上，她是向苏联读者介绍茨维塔耶娃诗歌的第一人。”正是由于女儿的努力，母亲的诗歌遗产得以重见天日。通过对诗人母亲的捍卫和宣传，阿里阿德涅·埃夫隆这位诗人的女儿也对包括茨维塔耶娃创作在内的整个白银时代诗歌的复兴做出了自己宝贵的贡献。

茨维塔耶娃称阿里阿德涅为她“最好的诗”，阿里阿德涅则在回忆录中写道：“玛丽娜不写诗的时候，年幼的我会说：‘诗累了。’”（《帕斯捷尔纳克》）这对诗人母女，作为诗的“化身”的母女，在因为诗歌而遭受的厄运和磨难中相依为命，在半个多世纪的时间里相互塑造，最终构成了20世纪俄语诗史中一座不朽的双人纪念碑。

（原载《新京报》2015年10月17日）

索洛维约夫的思想史意义

1900年7月31日（新历8月13日），弗拉基米尔·谢尔盖耶维奇·索洛维约夫病逝于莫斯科郊外的乌兹科耶庄园（今莫斯科工会大街123a号），年仅47岁。这位逝于20世纪元年的俄国哲学家，其思想却构成俄国思想史上的重要分水岭之一，他因此成为一位真正意义上的20世纪思想家；他生命的最后一站乌兹科耶（Узкое）在俄语中意为“狭窄庄园”，而他的精神遗产却穿越时空，在俄国产生了持续而又广泛的影响。

一

弗拉基米尔·索洛维约夫1853年1月16日（新历28日）生于莫斯科一户真正的书香门第，其父是俄国最著名的历史学家之一谢尔盖·米哈伊洛维奇·索洛维约夫（1820—1879），29卷本的史学巨著《自古以来俄国史》（1851—1879）的作者，1871—1877年的莫斯科大学校长；其母出身大贵族，是俄罗斯和乌克兰著名哲学家斯科沃洛达（1722—

1794）的后裔。弗拉基米尔·索洛维约夫的哥哥弗谢沃洛德和妹妹波里克谢娜均为作家，著名的象征派诗人小谢尔盖·索洛维约夫（1885—1942）是他的侄子。

在莫斯科读完中学后，16岁的索洛维约夫进入莫斯科大学数理系学习，两年后转入文史系。他很早便体现出对哲学和宗教问题的浓厚兴趣："我自幼年起迷恋宗教问题，我在14～18岁经历了多个阶段的理论否定和实践否定。"[①]他在大学苦读诗书，热衷哲学和历史，同时也迷恋占卜和招魂术等"玄学"。索洛维约夫1873年大学毕业后留校，在哲学教研室工作，同年迁居谢尔吉镇，在圣谢尔吉修道院的神学院听课一年。1874年，索洛维约夫完成题为《西方哲学的危机（驳实证论者）》的硕士论文，对西方的实证主义哲学提出质疑，指出了西方哲学中唯理论和经验论这两种认识论所具有的片面性。答辩于1874年11月24日在彼得堡大学举行，索洛维约夫完成答辩后获哲学副教授职称，继续在莫斯科大学授课。1875年6月，索洛维约夫前往英国，在大英博物馆研究印度哲学、诺斯替哲学和中世纪哲学，其间突然在内心听闻"索菲娅的神秘召唤"，于1875年10月16日启程前往埃及，于夜宿沙漠时分得见索菲娅显容。1876年回国后，索洛维约夫在莫斯科大学执教逻辑学与古代哲学史课程，此时与索菲娅·彼得罗夫娜·希特罗沃（1848—1910，出嫁前姓巴赫梅杰娃）相

① 尼古拉耶夫主编《俄国作家传记辞典》，莫斯科教育出版社1990年版，第2卷，第244页。

识，他与后者的恋情持续很久，却未成眷属。索菲娅·希特罗沃是诗人外交官希特罗沃的夫人，彼得堡沙龙的女主人，她年长索洛维约夫五岁，在结识索洛维约夫时已是三个孩子的母亲，索洛维约夫将她视为智慧女神索菲娅的人间化身，视为能赋予他创作灵感的缪斯，终生钟情于她，矢志不渝。

由于厌倦莫斯科大学教授间的钩心斗角，索洛维约夫于1877年辞去教职，前往彼得堡，任国民教育部学术委员会委员，同时在彼得堡大学和高等女子学院做讲座。他的系列讲座《神人类讲座》赢得广泛欢迎，陀思妥耶夫斯基和托尔斯泰都曾是他的听众。索洛维约夫在彼得堡与陀思妥耶夫斯基密切交往，两人曾结伴前往奥普塔修道院，陀思妥耶夫斯基夫人在她的《回忆录》中曾忆及他们两人交往的温暖场面。在彼得堡期间，索洛维约夫的世界观逐渐形成，他展开积极的政论写作和哲学著述，他两部重要哲学著作均写于这一时期，即《完整知识的哲学本原》（1877）和《抽象原理批判》（1880），他借此建立起他的“万物统一”（всеединство）哲学体系。1880年4月6日，他以《抽象原理批判》作为博士论文在彼得堡大学完成答辩。1881年3月28日，他在公开演讲中呼吁宽恕刺杀亚历山大二世的刺客，引起当局不满，之后被迫离开大学和国民教育部，在28岁的年龄上宣布“退休”，从此开始他所谓的“流浪生活”时期。索洛维约夫始终没有家庭，没有居所，大多居住在友人处，或旅行国外。但是在这一时期，他关于社会、政治和宗教的思考甚多，成果甚丰，学术影响也甚大，他提出了他的“神权政治乌托邦”理想。他相继推出的重要著作有：《纪念陀思妥耶夫斯基的三次演讲》（1881—1883），《生活的精神基础》（1882—1884），《大争论与基督教政治》（1883），《俄国的民族问题》（1883—1891），《神权政治的历史和未来》（1885—1887），《俄国与欧洲》（1888），《俄罗斯理念》（1888），《俄国与普世教会》（1889）等。

1891年，他应邀主编著名的《布罗克豪斯-埃夫隆百科全书》的哲学部分，撰写词条130多篇，这在一定程度上促成了他的“重返哲学”。同年，他爱上又一位名为“索菲娅”的女性，即索菲娅·米哈伊洛夫娜·马尔蒂诺娃（1858—1908，她的公公就是在决斗中杀死莱蒙托夫的军官马尔蒂诺夫），为后者写下一组情诗，据索洛维约夫称，他在马尔蒂诺娃的脸上最后一次看到智慧女神索菲娅的神采。在生命的最后十年，索洛维约夫对“神权政治的未来”颇为失望，转而关注哲学、伦理学和美学，写出大量著作，如《自然之美》（1889）、《艺术的普遍意义》（1890）、《爱的意义》（1892—1894）、《善的证明》（1894—1897）、《理论哲学》（1897—1899）和《关于战争、进步和世界历史终结的三次谈话》（1899—1900）等，为后人留下一笔宝贵的思想遗产。1898年，索洛维约夫再度前往埃及，或许是为重温当年目睹索菲娅显容时的感受，回国后他写下长诗《三次相会》（1898），此诗的副标题“莫斯科—伦敦—埃及，1862—1875—1876”便交代了他在不同地点（莫斯科的教堂、伦敦的大英博物馆和埃及的沙漠）、不同时间（1862

年、1875年和1876年）与索菲娅女神的三次神秘相会。

索洛维约夫一直过着“流浪”生活，并长期斋戒，这影响到他的身体健康。他还喜欢无节制地使用松节油，认为松节油的气味能驱除一切病魔，他称之为“索洛维约夫香水”，但松节油有毒，对肾脏尤其有害，故马科夫斯基在《白银时代的帕耳那索斯山上》一书中断言：“这种‘驱魔松脂’让他送了命，他用松节油慢慢地毒死了自己。”1900年夏，索洛维约夫来到莫斯科，将其翻译的柏拉图著作送交出版社。7月15日，他感觉身体不适，便让人送他至友人特鲁别茨科依家的庄园乌兹科耶。两周后，索洛维约夫去世，死因是动脉粥样硬化、肝硬化和尿毒症共同导致的机体衰竭。

索洛维约夫的一生是短暂的，但他在俄国思想史上的意义却持久而又深远。在我们看来，他的影响至少体现在以下三个方面：首先，他被公认为俄国现代哲学的奠基人，他创建的万物统一哲学为俄国现代哲学体系的构建奠定了基础；其次，他率先提出并思考了关于俄国历史命运和发展道路的“第三条道路”；最后，是他试图融哲学、神学和文学为一体的创作追求和创作方式也具有深刻的本体论和方法论意义。

二

索洛维约夫是俄国第一位职业哲学家，也是第一个建立了完整哲学体系的俄国哲学家，他也是白银时代最有影响的哲学家和思想家，因此，他如今被誉为“俄国现代哲学之父”。索洛维约夫哲学的核心命题，就是他的“万物统一论”。不到五旬即离世的索洛维约夫，其创作活动持续了30年，这30年又大致可划分为三个时期，即19世纪的70、80和90年代，第一个十年主要是对西方哲学的抽象理性主义和实证主义的质疑，第二个十年主要是对其神权政治乌托邦学说的构建，在最后一个十年，索洛维约夫则返回哲学，将注意力置于历史哲学、道德哲学、美学等理论哲学领域。然而，若将索洛维约夫的哲学作为一个整体来看待，可以发现其中贯穿的主题就是“万物统一论”，索洛维约夫不同时期的思考，似乎都在自不同角度、不同范畴对这一主题进行添加和阐释。索洛维约夫提出的一系列影响深远的哲学概念，如“索菲娅”“永恒温柔”“神人类”“完整知识”“有机逻辑”“神权政治”等，均与“万物统一论”有着程度不等的直接关联。

索菲娅是索洛维约夫宗教哲学的核心命题之一。“索菲娅”一词在希腊语中有“母性”“知识”“智慧”等意，因此它又有“智慧女神”之称，在古希腊罗马时期和中世纪的哲学中，索菲娅被理解为智慧的特殊显现或具象的智慧，亚里士多德称之为“关于实质的知识”，荷马称之为“关于创造的理性能力”。西方文字中“哲学”（философия/philosophy）一词的词根就是“索菲娅”（--софия/--sophy），“哲学”的意思也就是“爱智慧”。索菲娅以“工师”的身份出现在《圣经》中，被当作神的创造意志：“在耶和华造化的起头，在太初创造万物之先，就有了我。……那时，我在他那里为工师，日日为他所喜爱，常常在他面前踊跃，踊跃在他为人预备可住之地，也喜悦住在世人之间。”在拜占庭和古代罗斯，索菲娅作为“神的智慧”的观念得到发展，俄国东正教中根深蒂固的圣母崇拜亦为这一发展的体现和结果之一。索洛维约夫对这一概念和形象进行再创造，赋予其新的内涵，使其成为一个哲学概念和思想史术语。索洛维约夫将索菲娅视为“神的身体”和“世界的灵魂”，视为神的绝对统一中与逻各斯并列的另一构成：“索菲娅是神的身体，是充盈着神的统一原则的神的物质。在自身之中实现了这种统一或具有这种统一的基督，作为一个既是普遍化的又是个性化的神的完整统一有机体，它既是逻各斯也是索菲娅。”[①]“如果在神的存在物里，在基督里，第一个被产生的统一就是神自身，是作为积极力量或逻各斯的上帝，如果在这个统一里我们拥有的基督是神的存在物自身，那么第二个被产生的统一就是人类的原则，是理想的或正常的人，我们给它一个神秘的名字——索菲娅。”[②]在索洛维约夫一生的不同时期，他对索菲娅的理解有所不同，实际上，他的索菲娅概念是相当模糊和庞杂的，据洛谢夫归

① 《索洛维约夫文集》，拉尼杰特出版社1994年版，第110页。

② 索洛维约夫《神人类讲座》，张百春译，华夏出版社1999年版，第118页。

纳，索洛维约大关于索菲娅概念的阐释竟有十种之多，从绝对的神的存在到理想的人类，从神秘的宗教象征到具体的诗歌形象。但无论如何，将索菲娅理解为神的人性构成、人性显现或人性存在，即“永恒温柔”，将索菲娅视为物质和观念的合成，是物质化的观念，或观念化的物质，是神的世界和自然世界之间的中介，这应该是索洛维约夫一个始终不渝的命题。更为重要的是，索洛维约夫还强调了这一形象的俄罗斯民族属性，他在《俄国与普世教会》一文中写道：“我们祖先的宗教艺术把‘智慧’同圣母和耶稣基督紧紧联系在一起，同时又与这两者有显著区别，把它描绘成一个特殊的神的形象。对于我们祖先来说，它是隐藏于低级尘世的可见事物背后的神圣本质，是复活的人类的光辉灿烂的灵魂，是大地的天使和保护神，是神的未来的和最终的体现。”“这样，除了把‘智慧’看作是个别的神或人——圣母和圣子而外，俄罗斯民族还喜欢把‘智慧’理解为神和普世教会的社会体现。”[①]在索洛维约夫之后，谢·布尔加科夫、弗洛连斯基、别尔嘉耶夫、别雷等人继续不断挖掘、丰富这一概念，使其成为俄国宗教哲学，乃至整个俄国文化的象征符号之一，从而构建起所谓的“索菲娅学”（софиология/sophiology，又译“智慧学”）。

关于神人、神人类和神权政治的学说，是索洛维约夫思想中的又一重要构成。索洛维约夫的哲学就其实质而言

① 转引自徐凤林《索洛维约夫哲学》，商务印书馆2007年版，第221页。

是一种宗教哲学，是一种新的基督教意识，他的学说的独特之处，就在于调和人与神之间的对立，谋求人和神的统一。索洛维约夫认为人是具有神性的，因为人是按照神的形象和样式被创造出来的特殊造物。在这里，索洛维约夫显然受到了欧洲那种始自古希腊罗马文明、经文艺复兴时期再至浪漫主义时代的“人的崇拜”之影响，但他在这一传统中注入宗教因素，从而形成了他新的基督教人道主义。就此一方面而言，索洛维约夫似乎在将世俗的人的学说神学化。另一方面，他认为神也是具有人性的，这一点的最好证明即作为神的化身的耶稣基督，作为精神的人，他身上既有神的特性，也有人的特性，是神和人的结合，亦即神人（богочеловек）。从这一方面来看，索洛维约夫似乎又在将神学世俗化，正因为如此，他的神人学说在当时遭到许多教会人士的拒绝，甚至至今仍被官方教会视为异端邪说。在《神人类讲座》中，索洛维约夫更将人类作为一个由神创造出来的、并且包含着神性原则的有机体，他在第二讲的结尾说道：“旧有的传统宗教形式的出发点是对上帝的信仰，但它未能将这一信仰贯彻到底。当今的非宗教文明的出发点是对人的信仰，但它是不彻底的，也未能将这一信仰贯彻到底。被彻底贯彻、最终实现的这两种信仰，即对上帝的信仰和对人的信仰，将在统一完整、充盈无缺的神人类真理中走向一致。”[①]这种实现了精神复兴的人类，就是神人类

① 《索洛维约夫文集》，拉里杰特出版社1994年版，第33—34页。

（богочеловечество）。索洛维约夫将神人类的学说运用于人类历史，于是发现，在基督降生之前，人类历史的具体走向就是使人获得神性；而在基督降生之后，历史进程的朝向则是神人类化；索洛维约夫将神人类学说运用于人类社会，则得出了神权政治的乌托邦模式。他认为神权政治时代将是人类社会在多神教时代和基督教时代之后的第三个阶段，亦为最后一个阶段，理想的阶段；在神权政治社会，神权、政权和先知权力构成“三种力量”，形成一种保障社会稳定、促进人类进步的平衡体系，教会、国家和地方自治会在道德、政治和经济领域各司其职，从而实现真正意义上的博爱、和平和正义。需要指出的是，晚年的索洛维约夫已逐渐意识到其神权政治说的乌托邦色彩，他虽然从未公开推翻此说，但他在《关于战争、进步和世界历史终结的三次谈话》等文中所流露出的深重的末世论情绪，则无疑构成对他雄心勃勃的神权政治蓝图的某种解构。

如何才能最终实现人的神圣化和神的人性化，并最终实现神权政治的理想社会呢？索洛维约夫因此提出了有机逻辑和完整知识的概念。索洛维约夫将存在划分为两类，即“存在”（бытие）和“实在”（сущее，又有“自在者”“存在物”等译法），前者是通常意义上的存在，后者在索洛维约夫处则意味着某种精神实质和意志主体，即“存在之力量”（сила бытия），若将“实在”称为“显现”（являющееся），存在就是“现象”（явление），两者间的关系即神与世界的关系，实质与现象的关系，而在两者间起连接作用的就是“有机逻辑”。“真正的逻辑承认我们的认识的各个因素都不是独立的（正如机体的各个部分都不是独立的一样），承认我们的所有认识领域都是相对的；该逻辑把绝对始原视为真正的中心，我们认识的周边地区因而能连成一片，其各个部分和因素能够得到统一和精神联系，整个认识成了一个实实在在的机体，因此这样的逻辑理所当然地被称为有机逻辑。”[①]借助此种逻辑，各种知识、各个领域产生关联，从而构成一种完整知识。“完整知识”的概念最早系由斯拉夫派思想家伊万·基列耶夫斯基提出，索洛维约夫对这一概念做了进一步的丰富和发展。在索洛维约夫看来，有史以来的传统哲学均为“抽象原理”，均是各自为政的，而“完整知识”则是“真正的哲学”（истинная философия），是人的认知和人类知识的集大成者。索洛维约夫提出的“完整知识”，至少包含着这样几层意思：首先，从方法论的角度看，完整知识是经验主义、理性主义和神秘主义等认知方式的统一；其次，从知识领域的角度看，它是哲学、科学和神学的统一；最后，从认知结果的角度看，它应该是感性、理性和经验的统一，是真善美的统一。索洛维约夫还将完整知识称作“自由的神智学”（свободная теософия），“神智学”一词在词源学意义上是与“哲学”相关联的，均以“索菲娅”为词根，如果说“哲学”意为

① 索洛维约夫《西方哲学的危机》，李树柏译，浙江人民出版社2000年版，第245页。

“爱智慧”，那么“神智学”则意为“智慧之圣化”，换言之，如果说哲学是对智慧的热爱，那么神智学就是对智慧的信仰。索洛维约夫为“神智学”加上“自由的”之定语，就是为了淡化其神学意义，并进而添加上理性成分和科学精神。索洛维约夫将“自由神智学”与“完整知识”相提并论，最终在《完整知识的哲学本原》一书中如此概括他的“完整知识”：“自由的神智学是神学、哲学和经验科学的有机综合，只有这样的综合，才能囊括知识的完整真理，舍此，则科学、哲学和神学只能是知识的个别部分或方面，即被割下来的知识器官，因此和真正的完整真理毫无共同之处。很清楚，从未知的综合的任何一个成分出发，都可以求得这种综合。因为真正的科学不能没有哲学和神学，同样，真正的哲学也不能没有神学和实证科学，真正的神学也不能没有哲学和科学，所以，这些因素中的每一个臻于完满的因素，都必须获得综合的性质，变成完整的知识。”①

就这样，以索菲娅说为核心构成，以神人类说和神权政治乌托邦为理想目的，以有机逻辑和完整知识为手段和形式，索洛维约夫最终构建起了他的万物统一哲学体系。一部俄国《哲学百科全书》中的“万物统一”词条这样写道：“一个哲学范畴（或理念和原则），它表达世界万物存在的有机统一，世界存在各构成部分的相互渗透和各自独立，尽管各有本质属性和个性，但它们彼此之间以及它们与整体之

---

① 索洛维约夫《西方哲学的危机》，李树柏译，第195页。

间仍具同一性。……万物统一作为弗·谢·索洛维约夫学说中的核心概念之一被提出，索洛维约夫的学说为万物统一哲学这一独特的俄国思想流派奠定了开端。”[①]索洛维约夫的万物统一，既指存在意义上神和人的统一，也指哲学、宗教、科学和艺术等不同学科的统一；既指认识论意义上感性和理性的统一，也指人、自然和信仰等不同范畴的统一；既是独具特色的哲学体系，也是具有实践意义的认知方式。万物统一不是指一种自然状态，与天人合一之类的说法有所不同，它指一种理想状态、终极目标和最高原则，在索洛维约夫看来，人类的目的，人类存在的最高意义，就是“肯定的万物统一理想”（“肯定的”又有“积极的”“正面的”等译法）之实现。将世间万物视为一个相互关联、和谐共生的有机体，这一观念由来已久，在东方的神话和宗教、在古希腊罗马的哲学中均可闻其先声，索洛维约夫在创建这一学说时，显然也对谢林的“同一哲学”、黑格尔的辩证法和斯拉夫派的“完整知识”等有所借鉴，但索洛维约夫的贡献在于，他将这一学说作为其学说总的核心，从不同的角度和范畴对其进行论证和阐释，以毕生的精力将其打造成一个哲学体系。而这一哲学体系的建立，则标志着俄国哲学的系统化、现代化之实现，标志着具有本土特色的俄国哲学学派之形成。在津科夫斯基的《俄国哲学史》的下卷中，作者用开

---

① 马斯林主编《俄国哲学百科全书》，阿尔格力特姆出版社2007年版，第106页。

头两章、约占全书1/7的篇幅论述索洛维约夫，并将始自索洛维约夫的俄国哲学发展阶段称为“创建体系的时期”。更有索洛维约夫文集的一位序者断言，由于包括索洛维约夫在内的一批俄国白银时代哲学家的活动，“俄国哲学复兴”（русский философский ренессанс）得以实现，“世界哲学的中心自19世纪70年代起转移到了俄国”[①]。

三

如前所述，作为索洛维约夫万物统一哲学体系核心构成之一的完整知识说，源自19世纪中期形成的斯拉夫派，由此不难看出索洛维约夫的思想与斯拉夫派观点之间的密切关联。索洛维约夫思想的形成期，大致与俄国思想史中斯拉夫派和西方派的激烈对峙期同时，也就是说，索洛维约夫的生活和创作始终处于两派争论的思想史语境之中，他必然会与这两大思想派别产生联系。但是，与他那个时代的大多数思想家不同，索洛维约夫的思想立场却很难被简单地划归两大阵营的任何一方。有人认为索洛维约夫的思想历程是一个由斯拉夫派转变为西方派的过程，这一归纳显然过于简单。诚然，索洛维约夫的思想和学术活动起步于对西方哲学传统的

① 《索洛维约夫文集》，拉里杰特出版社1994年版，第5页。

批判，即他的《西方哲学的危机》。在恰达耶夫1836年发表的《哲学书简》引发俄国知识界和思想界的分野之后，索洛维约夫在很长一段时间里无疑更亲近斯拉夫派，他从斯拉夫派的主要思想家霍米亚科夫、伊万·基列耶夫斯基等人那里继承了重要的思想资源。但是，在斯拉夫派理论家达尼列夫斯基的《俄国与欧洲》一书引起广泛的社会反响之后，索洛维约夫却针锋相对地亮出他关于俄罗斯民族特性和俄罗斯国家命运的理解和思考，逐渐与斯拉夫派拉开了距离。

达尼列夫斯基的《俄国与欧洲》于1869年起在杂志上连载，1871年出版单行本。作为一位曾任植物园园长的科学家，达尼列夫斯基认为人类文明的发展与动植物等生物体的生命过程相似，即由诞生至兴盛再到衰亡，世界历史的能动主体并非整个人类，而是文化历史类型，他由此提出他的“文化历史类型理论”。达尼列夫斯基归纳出包括埃及、中国、亚述、印度、伊朗、犹太、希腊、罗马、阿拉伯、欧洲等在内十余个“类型”，并认为各个类型均有其兴衰荣枯期。达尼列夫斯基认为，自19世纪中期起，最后一个文化历史类型，即欧洲类型，开始衰落，取而代之的将是以俄国为中心的东斯拉夫文化历史类型，因为，保证文化历史类型健康发展的基础有四个，即经济、艺术、宗教和道德，以往的文化类型大多是单基础的，只有欧洲类型是双基础的，即对经济和艺术的并重，而俄罗斯国家和民族的独特属性，即它的专制政体、村社精神、东正教信仰和道德意识，使俄国注定要成为欧洲文明的拯救者，以俄国为中心建立起的斯拉夫世界，将成为一个前所未有的“四基础文化历史类型”，这便是俄国的历史使命之所在。联系到此书的副标题，即《斯拉夫世界与日耳曼—罗曼世界的文化和政治关系考》，便不难看出，此书的目的就在于将俄国与西欧并列，并进而论证俄国较之于西欧的优越，至少是论证俄国较之于欧洲具有更为深厚的文化潜力和更为深远的历史使命。此书面世并未立即引起反响，但在作者去世后的19世纪80年代，此书却激起很大反响，被视为泛斯拉夫主义的重要思想来源之一，斯特拉霍夫称之为“斯拉夫派的准则或法典”。索洛维约夫读了此书后却不以为然，他同样以《俄国与欧洲》为题写作一篇政论，公开抨击达尼列夫斯基的观点。索洛维约夫认为，达尼列夫斯基的文化历史类型试图取消人类历史发展的统一性和有机性，试图以某一类型的孤立发展取代世界历史的普遍性，而将俄罗斯民族和斯拉夫民族视为完全不同于西欧的最完善的文化历史类型，更是一种狭隘的民族主义立场。索洛维约夫认为，各种文化、各种文明之间的关系，并非相互隔绝的不同种类之间的并列关系，而是同一整体的各个部分之间的有机联系，任何一个文化历史类型均始终处于与其他类型的相互作用之中，因此某一类型的特殊优势和精选地位便无从谈起。索洛维约夫相信，“真理的太阳”会像“实在的太阳”一样，毫无差别地照耀着所有民族。包括斯特拉霍夫等人在内的许多斯拉夫派出面反驳索洛维约夫，哲学史家们大多认为，索洛维约夫与斯拉夫派的蜜月期就此终止。

但令人颇为诧异的是，索洛维约夫在此前后就俄罗斯民族的特殊属性和特别使命等问题发表的许多看法，却与达尼列夫斯基在《俄国与欧洲》一书中提出的观点有诸多相似之处。在《完整知识的哲学本原》（1877）的开头，索洛维约夫这样写道：任何哲学必须回答的首要问题，即存在的目的问题，无论单个的人还是整个人类，都面临这一终极目的。接下来，索洛维约夫便将这一存在的目的问题摆到了俄罗斯民族的面前。他认为，俄罗斯民族的存在目的，即成为“神的潜力的体现者”，是除东方力量、西方力量之外的“第三种力量”，即斯拉夫力量的主要代表。“能够赋予人类发展以绝对内容的第三种力量，只能是崇高的神的世界的天启，而这种力量借以显现的那些人，那个民族，必定是人类和超人类现实之间的中介者，是这种超人类现实的自由和自觉的工具。这样的民族不应有任何特殊的有限使命，它的使命不是研究人类存在的形式和因素，而只能是传递活的灵魂，通过把人类和整个神圣的本原结合起来的途径，使支离破碎半死不活的人类，凝聚成一个整体。这样的民族不需要任何特殊的优点，无须任何特殊的力量和外在的天赋，因为它的行动并非出自自身，也不是在实现自我。只要求这个民族——第三种神的潜力的体现者——摆脱一切局限性和片面性，超越狭隘的特殊利益；要求它别一门心思在生活和活动的某个个别低级领域确认自己；要求它心平气和地对待这整个生命及其细小的利益，对崇高的世界的肯定的现实要充分信赖，对该世界要抱着听其自然的态度。这些特性无疑专属斯拉夫民族性格，尤其是俄罗斯民族的民族性格。”[①]在索洛维约夫看来，先后左右人类历史发展的两种力量，即“穆斯林文明”和“西方文明”已日薄西山，而以俄国为主导的第三种力量则是一种肩负使命的拯救力量，俄国介乎于东西方之间的“中间位置”不仅使它可以缓冲、调和东西方两种文明的冲突，更可以使它获得一种对两种文明进行综合并进而形成新的综合的可能性，这便是俄罗斯民族的弥赛亚使命。由此，他为俄国确立了一个新的“道德位置”，让它实现在精神上拉近、调和东西方文明的伟大使命。如果说，恰达耶夫的《哲学书简》是俄国西方派的思想宣言，意在论证俄国走西欧发展道路的必要性和必然性，达尼列夫斯基的《俄国与欧洲》是斯拉夫派学说的理论基础，旨在论证俄国发展道路的特殊性和优越性，那么，索洛维约夫在其一系列著作中所提出的方案，则显然是为了调和西方派和斯拉夫派之间的思想对峙，并在综合东西方文化和文明的基础上发现俄国和俄罗斯民族的存在意义。索洛维约夫的立场究竟是西方派还是斯拉夫派，这个问题似乎是没有意义的，我们同意这样的说法，即“他在任何时期都既非斯拉夫论者，也非西方论者”[②]，或者说，他始终都既是斯拉夫派又是西方派，是一位试图调和、糅合两派主张的思想家。在斯拉夫派和西方派激烈争论的19世纪中后期，索洛维约夫是为数不多超越两派

① 索洛维约夫《西方哲学的危机》，李树柏译，第188—189页。

② 徐凤林《索洛维约夫哲学》，商务印书馆2007年版，第261页。

营垒的大思想家，这不仅是就他对东西方文化所持的独特看法而言的，更是因为他率先对俄罗斯民族和文化的独特属性做出了归纳和界定，为俄罗斯国家和民族发展的“第三条道路”指明了朝向。甚至可以说，索洛维约夫在当时俄国社会语境中所做的思考和表达，使得斯拉夫派和西方派两者间的对立有所消解，使得欧亚主义学说的萌芽在思想史的层面得以确立，俄国的“第三条道路”由此成为斯拉夫化和西化之外的又一选项。

索洛维约夫面对东西方宗教、亦即东正教和天主教的态度，也同样体现出某种矛盾性、双重性，或曰兼容性。索洛维约夫在家中12个孩子中排行第四，他因为早产身体虚弱，出生两月后才去东正教堂接受洗礼。索洛维约夫的爷爷是神父，受虔诚信教的家庭氛围影响，索洛维约夫自幼充满宗教情感。但13岁时，索洛维约夫却经历一场“宗教危机”，他在自传中写道：“我不仅开始冷淡我先前一向热衷的教堂礼拜，甚至真的着手破坏圣像，把我房间里的几幅圣像扔进了窗外的泔水坑。”[①]大学毕业前后，他转而认真面对宗教问题，前往神学院旁听一年。与斯拉夫派接近的那段时间，也是索洛维约夫东正教信仰体现得最为显明的时期，如同他对西方哲学所持的批评态度，他认为以天主教为代表的西方宗教是反基督传统的体现者。19世纪80年代，为实现自己的神权政治主张，索洛维约夫主张东方和西方教会

① 《索洛维约夫文集》，拉里杰特出版社1994年版，第8页。

的重新联合，他转而接近天主教，亲往萨格勒布会见天主教主教施特罗斯迈尔，并在萨格勒布和巴黎先后出版《神权政治的历史和未来》《俄国与普世教会》等书，将神权政治的使命完全寄托于西方天主教，并称俄国东正教会为"僵死的教会"，这使得俄国内外的人士普遍认为，索洛维约夫的宗教信仰已由东正教转向天主教，还有传闻说，他曾在天主教堂重新受洗。在索洛维约夫与东正教会关系最为紧张的时期，他的作品甚至被认为是亵渎东正教的，他的《俄国和普世教会》一书出版后，索洛维约夫更被禁止在俄国发表任何与宗教相关的文字。然而，洛斯基在《俄国哲学史》中写到索洛维约夫的时候，却花费不少篇幅来"证明索洛维约夫是一个笃信东正教的人"，比如，1886年，索洛维约夫自萨格勒布回国后曾致信大司祭安东尼，称"我回到俄国时要比离开它时更为信奉东正教了"；再比如，索洛维约夫临终时坚持让一位东正教神父为他举行圣餐仪式。在肯定索洛维约夫"从生到死都是一个东正教徒"的同时，洛斯基也言及，索洛维约夫提出的神权政治乌托邦理想，是"迈出了既得不到东正教教会也得不到天主教教会首肯的一步"[①]。如果说，索洛维约夫在东正教和天主教之间的确有过左右摇摆和举棋不定，或者如果说，索洛维约夫究竟是一位天主教徒还是东正教徒，这尚为一个存在争议的问题，那么，其

---

① 洛斯基《俄国哲学史》，贾泽林等译，浙江人民出版社1999年版，第109—110页。

原委其实倒不难理解，即索洛维约夫试图在东方和西方两种基督教之间谋求平衡，寻找关联，并最终实现两者的结合；而他的普世教会和神权政治的理想，说到底，其实也是试图为俄国和俄国教会谋得更大的施展空间和更高的精神地位。

索洛维约夫的“三种力量说”提出之日，正是俄土战争激烈进行之时，当时的俄国社会弥漫着浓烈的爱国主义、甚或民族主义情绪，索洛维约夫认为俄罗斯民族肩负着特殊的历史使命，这一看法的提出与当时俄国的社会语境或许不无关系，他当时曾以《三种力量》为题做过一次公开演讲。但是，“关于俄国在世界历史中的存在意义问题”，却始终是索洛维约夫思考的中心问题之一，而索洛维约夫的思考路径，就是俄国在基督教世界的地位、价值和意义。在1888年用法文在法国发表的《俄罗斯理念》一文中，索洛维约夫认为，俄罗斯民族的存在意义就在于其肩负的宗教使命。从俄国的历史看，弗拉基米尔大公接受基督教，俄罗斯人主动邀约瓦兰人入主罗斯，均体现出了其宽宏大量的民族天性；从俄罗斯人的生活态度看，他们淡泊物质利益，注重静观和内省，是真正的“基督教民族”；从国家体制上看，以集体向心力为基础的专制制度则为东西方教会的统一和普世教会的建立奠定了社会基础。因此，“俄罗斯理念，俄罗斯的历史义务要求我们承认我们与普世的基督大家庭的不可分割的联系，要求把我们所有的民族天赋，我们帝国的所有能力，都用在对社会三位一体的彻底实现上……在人间恢复神的三位一体的真正形象，这就是俄罗斯的理念。这个理念自身没有任何片面的和分裂的东西，它只是基督教理念的新侧面，要实现这个民族使命，我们不需要反对其他民族，而应该与它们一起，为了它们，俄罗斯理念是正确的，其伟大证明就在这里”。[①]斯拉夫派通常将虔诚的宗教感视为俄罗斯民族最突出的精神属性之一，即所谓“聚合性”，东正教在俄罗斯民族和国家发展过程中的强大作用因而得到强调，“东正教、专制政体和民族性”的三位一体学说在提出之后始终影响深远。索洛维约夫却认为，在俄国近代以来的历史中，教会其实始终处在国家的控制之下，即政权大于神权，俄国教会的影响力和凝聚力其实呈逐渐下降之趋势，而俄国所处的独特地理位置，后起的俄国在不断扩张的过程中所遭遇的强大对抗，以及俄国为捍卫国家的完整和统一所必须付出的巨大代价，这一切都在不断地强化俄国的国家性，国家性因此取代宗教性成为俄罗斯社会和历史中的最重要因素。一方面，是俄国国家政权的强大和东正教教会的相对附属地位，另一方面，是西方教会的强大影响力和西方社会中人的信仰对神的信仰构成的威胁，这使得索洛维约夫意识到，理想的社会模式，就应该是由俄国君主制与天主教教皇组成的联盟形式，即“自由的神权政体”。

“力求对作为一个整体的现实做出彻底的认识和形而上

① 索洛维约夫《神人类讲座》，张百春译，华夏出版社1999年版，第206页。

学学说的具体性，这些乃是俄国哲学思想的特殊特征。这些特征又为索洛维约夫的哲学体系所特有。”[①]将俄国和欧洲的关系置入作为整体的世界历史进程，从形而上学的角度考察俄国的命运，强调俄罗斯民族的神性特质及其因此而具有的包容性和合成性，索洛维约夫因此论证了俄罗斯国家和民族的存在意义。索洛维约夫的这一观点，既是俄罗斯民族传统的弥赛亚意识在新的历史阶段的再度显现，反过来，它在特殊的历史阶段又空前地确立、强化了俄罗斯民族的弥赛亚意识。应该说，这是在哲学层面、思想史层面关于俄罗斯民族特殊使命的最早表述之一。从人类存在终极意义的角度来探讨俄罗斯民族的特殊属性和精神潜力，并进而对俄罗斯国家的命运和俄罗斯民族的使命做出归纳和界定，索洛维约夫的这一举动，既是他作为俄罗斯民族的精神先知发出的殷切召唤和热烈希冀，同时也是俄罗斯民族自我意识觉醒的标志之一，是俄罗斯思想欲获得自我确立和释放的具有转折意义的举动之一。索洛维约夫对俄罗斯民族特殊使命、俄罗斯国家特殊道路的探索，他试图在东西方文化间谋求平衡并进而为俄罗斯文化谋得独立存在意义的尝试，对后世的俄国思想家产生了深远的影响，别尔嘉耶夫的俄国文化的“东西方构成说”，20世纪20年代的“路标转换派”，尼古拉·特鲁别茨科依、萨维茨基等人提出的“欧亚论”，以及列夫·古米廖夫的“新欧亚论”，乃至利哈乔夫的俄国文化的“斯堪地纳

① 洛斯基《俄国哲学史》，贾泽林等译，第120页。

斯拉夫”结构等，或许均从索洛维约夫的这一思想文化立场汲取了资源和启迪。

四

索洛维约夫思想的最大特征，或许就是其综合性。徐凤林指出：“思想家索洛维约夫区别于同时代哲学家的显著特点是实现了广泛的综合，在这种综合中创造出了一种别具一格的哲学学说。”[①]“综合”是索洛维约夫作品中出现频率极高的一个词汇，他的哲学被人称为“综合哲学”，他也自称他的学术理想就是实现“大综合”，津科夫斯基在其《俄国哲学史》中还注意到索洛维约夫使用的另一术语，即“有机体结合”（сизигия，又译“生动的结合”）。索洛维约夫喜欢在他的诸多重要概念前添加定语，如“自由的神智学”“有机的逻辑”“绝对的实在”“肯定的万物统一”等等，这样的表达方式是一种确定和限定，更是某种内在的综合企图之外在显现。谢尔盖·布尔加科夫曾说：“索洛维约夫的体系是哲学史上所曾奏响的音色最为饱满的一组和弦。”

“音色最为饱满的和弦”，这既是就索洛维约夫哲学体系的来源和内涵而言的，亦指其结构和表达方式。津科夫斯

① 徐凤林《索洛维约夫哲学》，第19页。

基在其《俄国哲学史》中对这组“和弦”的构成细针密缕，从中分辨出六大旋律，即：①19世纪60年代俄国社会“对于进步的信仰”；②索洛维约夫本人用哲学“改造”基督教神学的强烈愿望；③斯拉夫派的“完整知识”理念；④对历史的非凡敏锐的感受（津科夫斯基就此感慨：“索洛维约夫是历史学家的儿子这一点绝非偶然。”）；⑤神人类概念；⑥作为其哲学灵感来源之一的索菲娅理念。津科夫斯基总结道：“索洛维约夫的体系的确是对其种种理念加以有机综合的一次尝试。”接下来，这位哲学史家又对索洛维约夫所受影响的来源进行梳理，列出长长一串名单：外来的影响有斯宾诺莎（索洛维约夫称之为他的“哲学初恋”）、康德、费希特、叔本华、哈特曼、谢林、黑格尔，还有卡巴拉学说和神秘主义；俄国本土的影响则为斯拉夫派（尤其是霍米亚科夫和基列耶夫斯基）、恰达耶夫、费奥多罗夫、尤尔凯维奇和库德里亚夫采夫等。洛斯基在他的《俄国哲学史》中则写道：“索洛维约夫哲学主要是在以下一些学说的影响下形成的，这些学说有：他的老师尤尔凯维奇教授（莫斯科大学）的基督教柏拉图主义，谢林在他的《神话和启示哲学》中所阐发的有关绝对物与世界的联系的学说，以及他的有关自然界朝创造绝对机体方向发展的自然哲学学说。索洛维约夫对完整知识的具体原则和条件的研究，无疑是与斯拉夫主义者基列耶夫斯基和霍米亚科夫的思想相联系的。”[①]徐凤林在

① 洛斯基《俄国哲学史》，贾泽林等译，第158—159页。

梳理索洛维约夫万物统一论的哲学史源头时也写道："从古希腊开始，哲学思维就在探求多样性世界的统一本原，或认识存在的共同的形而上学原则。在一定意义上可以说，柏拉图的'理念世界'、普罗提诺的'太一'、斯宾诺莎的'实体—神'、神秘主义者的'世界灵魂'、谢林的'同一哲学'，等等，都是'万物统一'思想的不同表达。"[1]可以说，索洛维约夫的哲学体系，本身就是俄国和世界相关理论和学说的集大成。

索洛维约夫一生的思想探索过程也是充满起伏和变化的。洛谢夫为索洛维约夫一套文集作了题为《弗拉基米尔·索洛维约夫的创作道路》的序言，他在这篇序言的结尾写道："弗·索洛维约夫的哲学发展经历了这样一条道路，即始自心平气和的理论思考，经历躁动不安的教会和政治探索，再经浪漫的自然主义乌托邦及其对进步的信念和之后的完全失望，直至关于整个文明即将谢幕和死亡的惊人预言。"[2]这些"多变"，既体现了索洛维约夫思想探索过程之艰难和深刻，同时也是其思想的多元构成之表露。他的思考涵盖哲学、神学、史学、美学、政治学、社会学、伦理学、文艺学等多个领域，他同时用哲学著作、政论、对话、诗歌等不同体裁进行创作，他的关注对象既有现实问题也有宇宙意识，既有教会合并运动也有上帝的绝对存在，既有"爱的

① 徐凤林《俄罗斯宗教哲学》，北京大学出版社2006年版，第111页。

② 《索洛维约夫两卷集》，莫斯科思想出版社1988年版，第1卷，第32页。

意义”也有“自然之美”，他的思想内涵和表达方式均体现出罕见的综合性。索洛维约夫用哲学的手段来解决神学和美学问题，反过来，他又为哲学和艺术注入了宗教内涵，他的终极关怀和综合思维是目的也是手段，是世界观也是方法论。“像索洛维约夫哲学这样的哲学体系有很大的优点。即使这些理论并没有最终解决宇宙之谜，但它们起码明白而简单地指出：人类理性拥有成功解决把有关世界的高级方面和低级方面的诸学说结合为一个统一整体这样问题的方法和手段。”[①]徐凤林曾用一段热情洋溢的排比句式来归纳索洛维约夫及其思想的特色：“除了索洛维约夫之外，似乎没有哪一位哲学家提到了绝对者的身体或永恒的身体；没有哪一位基督徒能说出，人之所以高于无形体的天神是因为人有肉体、有身躯，能够为自己和为他人而斗争，拥有选择的自由；没有哪一位宗教哲学家或非宗教哲学家能够教导说，神性不仅在个体，也在社会结构；没有哪一位神秘主义者相信社会政治进步是必然的和受神性制约的；也没有哪一位当时的哲学家因对自由资本主义的进步观如此失望以至于以末世论来结束自己的体系；没有哪一位神秘主义哲学家能够如此明确地认识到，观念不能离开事物而存在，无论它有多么高尚，哪怕它是上帝本身；没有哪一位社会政治思想家能够把自己的社会思想追溯到古代俄罗斯民族的‘智慧’象征；在20世纪世界灾难的前夜，没有哪一位思想家、作家、诗人和社会政

① 洛斯基《俄国哲学史》，贾泽林等译，第135页。

治活动家能够为当代文明的瓦解和预感到人类的空前分裂而惶恐不安。当然，如果利用历史的显微镜和放大镜，也许可以在某些其他思想家那里找到上述成分，但这并不影响索洛维约夫整个哲学的独有特色。”[①]索洛维约夫思想所具有的这一“独有特色”，既是就其思想的内容构成而言的，无疑也是就其方法论特征而言的。索洛维约夫的哲学体系和它的建构方式，他的思想内涵和它的表达方式，这两者高度契合，即两者均呈现出高度的概括性和综合性。

索洛维约夫的理论建构方式有一个显著的特征，即他十分热衷“三”的组合，比如：他在《善的证明》中将人的道德本性归结为人的三种内在感受，即“羞耻、怜悯和崇敬”；他在《爱的意义》中依据索取和奉献在爱中所占的不同比例将爱划分为三种，即“奉献的爱、索取的爱和平等的爱”；他心目中的自由神智学即神学、哲学和科学的有机综合；他将神权政治的理想社会结构设计为教会、国家和社会的三足鼎立；他的伦理学巨著《善的证明》更被认为有着“贯穿全书的三段式”。在《完整知识的哲学本原》一书中，他认为“自在的人之本性呈现出三种基本存在形式，即感觉、思维和能动的意志”；他将哲学划分为三大类型，即“经验主义、理性主义和神秘主义”；他在此书中还给出这样一份图表：

① 徐凤林《索洛维约夫哲学》，第223页。

	创造领域	知识领域	实践活动领域
	主观基础：感觉	主观基础：思维	主观基础：意志
	客观原则：美	客观原则：真	客观原则：一般的善
绝对层面	神秘	神学	精神社会（教会）
形式层面	高雅艺术	抽象哲学	政治社会（国家）
物质层面	技术工艺	实证科学	经济社会（自治会）

这份图表是索洛维约夫的完整知识的结构图，也是他以三段式、三分法等方式谋求综合的方法论之最为典型的体现之一。此外，我们还发现，索洛维约夫的多部作品均以“三”为题，如《关于陀思妥耶夫斯基的三次演讲》《三种力量》《三次相会》《关于战争、进步和世界历史终结的三次谈话》等，甚至连他的一生创作也能被较为清晰地划分为三个分期。索洛维约夫对“三”的热衷，显然是受黑格尔三段论的影响，与基督徒意识中根深蒂固的“三位一体说”恐怕也有关联，但这样一种“正反合”的思维结构和相应的表达，也同样是一种趋向综合的愿望之体现。

索洛维约夫接受了多方面的影响，而他的综合哲学自身所产生的影响也是多面的，广泛的。作为一位杰出思想家，他的讲座和政论对他所处时代和社会的政治、宗教和文化等领域均产生了重大影响，他的思考和著述也成为他身后俄国哲学、神学和艺术范畴的珍贵文献。索洛维约夫的综合性影响，首先就体现在他思想的跨领域、跨时代辐射上。如今回首梳理19世纪末、20世纪初的俄国白银时代文化运动，我们发现，俄国现代哲学体系的形成和俄国现代主义文学的勃兴是其中最重要的两大构成，而我们又不无惊讶地意识到，索洛维约夫竟同时成为这两大文化构成之最为重要的思想源泉。作为万物统一哲学体系的奠基者，索洛维约夫对他同时代和稍后的一大批俄国哲学家，如谢·布尔加科夫、别尔嘉耶夫、特鲁别茨科依兄弟、弗洛连斯基、舍斯托夫、弗兰克、斯捷蓬、洛斯基、洛谢夫等，均产生了程度不等的影响，使得俄国宗教哲学得以自立于世界哲学之林；索洛维约夫的美学和艺术思想，他对艺术的宗教感、神秘性和纯美化的鼓吹，尤其是他对于索菲娅形象的理论建构和具体描绘，为作为俄国白银时代现代主义文学之先声的象征主义诗歌提供了源源不断的灵感源泉，勃洛克、别雷等象征派大诗人均将索洛维约夫视为精神导师，而索洛维约夫本人包括《三次相会》在内的诗作和其他体裁的文学作品，更被视为俄国现代主义文学史中的佳作。在索洛维约夫离世百年之后，随着白银时代的文学和文化价值重新得到发掘和研究，索洛维约夫作为白银时代精神领袖的形象也越来越清晰地呈现了出来。

索洛维约夫也是俄国思想的方法论传统的奠基者之一，在他之前，罗蒙诺索夫、恰达耶夫、赫尔岑、别林斯基、车尔尼雪夫斯基、陀思妥耶夫斯基、费奥多罗夫等人已经以他们广博深邃的思考方式为俄国思想传统奠定了基础。将思想的视野投向整个世界，乃至整个宇宙，把针对现实的批判意识与关于未来的乌托邦理想融为一体，对人的生活进行形而上学的拷问，将人类的存在价值和意义当作终极关怀，这便是俄国思想的总体特征。索洛维约夫大学毕业时立下的学术志向，便是“借助基督教学说积极促进世界之改造，将基督教的‘绝对’真理带入人们的意识”。这一思想传统的形成，首先自然与俄国所处的地理位置相关，一方面，世界上最为广袤的国土使其居民更具大空间意识，他们关于自然和宇宙的认识相对而言或许就更具概括性和总体性；另一方面，地处东方和西方文化的接壤处，两种文化传统和思维方式的碰撞和交融也在片刻不停地强化俄罗斯民族的综合意识。其次，作为欧亚大陆上的后起民族，俄罗斯文化在诞生之初便已面对东方和西欧诸多业已发达的强势文明，一方面，这使得它有十分丰富的成熟文化可供借鉴，有现成的不同传统可资综合；另一方面，后起民族的文化心态也始终在刺激、促使俄罗斯民族的文化人殚精竭虑，发愤图强，以便尽快融入世界的思想大家庭。最后，自公元988年接受基督教起，俄罗斯国家和教会一直致力于向其国民灌输“正教”精神和弥赛亚意识，一方面，这种意识理所当然地成为有助于俄罗斯帝国不断扩张的官方意识形态；另一方面，俄国越来越大的疆土以及因为要捍卫这片疆土而产生的不安、焦虑和紧张，也成了俄罗斯民族集体无意识的重要构成之一。这些因素交叉作用，对俄罗斯思维范式和思想传统的形成和流布产生深远影响，而这一范式和传统则是造就“宇宙主义的”“帝国规模的”思想大家的重要前提之一。在索洛维约夫之后的20世纪，俄国又涌现出了齐奥尔科夫斯基、维尔纳茨基、巴赫金、利哈乔夫、洛特曼、萨哈罗夫和索尔仁尼琴等“索洛维约夫式”的大思想家。

索洛维约夫出现在俄国思想发展过程中的一个关键时段。索洛维约夫出生在一个伟大的历史学家之家，他那位历史学家父亲终日不懈撰史，每年出版一卷，最终出齐了29卷本的《有史以来俄国史》，这一举动即已表明，俄国的学术传统当时已十分深厚，俄罗斯民族的历史意识已经成熟。索洛维约夫的硕、博士论文分别是《西方哲学的危机（驳实证论者）》和《抽象原理批判》，这两个命题的提出本身即已具有重大意义，标志着俄国哲学人和思想界的觉醒，索洛维约夫这位初出茅庐的哲学家身上无疑已经体现出了年轻的俄国哲学的冲击力。索洛维约夫从对西方哲学的批判开始其学术生涯并赢得广泛赞誉，这至少表明：第一，他以及与他同时代的俄国知识分子对西方哲学和西方学术传统已有深入细致的了解；第二，他和他们已经具有强烈的学术自信心，甚至已经具有自觉的文化独立意识，力图建立独立的民族学术人格。索洛维约夫从批评西方哲学的抽象主义和唯理论起步，这恰恰表明他和他的哲学汲取了西方哲学所具有的怀疑精神、理性取向和批判传统，他其实是在用西方的哲学方式构建他的“俄国化”或“东方化”的哲学体系；他对西方哲学的质疑出现在西方哲学在俄国广泛传播、开始结出硕果的时候，恰恰表明了俄国自身哲学精神和思想能力的觉醒和成熟；索洛维约夫虽然以质疑、批判西方哲学的唯理论和经验论起家，可他的思考过程和思想结果却是充满理性精神的，

“索洛维约夫现象”的出现，实为俄罗斯民族意识觉醒、俄国知识分子智性成熟的标志之一。索洛维约夫哲学和思想最为突出的方法论意义就在于，他试图在西方的分析传统和东方的综合传统之间谋得某种调和，实现客观和主观、理性和感性、物质和精神、抽象与具体、真理和信仰、推理和艺术等等的统一，更确切地说，他注重的是这诸多“两者”之间的关系和联结。就这样，在思维方式和方法论上，索洛维约夫试图为处于东方和西方两种文化传统的俄国另辟蹊径，在西方的分析传统、实证方法和东方的综合传统、经验方法之外再寻觅一个出路，以彰显俄国文化和思想的独特性和自在意义。索洛维约夫既源于俄国特定的历史阶段，又成为该历史阶段的典型显现，他既是俄罗斯民族意识发展到一定阶段的自然结果，反过来，他的出现也凸显、强化了俄罗斯民族融东西文化属性为一体的文化合成特性。

有人曾将普希金誉为俄国文学和文化中的彼得大帝，因为普希金完成了创建俄国文学语言、奠定俄国文学传统的基业；同样，我们也可将索洛维约夫视为哲学和思想领域的普希金，因为索洛维约夫完成了俄国现代哲学的奠基性工作，他的思考及其表达方式，标志着俄国知识分子理性精神的成熟、俄罗斯民族现代意识的觉醒，以及俄罗斯民族“帝国规模”思维传统的形成。

索洛维约夫的好友叶夫盖尼·特鲁别茨科依（索洛维约夫就是在他哥哥家的庄园去世的）在回忆索洛维约夫的时候

深情地写道："他近视到所有人都能看到的东西他却看不到的程度。浓眉下眯缝着的双眼，看近处的东西都很困难。然而当他向远处张望时，他却好像能够洞穿外在感觉所感知的事物的外表，并看到某种视界之外的东西，而这种东西对所有人都是隐蔽着的。他的双眼闪着某种内在之光，并直指精神深处。"[①]我们也可以模仿叶·特鲁别茨科依的句式写道：终身未娶的索洛维约夫，最终迎娶了俄国哲学中的"智慧女神"索菲娅；一直居无定所的索洛维约夫，最终在俄国思想史中觅得一处高悬"万物统一"牌匾的永久居所。

（原载《俄罗斯研究》2014年第4期）

① 洛斯基《俄国哲学史》，贾泽林等译，第111页。

别尔嘉耶夫：俄国的“命运”和“思想”

在20世纪初白银时代的俄国文化中，尼古拉·别尔嘉耶夫占据一个重要位置：作为俄国宗教哲学的代表人物，作为宗教存在主义和人格主义理论的奠基者，他是那个时代刚刚开始成熟的俄国现代哲学的标志性人物之一；作为伊万诺夫的沙龙“象牙塔”的主持人之一，作为革命前后作家协会的三位领导人之一，作为当时最有影响的《新路》《生活问题》等杂志的主编，他积极投身于后来被他自己定义为“俄国文艺复兴”的白银时代文化活动，流亡德、法之后，他又将白银时代的文化薪火传播到欧洲，从而成为那个灿烂文化时代最突出的“幸存者”之一。在中国，别尔嘉耶夫是知名度最高的俄国哲学家之一，他的《俄罗斯命运》和《俄罗斯思想》两书也早已有中译本，并一直是被广泛阅读的外国思想名著。通过对他的这两部代表作的阅读，我们不仅可以对别尔嘉耶夫的思想有一个大致了解，同时也能加深对俄国的民族性格、文化结构和历史命运的理解和认识。

一

《俄罗斯命运》是别尔嘉耶夫离开俄国之前的最后一部重要著作（在他被驱逐出境之前于1921—1922年在彼得格勒出版的《陀思妥耶夫斯基的哲学》和《复兴的终结》两书，其写作年代其实在《俄罗斯命运》之前），而《俄罗斯思想》则是他最后一部完成了的著作（在《俄罗斯思想》之后写作的《人的王国和恺撒的王国》一书没有完成），这两部著作分别是别尔嘉耶夫早期和晚期创作的总结之书，它们跨越30年的时间，跨越俄国和法国之间的空间，构成一种独特的呼应。

在俄国思想史中，别尔嘉耶夫以睿智的思维、独特的个性和多产的创作而著称，但同时，他在思想探索过程中的多变，他的理论所体现出的某种折中主义色彩，他的观点所包含的某些矛盾，也是常常被人提及的。别尔嘉耶夫思想的多元，或许部分地来自他复杂的传记，他在自传《自我认知》中不无伤感、又充满自信地写道：“我经历过三次战争，其中两次是世界大战，我经历过两次革命，一大一小，我经历过世纪初的精神文化复兴运动，然后是俄国共产主义、世界文化的危机、德国的政变、法国的崩溃和被占领，我经历过流亡，我的流亡生涯至今仍未结束。我痛苦地领略过一场反对俄国的恐怖战争，而我至今还不知道，世界性的动荡将以何种方式结束。对一个哲学家而言，我有太多的意外：蹲过四次监狱，两次在旧制度下，两次在新制度下，被判处流放北方三年，有过一次永远流放并移居西伯利亚的审判，被逐出自己的祖国，或许，我将在流亡中结束一生。同时，我从来都不是一个政治人物。我和许多事物都有关系，但实际上，在深层次上，我不归属于任何事物，根本不献身于任何事物，仅有创作例外。我不仅对社会问题怀有兴趣，而且还时常为它们操心，我拥有‘公民’情感，但实际上，在最深刻的意义上，我是非公益的，我从来都不是一个‘社会活动家’。各个社会团体也从来不把我看作地道的自己人。我永远是一个精神土壤上的‘无政府主义者’和‘个人主义者’。”

从少小时的家庭影响和教育背景上看，别尔嘉耶夫就有一种“综合性”的继承：父亲一方的俄国文化和东正教传统，以母亲为代表的法国文化和天主教传统，合成了别尔嘉耶夫的世袭文化基因；军人家庭的氛围和武备学校的尚武风尚，以及德国哲学的深邃境界和宗教精神的神秘王国，这反差极大的两个世界同时构成了少年别尔嘉耶夫的生活天地。别尔嘉耶夫后来的一生传记，也似乎就是这类反差的进一步强化和外化：他是俄国最早的马克思主义者之一，但是他后来的思想历程却被列宁不无讽刺地称为“从马克思主义向自由主义的进化”；他是一个清醒的、充满怀疑精神的哲学家，可他却在晚年“回归东正教”，其面对宗教的“虔诚”在众多俄国知识分子中引起反感，甚至愤怒；别尔嘉耶夫的思想和行为中都体现着强烈的“酒神精神”，但所谓的“基督教理想”却又是他的终极目标；作为一位活跃的思想家，他与白银时代的许多大家都有过非同一般的交往，但出于思想上的分歧，他却先后与梅列日科夫斯基夫妇、谢尔盖·布尔加科夫等人决裂；他是巴黎俄国侨民界的思想领袖之一，但在第二次世界大战之后他对苏维埃俄国的好感，却使他被侨民界视为“叛徒”……许许多多的概念都可以用来界定别尔嘉耶夫的哲学，如“宗教哲学”“自由哲学”“个性哲学”“人格主义”“文化哲学”“末世论”“宗教存在主义”“新宗教意识”“神秘主义的现实主义”“普世主义”“合法的（批判的）马克思主义”，等等，而他本人也相应地被冠上了形形色色的“复合”称谓（有些也是他的自称），如“20世纪俄国的黑格尔”“忏悔的贵族”“自由的囚徒”“自由的圣徒”“自由精神的骑士”“红色哲学家”“躁动不安的先知”“信教的自由思想者”，等等。所有这些概念和称谓，都再好不过地体现了别尔嘉耶夫及其思想的综合性质和折中主义性质，如果要给他的哲学下一个比较贴切的定义，那也许就是“宗教存在主义和人格主义基础上的个性和自由的哲学”，别尔嘉耶夫曾将俄国哲学的特色归纳为“对知识和信仰的调和”，作为一位俄国哲学家的别尔嘉耶夫，其哲学似乎正是这样一种调和的样板。

《俄罗斯命运》和《俄罗斯思想》这两部分别写于20世纪之初和中叶的书，都体现了别尔嘉耶夫思想的这种包容性。《俄罗斯命运》是一部论文集，它有这样一个副标题：《19世纪及20世纪初俄国思想的若干基本问题》，此书以历史为经，以若干问题为纬，是对俄国思想发展史的一个梳理。《俄罗斯思想》则是一部以百余年间俄国思想发展史为描述对象的史著。写作《俄罗斯命运》时的别尔嘉耶夫是一位风华正茂、驰骋文坛的领袖型知识精英，而《俄罗斯思想》的作者已经是一位在异国他乡咀嚼人生和岁月的老年哲人；《俄罗斯命运》似乎是在战争和革命的年代面对祖国和民众发出的警言和预言，而《俄罗斯思想》则像是在宁静的岁月中对智性历史的总结和归纳。然而，将这两本有诸多不同的书对照阅读，我们却发现，这两本书中关于俄罗斯民族性和俄国文化的论述却是基本相同的，考虑到其作者充满变化和否定的思想历程，考虑到横亘在两书之间的30余年时间，这个发现是令人惊讶的。而在两书的内容中最少遭到作者修正的，就是作者对俄罗斯民族矛盾性格的归纳、对俄国东西方属性的界定以及对俄国历史使命的沉思。

二

《俄罗斯命运》是在20世纪初对俄国多舛命运的一种思考，在文集里的几十篇同旨文章中，作者对俄罗斯民族的心理特征、俄国文化的特殊性以及俄国社会的历史和未来做了一番独到的论述。

在别尔嘉耶夫看来，俄罗斯民族的长处和短处、优势和劣势，俄罗斯命运之路上的坦荡与坎坷，全都来自俄罗斯民族根深蒂固的内在矛盾。理解了这些矛盾，也就理解了俄国，理解了俄国之命运的合理性和必然性。在20世纪中期写作的《俄罗斯思想》中，他仍在继续着这样的思考。

俄国是一个十分独特的国家，就是对于别尔嘉耶夫这样的俄国思想家来说，它也依然是一个“难解的谜”。在《俄罗斯命运》和《俄罗斯思想》两书的开头，他竟都引用了俄国诗人丘特切夫那段著名的诗：

> 无法用理智认识俄罗斯，
> 无法用普通的尺子丈量；
> 她有着独特的身材，
> 你只能去把俄罗斯信仰。

但是，别尔嘉耶夫决心去打开这个封闭着的俄罗斯灵魂的秘密，他发现了俄罗斯民族诸多的矛盾性。对于这样一种所谓的“矛盾性”，别尔嘉耶夫在文中还先后使用过许多不同的概念，如“二律背反”“悖论”“极端性”“两极性”“对立性”“两重性”“双重信仰”“二元结构”“矛盾组合”“双重性格”等等。在别尔嘉耶夫看来：

首先，一方面，俄国是一个最无政府主义的国家，俄罗斯人是最无政府主义的人民，俄罗斯人向来不善治理国家，几乎所有的俄国思想家、作家和政论家，无论其倾向如何，都具有天生的无政府主义精神；另一方面，俄国又是一个最官僚的国家，俄国创建了世界上最为庞大的帝国，在俄国，一切都会转化为政治的工具，为了国家、政治的利益可以牺牲其他一切利益，数百年来，俄罗斯人的血和汗几乎全都用于巩固和捍卫国家，而无暇顾及个性的发展和自由的创造性生活。结果，最缺乏国家意识的人民却建立了最庞大的帝国，最具无政府主义倾向的人民却成了官僚政体最恭顺的臣民，一个天性自由的民族却仿佛不去追求自由的生活。

其次，一方面，俄国是一个最少沙文主义的国家，俄罗斯民族从未像德国人、英国人和法国人那样充满自信和傲慢，俄罗斯人向来缺乏足够的民族自豪感，甚至羞于承认自己是俄罗斯人。另一方面，俄国又是世界上沙文主义色彩最为浓重的国家。俄国一直是民族冲突最多、民族压迫最甚的国家之一，大俄罗斯沙文主义的影响不仅遍及俄国，而且超越了国境。俄国在世界大战中的表现使它时常保持有“欧洲救星”“各民族的解放者”的良好感觉；俄国强烈的民族主义情绪，在俄国东正教教会的意识形态中有集中、充分的体现，“莫斯科是第三罗马”的学说在俄国思想史中也一直很有市场。

最后，别尔嘉耶夫在俄罗斯民族性格中也发现了这类二律背反。在《俄罗斯思想》的最后，别尔嘉耶夫写道：“应当记住，俄罗斯人的天性是完全极端化的。一方面，是恭顺，是对权利的放弃；另一方面，是由怜悯之心激起的、追求正义的暴动。一方面，是同情，是怜悯；另一方面，是潜在的残忍。一方面，是对自由的爱；另一方面，是对奴役的接受。”自由和奴性，浪游和停滞，这两者之间巨大的差异，也许是由于俄罗斯灵魂中阴阳成分的尚未糅合。

这究竟是民族性格的尚不成熟，还是外来影响与民族本质的相互抵触呢?

别尔嘉耶夫罗列的这些矛盾在每一民族中都程度不等地存在，只不过在俄国，其对立的色彩尤为鲜明罢了。之所以如此，是因为诸如此类的矛盾背后还隐含着两个更大的俄罗斯式矛盾，即东西方的矛盾和上下层的矛盾。东西方的矛盾是地理的，文化影响上的，是横向的；上下层的矛盾是历史的，社会结构上的，是纵向的。这一横一纵两大矛盾构成一个硕大的十字架，许多个世纪以来，俄国就背负着这沉重的十字架在自己的命运之路上艰难地前行。

三

别尔嘉耶夫对于俄罗斯民族种种二律背反现象的罗列，对于这些现象背后隐含着的文化矛盾的揭示，其目的有两个：一是论证俄罗斯民族独特的历史使命，一是显示俄罗斯民族精神的成熟。

写作《俄罗斯命运》时的别尔嘉耶夫，置身于第一次世界大战的硝烟之中，这位厌恶军事和战争的前武备学校学生，在战争年代却以一种特殊的方式体现出了他身上的“军人气质”，他认为，这场震撼欧洲和整个世界的大规模战争对于俄国来说恰好是一个千载难逢的崛起机会，因为“战争的伟大纷争，应该导致东方和西方的伟大联合”，这时，俄国的特殊作用和价值便会凸显出来。到别尔嘉耶夫写作《俄罗斯思想》的年代，他显然已经意识到，他当年关于俄国将通过世界大战在欧洲和世界“出人头地”的设想没有实现，至少后来的结果与他当年的设想是不完全吻合的。在《俄罗斯思想》中已经看不到他对战争的热情期待了，对俄国在欧洲和世界的“决定性角色”的热烈鼓吹也已然降低了声调，但是，关于俄罗斯民族肩负着独特的历史使命，关于俄国在东方和西方之间所应该发挥的联结作用的立场，他还是一如既往地坚持着的，在时隔几十年之后他又申明当年的一些观点，而其中关于俄国是“东西方”（Восток-Запад）的概念更是原封不动地保留了下来。

在《俄罗斯命运》中，别尔嘉耶夫写道：“俄国置身于东方和西方之间的中心地带，她是东西方。”（《欧洲的终结》）“只有在东方和西方这个问题的范畴内，俄国才有可能意识到自我，意识到自己的使命。她置身于东方世界和西方世界的中心，可以被定义为东西方。”（《创造性的历史思维之任务》）而在《俄罗斯思想》一书的开头，作者几乎原样地重申了这一概念：“俄罗斯民族不是纯粹的欧洲民族，也不是纯粹的亚洲民族。俄国是世界的一个完整部分，是巨大的东西方，它将两个世界结合在一起。在俄罗斯的灵魂中，永远有东方和西方这两种因素在相互搏斗。”在这个概念之前，还有这样一段话：“俄罗斯民族是最高程度上的两极化民族，它是若干对立面的并存。它可以使人迷恋，也可能使人失望，它那里永远有可能发生意外的事情，它最能激起对它的强烈的爱和强烈的恨。这是一个正在引起西方各民族不安的民族。每个民族的个性就像每个人的个性一样，都是一个微观世界，因此其中必定包含有各种矛盾，但是程度却有所不同。俄罗斯民族就其极端性和矛盾性而言，也许只有犹太民族可以与之相提并论。正是这两个民族具有强烈的弥赛亚意识，这并非偶然。俄罗斯灵魂的矛盾性和复杂性也许与这样的背景有关，即东方和西方这世界历史中的两大潮流在俄国发生着碰撞，产生着相互作用。”也就是说，在别尔嘉耶夫看来，地处东方和西方之间的地理位置既给俄国的命运带来某种不幸，导致俄罗斯民族性格和民族文化上的矛盾和分裂，但与此同时，它却在新的历史背景下凸显了俄罗斯民族独特的历史使命，将极大地提升俄罗斯民族在世界舞台上的地位和影响。

别尔嘉耶夫的《俄罗斯命运》关于世界大战将消弭东西方之间的裂痕、俄国因此将获得复兴的预言没有应验，但他的《俄罗斯思想》关于东西之争仍将贯穿整个20世纪俄国的说法倒是被历史所印证。在别尔嘉耶夫关于俄国的东西方属性的界定、关于斯拉夫派和西方派的评说、关于俄国“命运”和“思想”的思索中，如今能给我们以启示的不仅是那些睿智的观点，而且还有他那种冷静的态度和理智的精神，还有他包容的立场和综合的气概，用他自己的话来说就是要走一条“文化之路”：“在俄罗斯精神中的确存在着一种对极端和极限的追求。而文化之路却是一条中间道路。对于俄罗斯命运而言最为迫切的问题就是：在保持其精神的所有特性、所有独立性的前提下，她能否为了文化而自律。”

（原载《外语与翻译》1996年第2期）

阿尔志跋绥夫和他的《萨宁》

在中学时读鲁迅，碰到“阿尔志跋绥夫”这个佶屈聱牙的姓氏，反复念了好几遍，终于记住了这位俄国作家；做研究生时读俄国文学史，几乎在每一种俄国文学史中都遇见对小说《萨宁》的批评和抨击，却一直没有机会直接阅读阿尔志跋绥夫的这部名作。苏联解体之后，大批遭禁的作家和作品得到“释放”，阿尔志跋绥夫和他的《萨宁》也终于浮出水面，来到我们面前。

一

米哈伊尔·彼得罗维奇·阿尔志跋绥夫生于1875年5月24日。少时的阿尔志跋绥夫过着恬静的乡村生活，在家乡的学校里读了五年书。据说，他的家乡，哈尔科夫省的阿赫特尔卡（今乌克兰境内），是一座风景十分美丽的小城。小城四周是一望无际的草原，静静的沃尔斯克拉河从城边蜿蜒流过，几乎每一户人家的屋后都有一个直抵河边的花园，对岸的小山上还有一座静静的修道院。也许是受自然美景的熏陶，阿尔志跋绥夫很早就立下当一名画家的志向，后来，阿尔志跋绥夫进入哈尔科夫美术学校。然而，他在美术学校只学了很短一段时间，最终也没能成为画家，但少时的志向对他的文学创作还是起到了很大作用。阅读阿尔志跋绥夫的作品，我们可以感觉到，优美的风景描写是其最突出的特色之一，而且，作家几乎将他所有的人物和事件都放置在他自幼起就熟悉的生活场景之中，他笔下的自然就是他故乡的山水。此外，他从绘画转向文学，这中间还有一个偶然的契机，作家本人后来在札记中曾这样写道："童年时我曾想做一个猎手，但也不反对做军官，后来长时间幻想做一名画家，而成为一位作家则是相当意外的。这是因为，哈尔科夫的一家报纸发表了我的一个短篇小说，并付给我八个卢布，我用这钱买了颜料。后来，我又缺钱，就又写起了小说，这样一来，学画就让我感到枯燥，于是我就转向了文学。"[①] 阿尔志跋绥夫写小说的原始动机，是为了赚钱去买绘画的颜料。

在这之前，还有一件不幸的事件对阿尔志跋绥夫未来的文学生涯产生了影响。16岁时，也就是1894年春天，由于对生活感到绝望，阿尔志跋绥夫曾开枪自杀。他伤势严重，生命垂危，后奇迹般地活了过来。我们不知道，促使他举起枪来自杀的那些思想斗争和矛盾心理是否也是促使他拿起笔来

① 《阿尔志跋绥夫三卷集》，莫斯科特拉出版社1994年版，第1卷，第9页。

写作的推动力，但自杀前后的强烈感受却是他久久难以忘怀的。没等伤愈，他就将那些感觉和体验写进一个短篇小说，这篇具有“生活素材”和真实感受的小说不久就顺利地在哈尔科夫的《南疆报》上刊出（《一个军官讲述的故事》，1895年1月27日）。后来，自杀事件和自杀者持续不断地出现在阿尔志跋绥夫的小说中，有人竟说：“很少有哪一篇阿尔志跋绥夫的小说没有关于死亡及其注定的不可避免性的悲哀思索。在他的长篇和中篇里，死亡几乎成了主角。”[①]

从画家到作家，从自杀的体验到文学的实践，阿尔志跋绥夫完成了一次跨越。而画家的独特视角和自杀者的独特感受，却都在他的整个创作中留下了深深的烙印，被视为其作家个性和创作风格中最重要的构成。

二

在家乡小试文笔之后，阿尔志跋绥夫去了彼得堡。1901年，阿尔志跋绥夫在彼得堡的《俄国财富》杂志上发表短篇《帕沙·图曼诺夫》，受到好评，他从此成了一位职业作家。他连续发表小说，在文学界广交朋友，还曾尝试组织一个旨在反对“文学将军们”的青年作家团体，他主持过《教

① 《阿尔志跋绥夫三卷集》，第1卷，第5页。

育》杂志的文学栏，与许多文学名流进行论战，在文坛很是活跃。但是，给他带来巨大声誉，使他一时成为整个俄国文学生活之中心的，还是长篇小说《萨宁》。

《萨宁》写成于1902年，但是直到1907年才得以发表在《当今世界》杂志9月号上。这部需要其编辑用五年时间来“读懂”的小说，在社会上自然也难以获得一致的评价，然而，《萨宁》在俄国白银时代所激起的轩然大波仍是今天的我们难以想象的，几乎每份杂志和报刊都刊登评论文章，几乎每位文坛知名人士都公开表态，几乎每个百姓都会在日常谈话中提及《萨宁》。有人写道，1907—1908年，“似乎，不是米·阿尔志跋绥夫写就了萨宁，而是萨宁写就了米·阿尔志跋绥夫”[①]。一方面，小说似乎同时受到两个对立思想阵营的抨击，激进的左派知识分子认为它思想落后，保守的右派人士又认为它有伤风化；可另一方面，《萨宁》被成千上万的读者疯狂地阅读，青年学生们纷纷成立半地下性质的“萨宁主义者小组”“自由爱情同盟”之类的组织，小说中的主人公萨宁更是成了众多青年的仿效对象，被视为真正的“当代英雄”，甚至连当时的黑社会组织“黑色百人团”也将萨宁及其作者树为自己的旗帜。各种模仿《萨宁》的作品层出不穷，后被批评界归纳为“阿尔志跋绥夫风格”（арцыбашевщина），其主要特点就是对“性问题”的公然关注，对社会的冷漠态度，以及对革命性变革前景所持的怀

① 《阿尔志跋绥夫三卷集》，第1卷，第14页。

疑目光。正因为如此，在一部俄国作家辞典中便有了这样的说法："《萨宁》在1907年出版后获得了丢丑的知名度。"[①]

关于《萨宁》的争论，其实都是围绕其主人公萨宁展开的。小说以主人公的姓氏为题，它从萨宁返回故乡写起，到他乘火车离去结束，写的是萨宁在家乡那段时间的所作所为。他少小离家，其性格是在家庭之外养成的，没有任何一个人监督过他，没有任何一只手管教过他，这个人的灵魂是自由自在地形成的，就像旷野里的一棵树。他不仇恨任何人，也不为任何人而痛苦；他对一切都抱着无所谓的态度；他最常见的神态就是漫不经心的微笑和略带嘲讽的冷笑；他光明正大地追求享乐，毫不遮掩地袒露心胸。他与农夫的孙女一起过夜，月夜在河面的小船上占有了美丽的女教师卡尔萨维娜，甚至对自己的妹妹丽达也能生出一阵阵冲动；他揍了军官扎鲁丁，粉碎了犹太青年索罗维伊契克的信仰，直接导致这两个人的自杀；他讨厌周围几乎所有的人，甚至自己的亲人，面对熟人的死亡，他每每无动于衷，认为"世界上又少了一个傻瓜"；他身材高大，健壮有力，为所欲为，与此同时，他又很孤独，很无聊，漂泊不定。这是一个无政府主义者，一个个人主义者，一个"超人"。鲁迅在谈到《萨宁》时说："这书的中心思想，自然也是无治的（即无政府

---

① 尼古拉耶夫主编《俄国作家传记辞典》，莫斯科教育出版社1990年版，第1卷，第49页。

主义的——引者按）个人主义或可以说个人的无治主义。”[1]

关于这样一个形象，众说纷纭，所谓的“萨宁性格”（Санинщина）也被提了出来，并成为当时一个引用频率极高的词汇。由于这一形象出现在俄国1905年革命之后，也就是俄国知识分子普遍感到失落和沮丧的年代，因此，它就被看成是俄国文化精英之整体“堕落”的象征。激进派的文学家否定《萨宁》，并因萨宁形象所具有的消极意义深感不安。高尔基在《个人的毁灭》一文中写道：“如今由精神贫困的人们组成的画廊被阿志巴绥夫（即阿尔志跋绥夫——引者按）的沙宁（即萨宁——引者按）可耻地完成了。应该记住，沙宁已经不是市侩意识企图给日趋没落的个人指出一条生路的第一次尝试了，在阿志巴绥夫这部作品出现之前，就不止一次听到这样的劝告：人应该用变成走兽的办法来简化自己的内心生活。”[2]沃罗夫斯基在《巴扎罗夫和萨宁》一文中将这“两个虚无主义者”进行比较，并得出这样的结论：“萨宁的特征的总和，意味着对平民知识分子半个世纪的传统的背叛，首先是对为被压迫阶级服务的背叛——在社会生活中，对义务的无上命令的背弃——在个人生活中。”[3]另一

① 鲁迅《译了〈工人绥惠略夫〉之后》，见《鲁迅译文集》第1卷，第188页。

② 高尔基《论文学》（续集），人民文学出版社1983年版，第79页，缪灵珠译文。

③ 沃罗夫斯基《论文学》，人民文学出版社1981年，第262页，韩凌译文。

位激进派批评家奥尔明斯基说得更直接："《萨宁》的实质就是用'伏特加和美女'的口号去取代'全世界无产者联合起来'的口号。"[①]

于是，萨宁作为一个堕落的、"反动"的形象，似乎已被永远地钉在俄国文学史的耻辱柱上。然而，在翻译《萨宁》的过程中，我却也渐渐地读出了萨宁形象的某些"积极"意义。在20世纪之初，浓烈的世纪末情绪在俄国知识界弥漫，人们在失望中挣扎，在彷徨中求索，于是，作为一种反拨，尼采和叔本华的"自由意志"理论和"超人哲学"赢得空前共鸣，萨宁的形象就是在这样的社会思潮中出现的，因此，这一人物体现出的气质和性格，也是知识分子步出思想困境的一种选择，一种方式。另一方面，萨宁身上所体现的个人主义，其实也是俄国知识分子个性觉醒的一个新标志，超越党派和集团的利益去合理地追求自己的幸福，在与周围环境的冲突中捍卫自我存在的价值，这本身就是一种选择。退一步说，在两个阵营尖锐对立的时候，像帕斯捷尔纳克所言的那种"超越街垒"的方式，未必不是一种明智的立场，更何况时间后来又证明了，那场街垒战并没有带来很多的积极后果。在小说中不难看出，萨宁虽然不可爱，有时还很不道德，可他周围的人，除了几位女性之外，似乎都还比不上他，扎鲁丁和军官们的愚蠢，尤里的虚伪，梁赞采夫的浅薄，诺维科夫的怯懦……而且，他们无一例外都是极

① 沃罗夫斯基《论文学》，第231页，韩凌译文。

端自私的，萨宁至少在真诚和果敢上超过了他们中间的任何一位。当屠格涅夫在《父与子》中塑造出巴扎罗夫的形象之后，社会上一片哗然，当时，革命民主派批评家曾出面肯定巴扎罗夫形象的进步意义，认为在巴扎罗夫的“虚无主义”中包含着对现实的不满，对变革的渴望；50年之后，自由派批评家又几乎采用与革命民主派批评家同样的方式，在将萨宁与巴扎罗夫做了一番比较之后，认为萨宁形象的塑造是一个“新的发现”，由此，关于萨宁是“20世纪的巴扎罗夫”的说法就流传开来。萨宁和19世纪俄国文学中的“多余人”形象一样，既是一种苦闷、失落，乃至堕落的象征，同时也体现着某种抗议，蕴含着某种积极意义。

三

除《萨宁》外，阿尔志跋绥夫的重要作品还有《帕沙·图曼诺夫》（1901）、《旗手戈洛洛波夫》（1902）、《兰德之死》（1904）、《人浪》（1907）、《工人施维廖夫》（1909）、《绝境》（1910）等，他还写有多部剧本，此外，他从1911年起在报刊上发表随笔性文字《作家札记》，持续不断地一直写到逝世，最后积累成厚厚几大卷。

将阿尔志跋绥夫的创作当成一个整体来观察，可以在其中发现一个巨大的矛盾。一方面，无政府主义和个人主义作为作家世界观中的重要构成，在阿尔志跋绥夫的每一部作品中都有着深刻的渗透，其作品中的人物张扬个性，追求个性的自由和个人欲望的充分满足，他们的活动营造出一个享乐主义的欢乐场景；另一方面，一种浓重的悲观氛围又始终笼罩在阿尔志跋绥夫的作品中，他的主人公们要么像工人施维廖夫那样时刻处在被围捕的恐惧之中，要么像《萨宁》中的尤里那样感到绝望，就连萨宁自己，也同样不时地感到无聊。《萨宁》中的人物一个接一个地死去，仅自杀者就有扎鲁丁、尤里、索罗维伊契克三人，而起过自杀念头的人就更多了，谢苗诺夫、丽达、柳丽娅……在另一部长篇《绝境》中，阿尔志跋绥夫更是一口气写了七个主人公的自杀！他的作品，几乎成了一个“自杀者俱乐部”。悲观与乐观，欢乐和绝望，这两种对立的因素在阿尔志跋绥夫的小说中构成一个奇异的统一体。阿尔志跋绥夫一套文集的序言作者这样写道：“当然，死神那阴暗、恐怖的身影自然也贯穿了他的整个创作——这创作时而是节日般明朗的，阳光灿烂的，时而又是沉重忧愁的，毫无出路的。与此相关，他同时代的批评家们的意见也分为两类：一些人惊叹他是一个崇拜太阳的作家，一位爱情和永恒欢乐的歌手；另一些人则认为他属于报丧者和掘墓人，是不道德的死亡传道者，是人类道德的毁灭者。”[1]苏联早期有一部剧作名叫“乐观的悲剧”，或许，我们也可以用这个题目来概括阿尔志跋绥夫的整个创作。

---

① 《阿尔志跋绥夫三卷集》，第1卷，第6页。

我们可以认为，将两种因素串联起来的是这样一个通俗的逻辑：人注定要死，因而要及时行乐，正所谓“人生几何，对酒当歌”。然而，我们更应该从当时的时代背景和阿尔志跋绥夫本人的个性这两个方面来考察这种“悖论组合”的原因。

阿尔志跋绥夫所处的时代，是俄国知识分子空前彷徨的时代，“到民间去”的运动无果而终，国家的专制统治让人窒息，浓重的世纪末情绪还未散去，1905年革命的失败又使许多人“向右转”，后来，就是残酷的世界大战和动荡的十月革命。这样的社会和时代背景，直接导致那一时期许多作家创作中悲观成分的加重。对阿尔志跋绥夫的“颓废倾向”持激烈的批判态度、并因自己乐观浪漫的风格而被视为阿尔志跋绥夫之对立面的高尔基，就和阿尔志跋绥夫一样也曾尝试过自杀；认为阿尔志跋绥夫“非常有天赋”、却又因他“将恶带给了许多人”而感到愤怒的托尔斯泰，最终自己也在绝望中“出走”。对现实的失望，使人们更关注自我，同时，怀疑主义、虚无主义、无政府主义等思潮也极易产生并成气候，它们在文学中的反映，往往就是阿尔志跋绥夫式的挑逗和亵渎。这种由内心真诚引发的玩世不恭，在绝望中生成的嬉笑，被细心的俄国大诗人安年斯基准确地定义为“感伤主义的漫画”。

像在每一位作家那里的情形一样，阿尔志跋绥夫的作品风格，包括他创作中体现出的矛盾，在很大程度上也来自他的个性和遭遇。阿尔志跋绥夫三岁时，在县警察局当过局长的父亲就去世了，却将结核病作为“遗产”留给了他，原籍波兰的母亲独自带大阿尔志跋绥夫。未遂的自杀使阿尔志跋绥夫终身受病痛折磨，他很早就耳聋，后来又几乎失明。这一切使他养成一种既敏感又封闭、既胆怯又无羁的个性，在文学界，他以好斗和无礼著称，而这反过来又恶化了他的生活和创作环境。在《萨宁》发表前后，他数次被居住地的政府机关驱逐（如1901年被逐出彼得堡，1908年被逐出雅尔塔和塞瓦斯托波尔）。由于《萨宁》中的“渎神”言论，俄国主教甚至要将他革出教门，对他发出诅咒；而《萨宁》造成的“风化”问题，使阿尔志跋绥夫多次面临吃官司的危险；1923年，由于不堪言论和人身的不自由，阿尔志跋绥夫离开莫斯科，流亡到母亲的祖国波兰，四年之后，他在华沙于贫病交加之中去世。作家的生活经历对作家个性的形成有着重大影响，而作家的个性无疑又会影响到作家的创作风格。在一篇文章中，阿尔志跋绥夫将自己创作中的“矛盾”看成是合情合理的，因为他始终认为，“世界上没有绝对的真理”，因此，“重要的东西，并不是作家描写的那些东西，并不是他似乎揭示出的那些各种各样的真理，而是他本人的个性，因为个性是伟大而又独特的”（《契诃夫之死》，1907）。在阿尔志跋绥夫“乐观的悲剧”中，我们仿佛窥见了作家的个性及其演变过程。

总之，优美、灿烂的景色描写和细腻、阴暗的心理描写相互交替，极端的个人主义哲学和俄国文学传统的现实责任感此起彼伏，欢乐的感官享乐态度和对整个存在的深刻怀疑精神处处对峙，这一切共同组合成了阿尔志跋绥夫小说的整体风貌。

四

第一个将阿尔志跋绥夫及其作品介绍到中国来的人就是鲁迅，“阿尔志跋绥夫”这个拗口的译名也正是鲁迅先生的首创。在同时代的外国文学中，鲁迅最看重俄国文学，认为在其中可以看见“被压迫者的灵魂，的酸辛，的挣扎”；而在同时代的俄国作家中，鲁迅似乎又是非常偏爱阿尔志跋绥夫的。1920年，鲁迅从德文转译了阿尔志跋绥夫的小说《工人绥惠略夫》（即《工人施维廖夫》），译文在《小说月报》1921年第7～12期连载，后又出单行本，该单行本的出版时间甚至还早于鲁迅自己的第一部小说集《呐喊》。在《译了〈工人绥惠略夫〉之后》一文中，鲁迅对阿尔志跋绥夫这篇小说做了这样的归纳：“人是生物，生命便是第一义，改革者为了许多不幸者们，‘将一生最宝贵的去做牺牲’，‘为了共同事业跑到死里去’，只剩下一个绥惠略夫了。而绥惠略夫也只是偷活在追蹑里，包围过来的便是灭亡；这苦楚，不但与幸福者不相通，便是与所谓‘不幸者们’也全不相通，他们反帮了追蹑者来加迫害，欣幸他的死亡，而‘在另一方面，也正如幸福者一般地糟蹋生活’。”[①]《工人绥惠略夫》写于1908年，写在《萨宁》发表之后，讲的是一位在革命失败后遭到追捕的工人革命者，在逃亡途中四处遭遇冷漠，甚至被他立志为之献身的民众所出卖，最后，在剧院中被抓到的他，绝望地举枪向观众胡乱射击。为民众斗争的人却得不到民众的理解和支持，鲁迅在这里看到了问题的所在，看到了“改造国民性”的必要性和迫切性。也许正是这一点，促使鲁迅动手翻译了《工人绥惠略夫》。不过，使阿尔志跋绥夫如此迅速地来到中国的，还有一个偶然的原因，鲁迅自己后来在1926年谈到这段“有点有趣的历史”：第一次世界大战时，中国也对德宣了战，战后“自然也要分得战利品”，那便是上海德国商人俱乐部中的德文书，教育部派人去整理这些书，鲁迅也是其中的整理者之一，他在那些书中发现了一本德文版的《工人绥惠略夫》，爱不释手地读过之后，便翻译起来。鲁迅自己调侃道：“‘对德宣战’的结果，在中国有一座中央公园里的‘公理战胜’的牌坊，在我就只有一篇这《工人绥惠略夫》的译本。”[②]

在《工人绥惠略夫》之后，鲁迅还翻译了阿尔志跋绥夫的三篇作品，分别是短篇小说《幸福》和《医生》，以及散文《巴什庚之死》。《幸福》写一个丑陋的妓女为了获得

① 《鲁迅全集》，第10卷，第168页。

② 鲁迅《华盖集续编·记谈话（培良）》，见福建师范大学中文系编选《鲁迅与外国文学》，外国文学出版社1982年版，第125页。

几个卢布，甘愿脱光衣服在雪地中忍受一个变态者的棍击，当她遍体鳞伤地走进夜茶馆，想到了“吃，暖，安心和烧酒”，内心便“已经充满了幸福的感情”。《医生》写一个犹太医生经过激烈的思想斗争终于违背医生的天职，拒绝抢救那个迫害过犹太人的警察厅厅长。《巴什庚之死》是一篇悼念文章，鲁迅是从日文转译的。瓦西里·瓦西里耶维奇·巴什庚（通译巴什金）是阿尔志跋绥夫的好友，他俩不仅文学趣味相投，还是同病相怜的患难兄弟——都一直饱受肺病的折磨。巴什金的死亡使阿尔志跋绥夫既体验了深切的哀痛，也感觉到了死神的迫近，在那篇散文中，他的这些体验构成一段感人的倾诉。

在鲁迅所涉及的外国作家中，他翻译作品数量最多的，他评论频率最高的，当首推阿尔志跋绥夫。这首先是由于，阿尔志跋绥夫作品的内容符合鲁迅当时的“口味”，写主人公与环境的对立，写主人公近乎绝望的抗争，这也是鲁迅本人创作的重要内容之一；其次，从个性和文风上看，鲁迅和阿尔志跋绥夫也有相近之处，他俩的为人和作文都个性极强，爱憎分明，敢说敢做，主张不妥协的战斗精神，乃至复仇。两人的语言也都清丽，冷峻，有入木三分的力度，属于鲁迅先生自己所言的“激愤”文字。

需要指出的是，鲁迅后期对阿尔志跋绥夫的评价有所改变，曾举《萨宁》为“淫荡文学盛行”的例子①，并在阿尔志

① 《二心集·〈艺术论〉译本序》，1930年。

跋绥夫的作品里“看见了绝望和荒唐”[1]。

正是由于鲁迅的推崇和译介，阿尔志跋绥夫较早地受到了中国读者的关注和喜爱。在鲁迅的翻译之后，阿尔志跋绥夫的《巴莎·杜麦拿大》（即《帕沙·图灵诺夫》）、《血痕》、《朝影》、《宁娜》、《夜》、《战争》等作品，都相继被译成中文。1930年，他最重要的作品《萨宁》几乎同时在中国出版了三个译本，译者分别是郑振铎、潘训和伍光训，在中国也掀起了一股“萨宁热”。不过，这几个译本都是从英文转译的。

（选自阿尔志跋绥夫《萨宁》，译林出版社2002年版）

① 《南腔北调集·祝中俄文字之交》，1932年。

《我们》的其他读法

翻开漓江出版社新出的扎米亚金的《我们》（殷杲译，2013），见《译序》第一段便是："说到《我们》，仿佛成了惯例，必定要先抛出这句话给它定位正名：20世纪三大反乌托邦作品，正是尤金·扎米亚金的《我们》（1920—1924）、奥尔德斯·赫胥黎的《美丽新世界》（1932）和乔治·奥威尔的《1984》（1949）。"从《译序》的后文看，译者也是按照"惯例"对《我们》进行阐释的。扎米亚金的《我们》是一部抨击政治集权的反乌托邦小说，这无疑已成定论。

上班途中，坐在北京地铁四号线上阅读《我们》，我读道："每天早晨，同一时刻，成百万个我们像六轮机一样精确地同时醒来。同一时刻，成百万个我们像一个人一样开始工作；然后，成百万个我们像一个人一样，又在同一时刻结束工作。同一秒钟，由时间表指导着，一百万只手被联并进一个单一的身体，我们同时将汤匙举到嘴边；同一秒钟，我们共同出门散步；同一时刻，我们齐步走进礼堂；同一时刻，我们一道进入进行泰罗式体操的大厅，然后在同一时刻，我们齐齐上床睡觉。"（《笔记之二》）放下书来环顾四周，只见车厢里挤满"我们"，我便觉得其中一定有与我"同时醒来"的人，又见"我们"几乎全都在看手机，几乎一模一样的iPhone，一模一样的手机新闻，或一模一样的手机游戏……就某种意义而言，《我们》中那段关于政治专制社会的想象讽拟场景在我们这个技术专制时代似乎已经成为现实！于是我突然意识到，《我们》这部写于近百年前的小说或许还可以有其他的读法。

《我们》无疑是一部反乌托邦小说，但问题在于，乌托邦不仅是政治的和社会的，而且也可能是经济的或技术的，甚至是物质的或情感的。比如，现代化乌托邦的命题就像小说中写的那根吊在拉磨驴子眼前的胡萝卜，诱惑着人类不停地奋力前行，却不知所谓“进步”有可能就是一次次的重复和循环。阅读《我们》，“大恩主”（小说中译为“无所不能者”）的专制若隐若现，而机器的暴力却无处不在。作为技术专制之基础和手段的机器，其实也和任何一种图腾一样是我们自己想象、设计并制造出来的，然后再被我们心甘情愿（或并不十分心甘情愿）地膜拜着，臣服着。在小说中的联众国，建筑物是“永久玻璃”，一切运动和活动都呈现为“机械芭蕾”，灵感是“一种已经灭绝的癫痫症”，“一千年前的人类”（小说情节发生在距扎米亚金写作年代的一千年之后）被视为“野人”，一堵“绿墙”将两个世界分割开来：“直到绿墙全部竣工，人类才正式摆脱原始人的身份；这堵墙使我们机器般完美的世界和非理性、丑陋的树木、鸟类和野兽的世界分离……”（《笔记之十七》）在这个技术伊甸园里，人们“用数学作曲”，使用“音乐生产机”和“人造和声”；将人们隔离开来的是“电流篱笆”

和“高压电墙”，惩处异端的手段是“电流鞭”和“气钟罩”；对于每一个人而言，心脏不过是一个“泵”，手也只是一个“仪器”。于是，“我观察着典型的泰罗体制中的工人们如何弯下腰、直起身、灵活地转身，像一个巨大发动机里的杠杆一样有规律地操作。……一切都仿佛融为一体：像人一样的机器和像机器一样的人”。（《笔记之十五》）这里提到的“泰罗体制”，其创始人是所谓“科学管理之父”泰罗（又译泰勒），他被小说主人公称为“古代天才中最睿智的一位”，就是因为他善于将人当成机器来严格地管理。而那些最终被摘除了想象力的人，再被称为“人”便不恰当了，“这些不如说是装着大轮子的钢铁机器人，靠某种看不到的机制驱动。他们不是人，只是一种有点像人的机器”。（《笔记之三十二》）作为技术专制之象征的“积分号”（小说主人公D-503是其主要的设计和制造者之一），其使命就是给其他星球上尚处于原始愚昧状态的生命套上“逻辑的枷锁”，送去“数学般精确无瑕的幸福”，“若是他们尚且无力领悟这一点，那么我们的任务便是强迫他们接受这种幸福”。（《笔记之一》）值得注意的是，联众国里秘密兴起的那场“革命”，其口号竟然是：“打倒机器，打倒手术！”

自扎米亚金写作《我们》的20世纪20年代以来，人类的科技发展日新月异，航天、生物、机器人等领域的成就或许早已超越扎米亚金的想象，但是，人类在技术时代所面临的窘境，即趋同性，或曰个性的丧失，却没有逃过先知扎米亚金的预见和预言。时至今日，无论个人还是集体，已经无人能离开电脑和网络，更可怕的是，我们居然已不再对这样的专制和集权抱有任何警惕和反感了。扎米亚金在《我们》中所描绘的技术专制下人的异化，正在我们身边迅速地变为现实。

在《我们》中，我们似乎还能读到另一种无处不在的专制，即情感的专制，更确切地说就是爱的专制。在小说中与男主人公D-503产生纠葛的有三位女人，即被分配来的性伴侣O-90、出于“革命”目的而来诱惑他的I-330，以及对男主人公一直怀有好感的丑女U。O-90因为爱D-503而产生“非法的母性”，甘冒被处死的危险怀上D-503的孩子；D-503因为爱上I-330而灵魂苏醒，愿意为后者付出一切；U一直钟情D-503，却没有获得任何回报。穿插在这三段爱情关系中的还有与主人公“共享”O-90的诗人R-13，同样被I-330所诱惑的警卫人员S和医生等人。爱与被爱的关系在小说中纵横交错，织成一张蛛网。爱与被爱，其实也就是占有和被占有，控制和被控制，统治和被统治。面对I-330，主人公感觉到了“屈服”以及这“屈服”带来的愉悦：“一块铁片被吸附到磁铁上时，估计也会因为像这样屈服于准确、不可避免的法则而感到愉快。同样，一块石头被高高抛起，在空中迟疑片刻，然后掉头落回大地时，必定也同样充满幸福之情。一个人最后痉挛一次，深深吸进一口气然后死去时，想必也能感到这种快乐。”（《笔记之十三》）小说中的I-330被塑造成一位仅次于“大恩主”的独裁者，她随意摆弄着她身边那几个木偶似的男性，目的是吸引他们参与她发动的“革命”。D–503曾认为“革命”不会再有，因为“最后一场革命”早已过去，I–330对此嗤之以鼻：既然没有“最后的、最大的那个数字”，“那又为什么会有最后一场革命呢？”（《笔记之三十》）我们完全有理由相信，她的“革命”如果成功，也将导致另一种新的专制。专制同样是绵延不绝的，没有最后一个或最后一种。当然，两种专制相互碰撞时，也会出现“征服和被征服”的问题，“自然地，征服了饥饿（从代数学角度说，也就是求得了身体福利的总和之后），联众国将进攻方向指向世界上第二个统治因素，也就是爱”。（《笔记之五》）

扎米亚金的这部小说以“我们”为题，在十月革命后的苏俄社会，“我们”就是联合起来的无产者，就是集体主义和共产主义的象征，扎米亚金选择“我们”做书名，这无疑具有某种戏仿性质。不过在小说中，“我们”的概念却是飘忽的，游离的，随时转换身份的，它至少有过三种指涉，即联众国的所有国民、主人公和两位情人，以及“革命”群众。甚至连主人公都在小说中不止一遍地发问：“‘我们’是谁？我是谁？”（《笔记之三十六》）“我已经有很长时间搞不清楚他们是谁，我们又是谁。”（《笔记之二十八》）他与I–330两人构成的“我们”，恰恰是与由联众国所有居民构成的“我们”相对的。而与“我们”相对的“我”则成为一个可疑的存在，如小说中所言，“我的”也成了一个“好笑的词”。值得注意的是，I–330这个“号码”（在联众国里“号码”等于“人”）中的“I”，据说就既指罗马数字中的“1”，也是英文字母中的“I”，无论前者还是后者，它都在暗示“唯一的自我”。在小说结尾处，被成功摘除想象力的主人公已重新成为联众国合格、忠诚的一员，面对I-330的遇害他不仅无动于衷，还豪迈地说道：“我希望我们获胜。不止如此；我坚信我们终将获胜。因为理性必胜。”（《笔记之四十》）于是，在联众国的庄严礼拜上，“我们欢庆的正是整体针对单一，全体针对个人的胜利！”（《笔记之九》）我们由此又读出了集体对于个体、“我们”对于“我”的专制，而这种专制往往并不是与某一特定的社会制度紧密相连的，对个性、自由和异端的压制和迫害，始终存在于人类历史的随时随地。专制其实是无处不在的，关键或许仍在于“我”自己面对专制的态度，以及“我”保持个性的决心和方式。

《我们》呈示、讽拟了不同层次的乌托邦，可它至今为止却主要被视为一部纯政治的反乌托邦小说，甚至仅仅是对斯大林体制的影射。对《我们》的这种简单化阐释，其原因就在于世界范围内长期存在的关于这部小说的意识形态化解读。《我们》写于1920年，当时虽未公开发表，却如扎米亚金所言，在数十年里都“始终是苏维埃批评的主要靶子”，将其作为“对共产主义和苏联社会体制的恶毒诋毁”。西方顺势拿过这一立场，竭力突出扎米亚金及其《我们》的反乌托邦（实为反共）色彩，在《我们》的英文版于1924年在纽约出版之后，尤其是在东西方冷战全面展开之后，西方对于《我们》之讽喻功能及其“现实意义”的鼓吹就愈加甚嚣尘上。扎米亚金并非一位意识形态斗士，这一点我们从他的传记史实中可略见一斑。他年轻时曾加入布尔什维克（这个俄语单词意为“大多数”），十月革命后又积极投身新兴苏维埃国家的文学文化建设事业，与高尔基交往甚密；1929年6月因《我们》在境外发表受到大规模抨击后，他愤而退出苏联作家协会，在高尔基授意下直接致信斯大林请求出国，结果奇迹般地获得批准，但在侨居巴黎期间他却拒绝一切反苏活动，这位在国内绰号“英国人”的西方化作家，到了西欧之后却坚决不接受“俄国侨民作家”之称谓，反而于1934年重新加入苏联作家协会，并以苏联作家代表团成员的资格出席了世界捍卫文化反法西斯大会。扎米亚金的所作所为表明他是试图“超越街垒”的，至少在小说创作中，他不是一位愿意绘制政治漫画、撰写政论宣言的作家。因此，仅在意识形态层面对《我们》评头论足，或许会妨碍我们进一步理解这部小说杰作的丰富内涵和复杂蕴意。扎米亚金在《我们》中试图诉诸的或许并不仅仅是十月革命后的苏联现实，而更可能是人类当下和未来的共同处境。人们不能靠乌托邦生活，人们的生活也不能完全没有乌托邦。人们常说，《我们》写的是“变成了现实的未来”，我们也可以说它指向的是“始终作为现实存在的过去”。

扎米亚金在《我们》中曾这样调侃他的读者：“唉！要是这只是一部小说，而不是我这充满X和-1的平方根、充满一次又一次堕落的实际生活，那该多好！不过，没准这样你们才高兴咧。没准你们，我不知名的读者们，和我们相比还只是孩子。我们是由联众国哺育成长的；所以，我们已经抵达人类所能到达的高峰。而你们，作为孩子，也许会高高兴兴咽下我即将提供给你们的所有这些苦药，只要它们是包裹在冒险的糖丸中呢。”（《笔记之十八》）《我们》是一个包裹糖衣的苦药，更是一个包装复杂的谜团。1922年，扎米亚金曾将他的一部童话集取名为《写给大孩子看的童话》。《我们》就其幻想性、象征性、多义性和元小说性而言，仿佛就是一则关于人类生存状态的“大童话”；而扎米亚金将包括我们在内的他的读者全都视为“大孩子”，他的理由或许就在于，我们往往过于单一的价值认同或美学取向就是一种心智不成熟的表现，这其中也包括对《我们》的单一解读和阐释。

（选自文集《文学的灯塔》，花城出版社2015年版）

普里什文的思想史意义

俄国文化中的“文学中心主义”现象由来已久，俄国文学家往往亦扮演思想家角色，在俄国思想史中，陀思妥耶夫斯基、托尔斯泰和索尔仁尼琴等作家的影响和地位似乎无人能及。俄国作家的思想传统在20世纪依然继续，尽管作家的思想空间曾一度遭到压缩；即便在一些不以鸿篇巨制、深奥哲理取胜的作家处，亦储藏着某些思想矿脉。人们先前普遍认为，普里什文只是一位“大自然歌手”和“抒情小品”作者，或一位儿童文学作家，虽然其读者甚众，但文化和思想层面的意义似乎不算重大。近些年来，随着普里什文的日记等过去未曾发表的文字逐渐面世，随着普里什文研究的不断深入，人们越来越意识到普里什文的思想史意义。一篇题为《思想家普里什文》的论文开头便这样写道，“如今，那种长期存在的关于米哈伊尔·普里什文仅为一位地理作家、动物画家、‘大自然歌手’、艺术特写作家的评价已经完全成为过去”（作者为谢苗诺娃，载《人》杂志2000年第6期，第1页），而作为思想家的普里什文，其遗产及其价值理应得到更充分的发掘和整理。

一

在普里什文的创作和思想中，他那种亲近自然、天人合一的态度极具标志性，可被视为俄国人典型自然观之典型体现之一。所谓“亲人般的关注”（родственное внимание），是他本人关于这一姿态的归纳，在我们看来，这一概念大致包含这么几层含义：

首先是作家对自然的满怀深情。在普里什文的意识中，大自然就是他温暖的家，自然界的万物均为他的亲人，他乐于在自然界中任何一个生物、任何一个现象之前冠以物主代词“我的”。他在《大地的眼睛》中的《我母亲的梦》一节里写道：自然就像他亲爱的母亲，离去的母亲化作自然，自然像母亲一样时刻关爱他，他也像眷恋母亲一样时刻眷恋着自然。

其次，这强调一种与自然“共同创作”的方式。在普里什文看来，大自然和人一样是有生命的，不仅动物和植物有生命，甚至连自然中的每一个存在和每一个现象都有生命。普里什文认为，具有思考能力的不仅有人，还有各种各样的生物，甚至连沼泽也在“按自己的方式思考”，甚至连沼泽里的小鸟姬鹬，“大小如麻雀，喙却很长，在它那若有所思的黑眼睛中，也含有所有沼泽欲回忆点什么的永恒、枉然的一致企图”。在大自然中，普里什文“学会了去理解每一朵小花在谈到自己时那种动人的简朴：每一朵小花都是一轮小太阳，都在叙述阳光和大地相会的历史”。他永远以平等的态度看待自然，因此，他才能遵从自然的“口授”，根据四季的更替来安排自己的作品结构，将自己的作品当成“大自然的日历”，他时时处处感受“大自然的智慧”，在自然中领悟生活的真谛。对于普里什文来说，自然就是他硕大的书房，自然就是他创作灵感的源泉。另一方面，自然本身也存在巨大的创作潜力，小到一朵小花的花开花落，大到宇宙的形成演变，都是一种富有生命力的创造过程。将自然万物都看成一个生机勃勃的创造过程，普里什文因此才希望通过自己的感悟和写作使“人的创作”和“自然的创作”相互呼应，让这两种创作相互结合。

最后，普里什文之写自然，其实同时也是写人，或曰最终还是写人。普里什文过于热衷自然，这使其创作曾引起非议，其中最著名、亦最让普里什文耿耿于怀的两个意见分别出自吉比乌斯和普拉东诺夫，前者指责他的文字“缺乏人性”，后者将其创作贬为“自然主义哲学”。如今看来，将普里什文创作中的“自然”与“人”相对立，实为对普里什文思想的一大误解，因为他的所作所为以及他的终极目的，均欲在将自然当作“人的镜子”。他在《跟随魔力面包》中写道：“研究作为自然的民间生活形态，也就是在研究全人类的灵魂。”他又说，他的“现实主义”就是“在自然的形象中看到人的心灵”，“让自然替艺术家说话”。研究自在的自然，目的就在于研究人，正如帕乌斯托夫斯基所言：

“普里什文面对自然的伟大的爱，源自他对人的爱。他的每一本书都充满对人亲人般的关注，也充满对这个人生活、劳作其上的那片土地亲人般的关注。因此，普里什文的文化，可以被定义为人与人之间的亲缘关系。”[①]普里什文说：“今天我感受的是自然界生命的整体，无须知道单个的名称。我感到同所有这些能飞、善游、会跑的生物都有着血缘关系。每个生命都在我心中留有记忆的底片，数百万年后才骤然从我的血液中浮出：只要看看，就会明白，这一切都曾是我生命中的存在。……我们和整个世界都有着血脉亲缘，如今我们正凭借亲人般关注的力量恢复这种关联，并借此在别样生活的人中，甚至是在动物和植物中，发现属于自己的东西。”[②]有论者将普里什文这一自然观称为与大自然的“共存共生，休戚与共”。与自然融为一体，天地人和谐共生，这是普里什文创作的动机和内涵，也是其自然观的特征和核心。

二

将普里什文的创作与“生态批评”理论做一个比照，我

① 《普里什文六卷集》，莫斯科文学出版社1956—1957年版，卷首页。

② 《普里什文八卷集》，莫斯科文学出版社1982—1986年版，第3卷，第195页。

们不难发现，普里什文可以被称为世界范围内生态思想的先驱之一。

“生态学”的概念由德国生物学家海克尔于1866年提出，“生态文学”在20世纪中期才成气候，而“文学生态学”和“生态批评”的概念则迟至20世纪70年代方才确立。美国作家雷切尔·卡森的《寂静的春天》（1962）被视为世界范围内生态文学的奠基之作，但将普里什文20—30年代的一些著作如《人参》《灰猫头鹰》等与《寂静的春天》做一对比，可以发现两者间有许多相通的思想。普里什文虽然没有对使用杀虫剂等破坏自然的具体方式提出激烈抨击，但其作品包含的善待自然、敬畏生物的思想和情感却是显在的。普里什文晚年的《大地的眼睛》等作品，更是充满预言家式的生态观念和环保思想，即便这部在他死后才面世的遗作，亦比《寂静的春天》早问世了近十年。做这样的比较，决不是为了贬低卡森等人对世界生态文学和环境保护运动所做出的杰出贡献，而仅仅为了说明，普里什文对于自然的态度和关于自然的思考也具有某种预言性质。更令人惊奇的是，普里什文进行这些思考的时空环境又恰好是那个主张征服自然、强调人定胜天的20世纪中期的苏联社会。

普里什文的生态和环保思想并不仅仅体现在他的作品中，他还是一位身体力行的自然保护活动家。他的作品《鹤乡》就记录下他的一段环保努力。在那片“鹤的故乡”，是排干沼泽发展生产，还是保持沼泽的生态原貌，不去惊扰鸟类的生活，这一抉择在普里什文处也曾是难题。从那些笔记中不难看出，普里什文起初对于排干沼泽持支持态度，因为这能为当地百姓的生活和劳动提供便利。但是，在他发现这里的沼泽里生长着一种古老的藻类“克劳多弗拉”之后，他改变看法，认为应该保持原有生态。为此，他在1928年7月8日的《消息报》上发表题为《Claudophora sauteri: 论自然保护事宜》的文章，呼吁保护濒危藻类。为此，普里什文遭到来自两个方面的误解：领导层认为他作为一位守旧的知识分子，不关心改善普通百姓的生活；当地百姓认为他是“为了自己享乐而替湖水说情”（指他想留住打猎的地方），同时也“为了让上面来的各级委员能继续在湖里打野鸭”。他曾遭到当地农民威胁，一些人甚至扬言要杀死他。这不禁让普里什文感叹：“我为克劳多弗拉水藻而奔波的全部旅程，如同堂吉诃德的旅行。”不过，普里什文的努力最终有了结果，几年之后，普里什文又以相同的题目在《消息报》发文（1934年11月11日），通报那片沼泽终于被划为保护区。或许正是由于这一事件，普里什文于1947年被推举为全俄保护自然协会莫斯科分会主席。

普里什文在担任该协会主席后发表的《保护自然》一文，是其环保观和生态观的集中体现。他站在自然的立场以充满同情的口吻写道：“实际上，我们的大自然中充满为存在而展开的斗争，要与死亡天使斗争，与病菌、细菌和各种病毒斗争，与长翅膀的、四条腿的和两条腿的敌人斗争。我们的大自然充满敌人，可这些人却在因为‘保护自然’这几个字眼而欣喜。显而易见，这个对人充满敌意的自然，与那个我们想要保护的自然，是两个不同的概念，相互对立的概念。当部长议会开始谈到自然保护问题时，大家很自然地都会理解为，这个自然就是苏联经济的原材料，就是某种地质宝藏，就是由海洋、土地和太阳构成的宝库。……人们要为文明的花园和公园取代野生的自然而哭泣，这样的时代已经过去，我们此刻谈的是另一种哭泣：我们要哭泣的，就是人自身对于由海洋、土地和太阳构成的宝库之丰富性的非文明态度。”[①]

在这篇不长的文章中，除了善待自然、保护环境的一般观点之外，普里什文的另外两个思想也很独特、超前：其一是城市（指莫斯科）之“自然”的保护；其二是保护自然事业自身所具有的教育意义。将这两项任务结合在一起，普里什文进而指出：“儿童心灵的健康在很大程度上就取决于孩子们与动物和植物的合理交往。孩子们自己去帮助动植物生长，这具有非常重大的意义。……毫无疑问，在莫斯科，自然保护的首要对象，应该就是儿童的生理和精神健康。”“我们应该对自然保护事业持一种特殊观点。在我们这里的条件下从事自然保护事业，我们就不仅要关注各种外在的财富，而且还要关注人本身，关注人的身体健康和心灵健康这样一些财富。在我们的自然保护事业中，我们将把这一理想的自然理解为确保我们后代心灵健康的一个健康前提。”“明确了这一点，我们就应该在莫斯科市和莫斯科州

① 《普里什文八卷集》，第5卷，第434、425页。

组织相应的自然保护事业：在这一方面，我们应当将其推上首位的并非经济学家和生物学家，而是教育学家，是那些能够把青年引向自然保护事业的享有威望的组织者。少先队和共青团组织应该转向自然保护事业，我们州的每所中小学里都应该建起自然保护小组，每个区都应该成立分会，让我们的青年人开展广泛的自主活动，他们最终不仅一定能让歌唱的鸟儿飞回莫斯科，而且或许能把这座故乡城变成一座大花园。这样一来，自然与人、树木与城市之间持续了许多个世纪的斗争也将以和平而告结束。”①

普里什文虽然没有给我们留下什么系统的生态学著作，但在世界生态文学和生态思想的发展历史中，他无疑应该占据重要一席。

三

普里什文创作中的宗教因素，或曰普里什文的宗教观，是近些年间“普里什文学”中广泛探讨的话题。受苏联解体后俄国社会宗教化思潮之影响，人们对“普里什文与宗教”这一问题的谈论似乎过于热烈，但这毕竟使人们关注到了普里什文创作和思想中之前涉猎较少的宗教侧面。

① 《普里什文八卷集》，第5卷，第427—430页。

在普里什文一生中，其宗教观先后受到几位女性的影响。第一位是他的母亲。普里什文的母亲玛丽娅·伊万诺夫娜是一位旧礼仪教派信徒，她身上那种像一切俄国旧礼仪派教徒一样既虔诚信奉东正教、却又对官方教会及其礼仪持有怀疑和警惕的态度，在普里什文身上留下一定痕迹。普里什文第一次北方之行时关注的重点之一，就是北方地区俄国分裂教派的信仰和生活，后来的第三部特写《在无形之城的城墙下》更是专门诉诸这一主题。普里什文对旧礼仪教派的一贯关注，也许与他母亲的信仰不无关系。第二位女性是普里什文的第一个妻子叶夫罗西尼娅·帕夫洛夫娜，后者是一位虔诚教徒，始终遵循严格的宗教礼仪，前往教堂做礼拜，对于普里什文的漠视教会礼仪，她时常表达不满和不屑，普里什文在1928年1月15日的日记中这样写道："叶夫罗西尼娅·帕夫洛夫娜和我一起生活了25年，却始终认为我是一个'不信教的人'，因为在她看来，只有坚持参加宗教仪式的人才能被称为信徒。"第三位女性是作家罗扎诺夫的女儿，普里什文居住在谢尔吉耶夫（扎戈尔斯克）期间，与同样居住在这里的罗扎诺夫的女儿塔吉雅娜·瓦西里耶夫娜·罗扎诺娃交往甚密，两人经常就宗教问题展开讨论，甚至发生碰撞。最后一位对普里什文产生宗教影响的女性是他晚年的妻子瓦列里娅·德米特里耶夫娜，在他们两人持续十几年的共同生活中，瓦列里娅·德米特里耶夫娜强烈的宗教精神对晚年普里什文的思想产生很大影响，普里什文晚年作品和日记中越来越虔敬的感受、越来越沉静的思考，或许就是这种影响的一个体现。需要指出的是，他们夫妇对宗教问题的思考，是在一个无神论甚嚣尘上的时代和社会环境中展开的。

在20世纪初的彼得堡，普里什文曾对神秘教徒的信仰和宗教生活很着迷，与彼得堡的神秘教派多有接触。在俄国宗教史中，正统教会和所谓分裂教派的对峙和斗争由来已久，自17世纪中期在大司祭阿瓦库姆与大牧首尼康之间爆发“大分裂”之后，形形色色的旧礼仪派一直存在于民间，处于地下秘密状态，且势力和影响力都始终非常强大。到了白银时代，沙皇政府和官方教会对非正统宗教势力的打压有所放松，还在1908年颁布《宗教信仰自由法》，于是，各种神秘教派纷纷浮出水面，其“神秘”的宗教理念、信仰方式乃至仪式，均引起当时俄国知识界广泛关注，这一时期的许多作家都在作品中对其做过描写，比如别雷的《银鸽》。由于普里什文在当时给他带来名声的三部特写《鸟儿不惊的地方》、《跟随魔力面包》和《在无形之城的城墙下》中无一例外地都写到旧礼仪派教徒的生活，因此，在当时的彼得堡文学界，在梅列日科夫斯基夫妇的宗教哲学学会中，普里什文被公认为一位神秘教派“专家”。普里什文也很为自己的这个角色而得意，于是更加热心地接触神秘教徒们，许多鞭笞教派人士是他家的常客，他与彼得堡神秘教派的领袖之一列格科倍托夫来往甚密，还曾把神秘教徒领到沙龙中去与彼得堡文人们见面。在这一时期，他受列米佐夫影响最甚，后者对神秘教派和宗教神秘主义的热衷和倡导，无疑也会让普里什文在这一方面更为用心。这一时期出版的两部文集《陈旧的故事》和《五花八门集》，其内容就大多是神秘派教徒之生活的反映。所谓“神秘教派主题”，从此便成了普里什文的创作母题之一。在彼得堡，普里什文与神秘教派的这种密切关系一直持续了两年多，这自然会对普里什文的创作产生某种影响，“无论普里什文的心理多么健康，与神秘教徒们的交往，对神秘教派世界观的着迷，在他那里还是不可能不留下任何痕迹，这对其世界观和风格的影响，要比人们通常所认为的更为强烈”①。

在普里什文生活于谢尔吉耶夫镇期间，小镇浓厚的宗教氛围也肯定会对他产生影响。这个小镇在俄国无人不知，因为著名的圣三一谢尔吉修道院就坐落在这里。在普里什文一生中，这可能是他第一次如此近距离地住在一座修道院旁，更何况，这座修道院又是无数俄国东正教教徒心目中的圣地。与两位“宗教女性”终日相处，与圣三一修道院每天相见，这想必会加深、强化普里什文在宗教方面的思考。

然而，在了解了普里什文的“宗教”背景之后，我们再来整体地把握他的创作，却又似乎感觉不到过于强烈的宗教感。他对自然的崇敬，无疑具有宗教性质、带有宗教情感，但这种“自然崇拜”中却含有某种泛神论色彩；在倡导无神论的苏维埃时期，他却始终是个东正教徒，但这个姿态与其说是殉道式的，不如说是审美意义上的。普里什文创作的发

① 瓦尔拉莫夫《普里什文传》，莫斯科青年近卫军出版社2008年版，第140页。

现者伊万诺夫-拉祖姆尼克在《伟大的牧神》一文中关于普里什文如此写道："他对这庄严的教堂礼拜并不感兴趣，对他而言，大自然中每天日出时分都要进行的那种礼拜或许更易理解，更为亲近。"[①]或许可以这样说，在解读普里什文的宗教观时我们也不应忘记：大自然就是他心目中的神，文学就是他的信仰。

四

"在对诗意源头的找寻中，我曾长久地将诗人的这种心灵状态称为亲人般的关注。但是，探究了这种关注的实质，并希望把这种关注与意识、意志、个性结合在一起，这时，我就开始将其称为一种行为方式了。"[②]普里什文在《大地的眼睛》中写下的这段话，把他的"亲人般的关注"和"艺术是一种行为方式"这两个概念联系了起来。所谓"艺术是一种行为方式"（исскуство как образ поведения），可视为普里什文之文学观和美学观的最重要表述。同样是在《大地的眼睛》中，有一节题为《诗歌》的文字对这一概念做了更充分的

---

① 伊万诺夫-拉祖姆尼克《创作和批评》，慕尼黑维尔拉格出版社2007年版，第17页。

② 《普里什文八卷集》，第7卷，第265页。

说明："我奉献给人们的诗歌，是我的善良行为的结果，我的善良行为就是对我的母亲和其他一些俄罗斯好人的记忆。我完全不是一名文学家，我的文学只是我的行为方式。……也许，我们称为'诗歌'的东西，就是我们个人那种释放创作力的行为方式。"

在其他许多场合，普里什文以不同的方式反复重申过这个意思，他甚至打算写一本题为《艺术是一种行为方式》的书，作为自己整个创作之总结。普里什文的这一命题里大致有这么几重意思：

首先，他在强调文学和艺术应该像生活本身一样朴实和真实。普里什文的文字总给人一种很平实、很亲切的感觉，让人觉得其作者是一个善良的老者，这也许因为普里什文初次发表作品时的确已是一位中年人，但更主要的原因也许还在于普里什文朴实的文风。普里什文的作品，无论是自然主题的随笔，还是自传小说、猎人故事或儿童文学，甚至日记，都以探究自然和生活中的真为唯一目标。就此而言，普里什文"基本是一个道德家"，这也是使普里什文的创作与俄国文学总的传统联系在一起的一个重要因素。但是，普里什文又与他非常敬重的托尔斯泰那样的道德作家不同，他自一开始就没有训诫、教导的姿态，不是传教士和说教者，作为作家的他只是不停地展示、启迪、感染和熏陶，而从不训诫、教导、强令或喝断。他用准确、细腻的语言充满爱意地描绘出一部壮观的"自然史诗"，但这部巨著中通常却没有什么奇迹，没有什么悬念，甚至没有爱情纠葛，朴实得如同大自然本身，平淡而又纯净得如同水和空气。

其次，他在倡导艺术和生活的相互统一。普里什文说过这样一句名言："像生活一样写作。"我们还可以再补充一句：他一直在像写作一样生活。对于普里什文来说，创作和生活是同一枚硬币的两面，是密不可分的整体。

最后，与此相关，"艺术是一种行为方式"，这其实是普里什文提出的一种人生态度。斯洛宁在谈到普里什文时指出："他的生活方式同他的信念是和谐一致的。"[①]普里什文曾套用笛卡尔的名言说："我写，故我在。"他用一生的创作来证明他对自然和人生的态度，同时，他又用自己一生的实际生活来佐证他在自己作品中提出的理念。

五

大约在20世纪二三十年代，普里什文形成了自己的世界观，这一思想体系的核心，就是"万物统一"（всеединство）的思想。这种统一可以是不同层面上的，比如人与自然的统一，即前文分析过的"亲人般的关注"概念；比如自然与文化的统一，即自然的存在与人类的意志之间的统一，存在的一切与人的创造之间的统一。为了说明这一世界观的内涵，

① 斯洛宁《苏维埃俄罗斯文学》，浦立民、刘峰译，第117页。

我们在此引用《思想家普里什文》作者的两段归纳：

> 作为一位思想家，普里什文演绎了一种统一，完整的世界观，一种统一的哲学信仰，这一哲学信仰体现在他经常思考的那些问题之中，如自然与人、存在之“活的整体”、进化链的亲合关系、世界的递升发展、生活的创造和“未曾有过的一切”之创造、“亲人般的关注”、像对待自己一样对待他人、恶向善的转化、“欣悦”、个性和不朽，等等。

> 普里什文世界观的关键词始终是“生命的创造”……这或是指大自然中不断进行的创造，人自身的创造……作为自然、作为符合人的利益的各种物质之组织的人的创作，或者用费奥多罗夫的话来说，就是大自然“将意志和理性引入自身”的调节。普里什文这些年间表达出的一个最重要思想，与俄国宇宙哲学的生物圈直觉论很接近，即所有这些创造潮流相互统一的思想，即自然之存在的创造过程、人类的意识、个性的引导意志这三者的相一致，换一种说法，也就是文化和自然相互综合的思想……如果说，俄国宗教思想界提出了神人的思想，神的激情与人的激情在拯救世界之事业中相互作用的思想，即神与人共同创造的思想，那么，普里什文则在20年代末、30年代初提出了一个自然与人共同创造的方案。

人与自然“亲密共处”的理想，原本就是贯穿着普里什文整个创作的基本主题。在普里什文关于人与自然之关系的理解中，有两个非常重要、但似乎还没有受到人们足够重视的特点：首先，就是普里什文对这两者之间某种“互动”关系的强调。在他看来，人与自然的相互依存，不仅仅是物质意义上的，同时也是精神层面上的。人不仅是“自然之子”或“自然之王”，同时也是“自然的灵魂”，没有人的自然，就像是没有人居住的房子，同样，疏远自然的人就是一个流离失所的无家可归者。“人活在大地上绝不是为了自身，而是为了统一。”[①]重要的是，在断定“一切皆在一切之中”的同时，普里什文更为强调的似乎是人与自然之间、人与一切之间热烈的“对话”关系，没有人的自然就不成其为自然，同样，脱离自然的人也不成其为人，因此，恢复人的自然属性，就如同发掘自然中的人性一样，都成了普里什文关注、思考和追求的重点。

其次，则是普里什文在解读人与自然之关系时所体现出的某种神秘性。俄国文学和文化中向来存有对于大自然的崇拜，“母亲大地”“母亲河”之类的称谓在一定程度上或许就是俄罗斯人内心的泛神论情结之体现。面对大自然，普里什文往往怀有敬畏之心，觉得其中包含无尽秘密，面对茫茫自然，人就是一粒“林中水滴”，而这滴水珠只有融入到自然这一“神的肉体”中去，才能实现生命，甚至赢得不朽。

① 《普里什文八卷集》，第8卷，第244页。

这样一来，人通过自身的创造，借助与万物融为一体，最终能获得宗教意义上的复活。普里什文说过："要意识到造物主在创造世界时的完整和统一，意识到自己和一切生者与死者的联系。"[①]

普里什文的"万物统一"思想显然受到三位俄国思想家的影响，一位是俄国宗教思想家费奥多罗夫，一位是俄国科学思想家维尔纳茨基，一位是白银时代的哲学家索洛维约夫。费奥多罗夫的"父辈复活"学说和"共同事业哲学"理论均对普里什文产生过较大影响，在普里什文《恶老头的锁链》的手稿里，第六环的标题原来就叫《父辈的复活》。普里什文的"亲人般的关注"概念，其实就直接源自费奥多罗夫，后者曾用"亲人关系"（родственность）来指"人的世界统一感"。而维尔纳茨基的《生物圈》一书在1926年出版后不久，其理论就引起普里什文的热情关注和强烈共鸣，据普里什文夫人回忆："比如在1937年，普里什文就着迷地阅读过杰出的苏联地球化学家维尔纳茨基的书。他读着这本书，'就像童年时阅读惊险小说'。普里什文在这些天的日记中，将人的创造的实质定义为这样一种能力，即'不仅具有人的时间感，还要具有星球的时间感'。"[②]维尔纳茨基以其宏大的哲学气魄和严密的科学思维，论证了整个地球生命都是一个相互依存的生物圈，是一个有机的统一体。

① 《普里什文八卷集》，第8卷，第215页。

② 《普里什文与当代》，莫斯科1978年版，第32页。

正是在维尔纳茨基这里，普里什文为自己的“万物统一论”找到了科学根据。索洛维约夫作为“俄国现代哲学之父”，其“万物统一”学说更是普里什文思想的直接源泉。三位大思想家，一位以科学和理性的精神解读世界，一位从宗教和信仰的角度观察生命，一位将关于自然和世界的认识上升到哲学层面，试图调和认识和信仰，而普里什文则综合地继承了他们的学说，并将其落实在自己的创作和思考中。费奥多罗夫、索洛维约夫和维尔纳茨基又一同被视为“俄国宇宙哲学”（русский космизм）的代表人物，这一学说是一个集哲学、文学和自然科学为一体的关于宇宙的认识论，它认为宇宙是一个遵循同一规律发展的大系统，地球是其中平等的一员；而在地球上，同样，每一种生物都遵循共同的发展规律生存并进化。作为他们三人思想的继承者，普里什文也被视为俄国宇宙论哲学家之一，因为在他的作品中，“细节的精雕细刻，以局部代替整体的举一反三手法的运用，造成这样的效果：通过微观世界的现象来反映整个的宏观世界”，正所谓“从显微镜到望远镜”。普里什文自己也说过，“我关注的都是些细枝末节”，但从中却可以“得到一幅星球运动的图画”。普里什文的生物平等思想、自然与人同一的意识和“万物统一论”，无疑都为俄国宇宙哲学注入了新的内涵。

六

阅读普里什文20世纪30年代之后的日记，可以发现他对许多思想和学说都曾给予持续的关注，他与之展开热烈对话的理论就有：罗扎诺夫的性别学说，梅列日科夫斯基的寻神论，弗拉基米尔·索洛维约夫的历史哲学，费奥多罗夫的共同事业哲学，柏格森的生命冲动学说，詹姆斯的意识流，施蒂纳的个性实现论，尼采的超人论，维尔纳茨基的生物圈学说以及俄国形式主义文论，等等。回顾一下普里什文的经历，再回忆一下他的文字，其实不难感觉到，与其同时代的俄语作家相比，普里什文的确很富有“理性”和“思想”，他甚至被人视为“地道的天生思想家”。普里什文去世之后，他的遗孀瓦列里娅·德米特里耶夫娜曾在一篇文章中专门探讨过普里什文创作中“艺术”和“科学”的关系，这篇题为《观察世界的艺术》的文章，其副标题即《从科学到艺术》。瓦列里娅·德米特里耶夫娜指出，普里什文“是从科学走进艺术的”，他在莱比锡大学学习时读的是哲学系，他也的确听过许多哲学课，回国之后他当过农艺师，写过农学著作，这样的学术背景不可能不对他的艺术产生影响，因此，“可以不夸张地说，普里什文全部的文学工作，要么是认知生活的科学方式和诗歌方式这两者的对比，要么就是这两者的结合”[①]。她将“科学”和“艺术”喻作人观察世界的两只眼睛，将普里什文的创作归纳为“概念的诗歌”，她认为普里什文创作的意义就在于“科学”和“艺术”这两者的结合，以及这种结合所赋予其创作的思想力量。高尔基1926年曾致信《文学报》，热情推介普里什文，就是因为他在后者的创作中发现了“诗歌”与“知识”的结合：“这也就是在我看来最有价值的东西，因为我将此当作诗歌和知识这两者出色的、和谐的结合，只有一个热爱知识、充满爱意的人才能实现这样的结合。这是一种罕见的、令人羡慕的结合；我过去和现在都没有见过这样的文学家，他能如此出色地、充满爱意地、精确细腻地明白他所表现的一切。”

与普里什文所表达的思想相比，其思想的表达方式似乎更为独特。有人指出，他的手法就是“富有艺术性的、看得见的思想形象”，也就是说，他的思想是形象化的思想，他喜欢借助生动、具体的形象来阐释自己的思想，他是一位用形象或意象来展开思想、演绎思想的思想家。还有论者指出，普里什文的思想更像是一种“心灵的思想”，普里什文曾告诫自己：“要避免没有心灵参与的思想。”这就是说，普里什文的思想是大脑和心灵共同作用的结果。这是一种朴素的思想，是在具体生活层面上展开的思想。“普里什文的思想与生活一同增长，与生活天衣无缝地交织在一起；思想在生活，生活也在思想，生活经历流入书籍，在书中获得了

① 《普里什文与当代》，第30页。

自我意识，安顿了下来。”[①]普里什文最常见的文体是日记体随笔，这些文字短小精悍，而这种充满睿智警句的短文，正是自法国启蒙主义作家以来的欧洲思想家们最偏爱的体裁之一，普里什文在恰达耶夫、赫尔岑等人之后，在俄语文学中再次尝试并发展了“格言散文”这一文体。总之，充满“看得见的思想形象”和“心灵的思想”的“格言体散文”，这便是普里什文独特的思想表述形式。

严格地说，普里什文的思想似乎并不十分复杂艰深，然而，它却显得十分博大，浑然天成，这是一种既温情又理性、既科学又人文的大思想。更需要指出的是，在当下的普里什文研究中，我们才刚刚开始揭示作为一位深刻思想家的普里什文，普里什文的思想遗产及其思想史意义，还有待我们去做更深入的考察和理解。

（原载《外国文学评论》2012年第1期）

① 库尔巴托夫《普里什文传》，莫斯科苏联作家出版社1986年版，第88页。

巴别尔：谜团、瑰丽和惊世骇俗

伊萨克·巴别尔，一位在俄国、中国和整个世界都能引起强烈阅读兴致的作家，其生活跌宕起伏、布满谜团，其创作惊世骇俗、别具一格，他的生活和创作构成了关于20世纪俄苏历史一个时段的具有狂欢化色彩的文学记录。

一

巴别尔的一生充满许多奇特的变故和突转，甚至难解的谜团。他至少用过四个姓氏：他原姓“鲍别尔”，开始发表作品时曾署名“巴勃-埃尔”，最后选定“巴别尔”做笔名，他在第一骑兵军任随军记者时则化名“基里尔·瓦西里耶维奇·柳托夫”。他的生卒日期也不确定，俄语文学工具书中标明的巴别尔出生日期均为“俄历1894年7月1日，新历7月13日”，可巴别尔出生证上记下的日期却是“俄历6月30日”，以新旧历之间相差13天计，巴别尔准确的出生日期应该是“1894年7月12日”；巴别尔1940年1月27日在莫斯科卢比扬卡监狱被枪毙，但在巴别尔被恢复名誉时，官方告之巴别尔亲属的死亡时间却是“1941年3月17日”。

在20世纪20—30年代的俄苏文学史中，巴别尔显现出了某种悖论身份。20年代中期，巴别尔的妹妹、母亲和妻子相继侨居西欧，可坚持留在国内的巴别尔却能多次获准去国外探亲。1925年，他的三部短篇小说集在一年内先后推出，《骑兵军》更是在短时间里多次再版，他由此成为当时最著名的作家之一，可当时位高权重的军方领袖、曾任第一骑兵军司令的布琼尼却在《真理报》发文，指责《骑兵军》污蔑红军战士，幸有高尔基出面力挺巴别尔。一阵作品出版热潮过后，巴别尔却突然陷入所谓“文学沉默期”，他转而写作一些剧本和电影脚本，曾与爱森斯坦等人合作，还曾试图将《钢铁是怎样炼成的》改编成电影。1934年8月，他参加在莫斯科举行的第一届苏联作家代表大会，并在会上发言。次年6月，他与帕斯捷尔纳克等人一同前往巴黎，出席“捍卫文化与和平国际作家反法西斯大会”。这两件事情表明，巴别尔在当时是一位颇受重视的“苏维埃作家”。之后数年，是20世纪俄苏历史上的“大清洗”和“大恐怖”时期，巴别尔起初似乎顺风顺水，还在莫斯科郊外的作家村佩列捷尔金诺得到国家给予的一套别墅。但是，1939年5月15日，巴别尔却在佩列捷尔金诺被捕，罪名是“反革命罪”和“充当法、奥间谍”，半年之后被枪毙。关于巴别尔遇害的原因人们至今不明究竟，有人说是巴别尔得罪了斯大林，因为斯大林不喜欢巴别尔在《骑兵军》中提起苏波战争；有人断言是巴别尔交友不慎，他的一些朋友当时都已被定为“人民公敌”；有人认为，一直偏爱巴别尔的高尔基于1936年去世，使他最终失去了庇护；也有人猜测，曾在秘密警察机构工作的巴别尔也许掌握了一些招致杀身之祸的内情。对于官方的苏联文学而言，巴别尔究竟是敌人还是朋友，究竟是红色作家还是所谓“同路人”，这在很长一段时间里都是一个疑问，而巴别尔的结局则表明，他最终被当局当作了必须消灭的异端。巴别尔的身份和遭遇是充满悖论的，他仿佛是主流中的异端，又是异端中的主流。

巴别尔的作品自身也构成一个谜。巴别尔究竟写下了多少文字，现在已无法判断，因为秘密警察在逮捕巴别尔时从他家中抄走一大批手稿，计有15件卷宗和18个笔记本，如今相关档案已经解密，其中却不见巴别尔的手稿。

巴别尔的生活和创作，无论姓氏还是生死，无论身份还是文字，都像是“未完成体”。许多与巴别尔相关的书籍都会采用这样一些颇为耸人听闻的标题，如《被遗忘的巴别尔》《被焚毁的巴别尔》《未知的巴别尔》《伊萨克·巴别尔：真相和虚构》等等。巴别尔的生活和创作之谜，自然源自他所处的时代和体制，那样一个充满动荡的乱世必然会在他身上留下深刻的烙印，严酷的社会环境会使他像他的众多同时代人一样生出许多难言之隐，做出许多被迫的伪装。与此同时，巴别尔疑窦丛生的身世，在一定程度上或许也与他的性格和美学风格不无关联，作为一位善于故弄玄虚、热衷真真假假的作家，他也在有意无意之间将自己的生活“文学化”，或将自己的作品“自传化”，他的生活可能是真正的文学体验，而他的作品则可能是“伪纪实小说”。

二

巴别尔存世的短篇小说不过百余篇，我们能从中分辨出若干主题，其中最重要的两个主题即“敖德萨系列”和“骑兵军系列”。巴别尔1921年在敖德萨做编辑时，开始在当地报刊发表“敖德萨故事”；1922年在格鲁吉亚等地当记者时，他开始写作“骑兵军系列”。后来，这两个系列分别合集出版，受到广泛欢迎。包括《国王》《日薄西山》《此人是怎样在敖德萨起家的》《父亲》《哥萨克小娘子》等名篇在内的《敖德萨故事》，多是关于敖德萨犹太人，尤其是敖德萨犹太强人的故事，巴别尔在他的小说中写到了犹太人生活的不幸和艰难，写到了残忍的屠犹场景，但与此同时，他选取别尼亚·克里克、弗罗伊姆·格拉奇等几位犹太强盗头领为对象，描写他们的敢作敢为，他们的喜怒哀乐，似乎旨在借助这一类型的主人公实现他对敖德萨犹太人生活的理想化和艺术化，用狂欢化的手法在小说中实现犹太造神运动。在巴别尔的创作中，与“敖德萨主题”紧密抱合的还有他的“童年主题”。如果说，“敖德萨系列”是犹太强人的肖像画廊，那么，“童年系列”则是一位敖德萨犹太男孩的心灵史。犹太孩子成长过程中的胆怯和敏感、抗争和发奋、恐惧和复仇等极端心理，在巴别尔以《我的鸽子窝的历史》为总题的一组小说中得到了淋漓尽致的描写。在《我的鸽子窝的历史》中，犹太少年入学的喜悦和屠犹场景的残忍构成对比，犹太子弟中榜的喜庆暗含着这个民族的复仇心理。重压下的、被迫的勤奋，构成了巴别尔“童年系列”小说的主要描写对象，但巴别尔却时常突出在“我”身上很早便涌动起来的文学冲动：他在练习小提琴时把屠格涅夫或者大仲马的小说放在谱架上，一边拉琴，一边狼吞虎咽地看着一页页小说；他给妓女讲故事，因此得到一笔钱，他将之称为他的“第一笔稿费”。但要注意到，巴别尔的“童年记忆”往往并非百分之百的“生活事实”，但其中的犹太儿童的心理活动和自幼就有的对文学的热爱，却无疑是少年巴别尔的真实心迹。

真正给巴别尔带来全俄乃至全世界声誉的作品，还是他的“骑兵军系列”。1920年苏波战争期间，巴别尔化名“柳托夫”随布琼尼的第一骑兵军征战数月，其间的所见所闻、所思所想就构成了《骑兵军》的主要内涵。如今被归入这一“系列”的短篇小说共38篇，它们的创作时间延续达15年之久（1922—1937），但其中的大部分作品写于1925年之前，巴别尔后来只是在不断地加工、改写这些故事。从内容上看，战争和暴力，死亡和性，哥萨克骑兵和屠犹等，这一切相互交织，构成了《骑兵军》的主题。

巴别尔短篇小说的最大特征，就是绚丽和奇诡。巴别尔在一次座谈中这样谈论自己的创作：“我对形容词所持的态度，也就是我一生的历史。如果我要写一部自传，它的题目或许就叫《一个形容词的历史》……如果说我一时无法把这一切写在12页纸上，我始终缩手缩脚，那也是因为我始终在挑选词语，这些词一要有分量，二要简单，三要漂亮。”这里的“有分量”“简单”“漂亮”这三个形容词，最好不过地概括了巴别尔小说的语言风格。巴别尔在进行小说写作时是抱有“语不惊人死不休”之初衷的。他如此苦苦地锤炼作品，其中的重要动机之一就是要发掘俄语中所蕴含的无限潜力。

生动传神、别具一格的景色描写，是巴别尔小说最为醒目的识别符号，换句话说，高超、复杂的写景策略是巴别尔小说写作技巧中最为核心的构成。他的景色描写有这样几个突出特征：首先，是描写客体的主体化。巴别尔最热衷的景色描写对象是太阳、大海、树木等自然景物，也有白昼、夜晚等时间概念，在巴别尔的小说中，这些对象都纷纷活动了起来，获得与动物、与人一样的行动能力、感知能力，甚至抒情能力，这样的处理已远远超出“拟人”的修辞范畴，而试图将一切描写客体主体化。比如小说《此人是怎样在敖德萨起家的》中有这样的写景：“别尼亚·克里克讲完这番话后，走下土冈。众人、树木和墓地的叫花子们都鸦雀无声。”在这里，树木是与众人、叫花子们地位平等的，都在倾听别里亚的话，都在乖乖地鸦雀无声。而在《父亲》一篇中，黄昏、残阳、夕晖等均成为小说中的能动角色：“黄昏贴着长凳兴冲冲地走了过去，落日熠熠闪光的眼睛坠入普里斯普区西面的大海，把天空染得一片通红，红得好似日历上的大红日子。”其次，巴别尔的写景具有高度的隐喻性，具有强烈的情绪调节功能。无论是拟人手法，还是描写客体的主体化，其本质仍在于隐喻。比如，在屠犹行动中被打倒在地的孩子突然听到，“在这片土地的远处，灾难正骑着高头大马驰骋”。最后，巴别尔小说中的景色描写往往被赋予某种结构功能。巴别尔的写景大多篇幅很小，三言两语，仿佛神来之笔；巴别尔自己肯定也十分在意这些妙句，因此总是把它们置于小说中的最重要位置，或在开头或在结尾，或在情节突转点或在有意省略处，让它们发挥着重要的结构支撑作用。这是《潘·阿波廖克》的结尾：“无家可归的月亮在城里徘徊。我陪着它走，借以温暖我心中难以实现的理想和不合时宜的歌曲。”

至于巴别尔小说的整体结构特征，则可以用“简洁”这个词来加以概括。“简洁是天才的姐妹。”契诃夫的这句名言也被巴别尔奉为座右铭。相比俄国文学中的“简洁大师”契诃夫，巴别尔有过之而无不及，甚至可以说，他是俄国文学中写得最为简洁的作家。巴别尔短篇小说的平均篇幅大约不到汉译一万字，在所谓“微型小说”和“掌上小说”兴起之前，这一现象在俄国文学中即便不是绝无仅有，也是十分罕见的。或许正是在这一意义上，巴别尔把自己的小说称为“短的短篇”。巴别尔如此写小说，首先是天性使然，是他与生俱来的文字风格；其次，他试图以自己的创作尝试来改变俄国短篇小说不够发达的现状。无论出于何种动机，就整体结构而言，巴别尔的短篇小说写作无疑具有明确的体裁创新意识。为了达到密实、凝缩的结构，他还引入了蒙太奇、突转等电影和戏剧表现手法。

简洁的语言、独特的写景和浓缩的结构这三个因素相互结合，熔铸出巴别尔短篇小说的总体风格。在巴别尔的笔下，极端场景下的瑰丽抒情、充满突转的心理感受与电报式的简洁文体、令人惊艳的修饰语融为一体。巴别尔的小说三言两语，是断片式的，甚至是残缺的，却又具有浑然天成的整体感；它们是跳跃的、省略的、点到为止的，却能给人以某种厚重苍茫的史诗感。《父亲》的结尾写得就像数十年后马尔克斯著名长篇小说《百年孤独》的著名开头："这笔交易是在黑夜行将逝去、拂晓已经初临时谈拢的，就在这一刻，历史的新篇章开始了，这是卡普伦家败落的历史，是他家渐渐走向毁灭、火灾、夜半枪声的历史。而所有这一切——目中无人的卡普伦的命运和姑娘芭辛卡的命运——都是在那天夜里，当他的父亲和她意想不到的新郎官沿着俄罗斯墓地信步而行时决定下来的。那时一群小伙子正把姑娘们拽过围墙，墓盖上响起此起彼伏的亲嘴的声音。"

三

巴别尔是20世纪最重要的俄语短篇小说家之一，也是世界文学史上最重要的短篇小说大师之一。如今，在20世纪俄语文学的历史语境中看待巴别尔的创作，我们至少可以归纳出他在如下几个方面的独特属性。

首先，从文学谱系和创作风格上看，巴别尔体现着罕见的综合性和多面性，就某种意义而言，他的创作就是对多种文学传统综合性继承的结果。俄语是他的母语，是他唯一的文学语言，他像大多数俄语作家、大多数用俄语写作的俄罗斯犹太作家一样，不止一次地表达他对俄语的深情厚爱。巴别尔自幼就精通法语，他是在中学法语老师的影响下走上文学之路的，他最初几篇小说系用法语写成。他被称为“俄国的莫泊桑”，并不仅仅因为他的创作的体裁和题材属性，同时也因为他对法国文学的熟稔，他对法国文学的借鉴。与此同时，他又是一位犹太人，他对故乡“俄国的耶路撒冷”敖德萨的文学描写，他对俄国犹太人悲剧命运的文学再现，与他作品中的犹太人用语、与他对犹太文学传统的迷恋相互呼应，使他被视为20世纪俄语文学中犹太主题的最突出代表。甚至在巴别尔小说的语言方面，犹太文化传统也有着深刻的渗透，巴别尔善用俄语再现犹太语对话的风格。就这样，在巴别尔的创作中，俄国文学、法国文学和犹太文学等不同传统相互交织，相互交融，形成一种和谐而又多元的风格。如今，人们又试图在这一“混成”文学风格中分辨出乌克兰，乃至波兰文学的构成因素。

其次，巴别尔发扬并光大了俄国文学中的南方主题和南方风格。俄国是一个北方国家，俄国文学就总体而言也是更具“北方”意味的，相对而言比较严肃冷静，内敛沉思。从南俄的海滨城市敖德萨来到北方的都城彼得堡后不久，巴别尔就发现了俄国文学的这一“北方”属性，他在一一列举屠格涅夫、陀思妥耶夫斯基、果戈理等人的创作之后惊讶地说：“如果你仔细想想，难道不会对浩如烟海的俄罗斯文学还从未对太阳做过真正欢乐、明朗的描述而感到惊讶吗?”也就是说，从创作之初，巴别尔就已经有了踌躇满志、雄心勃勃的“文学弥赛亚意识”，即要把南俄的“异国情调”带入俄国文学。巴别尔试图将这“阳光和轻松”带入彼得堡，将阳光和力量、大海和欢乐、幽默和随性、性和暴力注入俄国文学。随着《敖德萨故事》和《骑兵军》的走红，巴别尔终于在20世纪20—30年代奠定了俄国文学中所谓的“南俄流派”。

最后，巴别尔专攻短篇小说，这既是他的文学兴趣和写作方式使然，同时也是他某种明确的体裁创新意识和文学使命感的具体体现。巴别尔在接受访谈时说过的两段话，能让我们揣摩到他专心写作短篇小说的两个动机：“我觉得，最好也谈一谈短篇小说的技巧问题，因为这个体裁在我们这里一直不太受恭维。应该指出，这一体裁在我们这里先前从未有过真正的繁荣，在这一领域，法国人走在了我们前面。说实话，我们真正的短篇小说家只有一位，就是契诃夫。高尔基的大部分短篇小说，其实都是压缩版的长篇小说。托尔斯泰那里也都是压缩版的长篇小说，只有《舞会之后》除外。《舞会之后》是一篇地道的短篇小说。总的说来，我们的短篇小说写得很差，大都是冲着长篇去写的。”“我们现在需要短的短篇。数千万新读者的闲暇时光并不多，因此他们需要短篇小说。”巴别尔试图以自己的创作来改变俄国短篇小说不够发达的现状，向莫泊桑等法国短篇小说家看齐，同时也是为了呼应时代的需求，“短的短篇”有可能更适应追求高速度的时代和社会，这自然是一句应景式的话，但它与巴别尔的作品在20世纪30年代的备受欢迎或许也暗含着某种契合。无论出于何种动机，就整体而言，巴别尔的短篇小说写作无疑具有明确的体裁创新意识，在客观上也促成了短篇小说创作传统在20世纪俄语文学的强大延续，甚至新的崛起。他是“俄国的莫泊桑”，也是世界范围内的“20世纪的莫泊桑”。

四

中国人开始广泛地知悉巴别尔和他的小说，大约是在改革开放之后，由上海译文出版社1983年出版的马克·斯洛宁所著《苏维埃俄罗斯文学（1917—1977）》（蒲立民、刘峰译，毛信仁校）一书中的专章（第七章）《伊萨克·巴别尔：浪漫主义小说家》，使中国的俄苏文学研究者和广大读者首次意识到，巴别尔有可能是20世纪俄语文学中的一流大作家。1992年，孙越翻译的《骑兵军》由花城出版社出版，在中国作家和读者间引起一片惊讶，孙越由此成为将巴别尔作品引入汉语的第一人，时隔20余年，在走访了巴别尔的故乡和故居之后，在更深地把握了巴别尔的生活际遇和心路历程之后，孙越又重译了《骑兵军》。对于巴别尔在中国的接受和传播做出很大贡献的还有其他一些作家和翻译家，戴骢先生以传神的译笔译出《敖德萨故事》和《骑兵军》，这两部译著先后由多家出版社再版；王天兵先生在侨居美国期间爱上巴别尔，他不仅约请戴骢先生译出巴别尔的上述两部短篇集，还先后写作并出版了《哥萨克的末日》《和巴别尔发生了爱情》等书，他将欧美的巴别尔接受观引入了我国，使我们丰富了对巴别尔的认识和理解。在这几位先生以及巴别尔的其他中译者如徐振亚、马文通、傅仲选、王若行等人的努力下，巴别尔的创作已在汉语中得到了比较完整的呈现。

如今，中文版的《巴别尔全集》又面世了。这套全集的编纂，同时参考了由彼得堡大学教授苏希赫主编的俄文版四卷本《巴别尔作品集》以及由巴别尔的女儿娜塔莉娅主编的英文版《巴别尔作品全集》，这个中文版可能是世界范围内第三个语种的《巴别尔全集》，《全集》共分五卷，依次为《敖德萨故事》《骑兵军》《故事和特写》《巴别尔剧作集》《巴别尔书信集》。与英文版全集相比，中文版所收不仅限于“作品”，将书信、访谈等所有文字悉数收入；与俄文版全集不同，中文版将“故事和特写”、“剧作”和“书信”单独成卷，更方便读者从不同侧面观看巴别尔的创作，使这套全集能够同时为普通读者和专业学者提供帮助。随着这套中文版《巴别尔全集》的出版，我们可以说，我们已经拥有了一位“中国的巴别尔”。

（原载《新京报》2017年1月8日）

后　记

自20世纪80年代下半期起，我陆续写作了一些与俄国白银时代的诗歌、文学和文化相关的文字，承蒙北京出版社高立志先生、王忠波先生器重，要我把这一类文字归拢起来出一本小书。

这本小书有这样几个板块：一是对白银时代三个主要诗歌流派，即俄国象征诗派、阿克梅诗派和俄国未来诗派的概括介绍；二是关于白银时代几位主要诗人的文字，谈到的诗人有古米廖夫、曼德尔施塔姆、马雅可夫斯基、帕斯捷尔纳克和茨维塔耶娃，我近年陆续写作了数篇关于茨维塔耶娃的文章，故将这几篇文章单列一组；三是关于白银时代两位思想家，即弗拉基米尔·索洛维约夫和别尔嘉耶夫的评述；四是对白银时代几位小说家和散文作家及其作品的评介，如阿尔志跋绥夫的《萨宁》、扎米亚金的《我们》、普里什文的散文和巴别尔的短篇小说，后面三位作家的创作高潮出现在20世纪20年代，也属于广义上的白银时代，因为白银时代的文学由于其惯性在十月革命后仍在持续其活力和影响。

这些文字选自我之前出版的专著、发表的学术论文和报刊随笔，在收入本书时未做大的修改，以保留我在30年间一步步接近俄国白银时代文学和文化时留下的足迹，仅删除了其中一些重复，改正了其中一些错误。

刘文飞

2019年7月3日于京西近山居